"笨蛋,看哪儿呢,
不是看烟花吗?"

"烟花,要和重要
的人一起看才有意思。"

溺尔

酒尔 —— 著

上

江苏凤凰文艺出版社

数学答题卡

学校：萃下中学
班级：数竞一班
姓名：喻时

计算题：

第一章	我之在你了	001	✓
第二章	数竞一班	058	✓
第三章	没有别人，只有你	107	✗
第四章	投降	155	✓
第五章	勇敢的"功助"	203	✗

目录 CONTETS

数学答题卡

学校：萃下中学
班级：数竞一班
姓名：周丰也

计算题：

第六章	冬令营		
第七章	再见，再见	261	✓
第八章	我能追你吗	310	✓
第九章	是十，也是时	354	✗
		408	✗
番外一	求婚		
番外二	岁岁有昭	460	✓
番外三	年年余青	465	✗
		506	✓

目录 CONTETS

第一章
我记住你了

燥热难耐的七月初,一望无际的万里晴空中,飘着几朵洁白的云朵。校内高耸茂密的香樟树拔地而起,蝉停驻在纵横的枝丫间,昼夜不休地高歌。

操场上本该响着激昂的广播体操的音乐,此刻却换了个伴奏,和缓的太极伴奏从喇叭里面悠扬地传出来:"预备……起势……"

好像提前进入了晚年生活……喻时闭上眼睛往侧方迈出脚步,内心对这毫无道理的体育考核进行第五十三次吐槽。

"喻时!"一个中气十足的中年男高音猛地从队伍末尾传了过来。

这人正是她们三班的体育老师,徐中海。

看到喻时摇摇晃晃的动作,他就知道这又是一个浑水摸鱼的主,当下有些无奈地叹了口气。

这个女生的学习成绩好是好,偏偏没有运动细胞。打个太极,动作非常不协调,而且还边学边忘。她学得头疼,他教得也头疼。

抱着不放弃每一个学生的原则,徐中海还是走过来耐心地指点。

但喻时的身体还是摇摇摆摆的，最后两只脚重重地落在了地上。

见此情形，徐中海瞪大眼睛朝她看了过来。

喻时被他盯得有些不好意思，抬头可怜兮兮地看向体育老师。

徐中海被她看得也很无助，无奈地叮嘱："等一会儿解散了，你别休息，再找个地方好好练习一下。"

"好的，徐老师。"见徐忠海发话，喻时忙不迭地点了点头，神色坚定地表示自己会好好练习。

她刚抬起手，还没完全做出动作，和她并排站着的陈望忽然爆发出一阵笑声。

喻时脸一黑，手迅速收回来，扭过头去瞅他。

陈望丝毫不顾及她那带着威胁的目光，挥舞着自己身侧的两条胳膊，模仿她刚才的动作："喻时，你知道吗？你好像一只扑棱翅膀的大白鹅啊，哈哈，你看……"

喻时迟迟说不出话来，直接偏过身子，轻睨了还在捧腹大笑的男生一眼，冷冷地说："行，陈望，今天的数学作业你第一个交。"

"哎，哎，别搞我啊，数学作业后面的两道大题我还没解出来呢，就那样交出去，任老师非把我揍死不可。"陈望又开始嚷嚷着求饶，说他下次绝对不笑她了。

喻时轻哼一声，一个字都没相信。上次他也是这么保证的。

解散队伍后，喻时往外面走的时候，一个穿着校服的女生从队伍的另一侧跑过来，拉住了喻时的手，神色有些忧虑："喻时，那个太极是要作为期末体育考核的。"

两个好朋友互相挽着胳膊，慢慢走到了香樟树投落下来的阴凉处。这里正好有台阶，她们坐在了最下面一层。

想到刚才的情景，喻时耷拉着眉眼感慨道："上天果然只给人开一扇窗，它赐予我聪慧的大脑，却也给了我笨拙的身躯。"

江昭见她这样，笑了一声，拍了拍她的手背，出声安慰："放心

002

吧，喻时，那些基本动作你差不多都记住了，勤能补拙，你多练习练习，一定可以顺利通过期末考核的。"

这时，陈望忽然出现在了二人的身后，扔过来两瓶饮料，又顺势趴在了旁边的栏杆上，笑眯眯地附和了一声："对啊！喻时，你那么聪明，怎么可能连打个太极也学不会，多练练就行了。"

喻时见他过来，立刻将头扭到一旁，不过还是接过了水。

陈望十分清楚喻时嘴硬心软的特点，讨好地看着她："这下总能告诉我答案是什么了吧？"

喻时没和他真生气，拧开瓶子连着喝了两口，直接将答案告诉了他："三，根号二。"

陈望灿烂的笑容僵硬了几秒："真的？"

喻时听到这两个字，立刻瞪了他一眼，拿起水就朝着相反的方向走："不相信就算了！"

陈望哀号："不是，哎呀，喻时，我当然相信你了，你能不能再和我说说你怎么算出来的？"

"别跟过来，不然打太极我就拿你练手。"喻时气呼呼地撂下一句话，脚步不停地朝前走着，搜寻着可以独自练习的地方。

直到绕到灌木丛背后的空地，她才停下了脚步。

这里有一片刚铺好不久的水泥地，前面有半人高的灌木丛拦路，后面种着一排茂密的香樟树，将炽热的太阳挡住，再加上现在正是上课时间，很少有人过来这边，是完美的练习场地。

喻时前后观察了一下，没看见有学生过来，这才心满意足地打了个响指，决定就在这里练习了。

打太极的过程中这里一直很安静，直到向左做倒卷肱动作，喻时刚把身子转回去，正要屈着胳膊虚步前推时，忽然吹过来一阵不小的风，前方的那一排灌木丛顿时被吹得哗哗作响。

就在这时，喻时忽然听到几声窸窸窣窣的异响，好像是从灌木丛

003

后面发出来的。

喻时的神经紧张了起来，她咽了咽口水，缓缓往前挪动。她的运动鞋踩上了枯叶，发出不小的声响，她的心率加快。

她干脆用力闭上眼睛，视死如归般地抬起手猛地拨开了前方的灌木丛。

耳边传来的依旧是轻缓的风声，没有任何异常。喻时这才小心翼翼地慢慢睁开眼睛，猝不及防地撞进了一双黑眸中。

一个高瘦的少年穿着简单的黑T恤、短裤，斜挎着书包，微弓着腰半蹲在被拨开了的灌木丛后面。听见动静后，他这才漫不经心地朝她这边偏了偏头。

喻时不由得微微一愣，这人……怎么钻在灌木丛里？

那个男生瞧着还挺淡定，随意地拿着一根树枝在地上画着，嘴里还叼着一根狗尾巴草。喻时和男生双目相对，本就安静的场面越发尴尬。

想起自己笨拙的太极动作，喻时顿时回神，连忙把虚抬着的手放了下来，规矩地放在身侧，谨慎地看向不远处的男生。

男生抬手把含着的草取了下来，克制地轻咳了一声，低下头，用手里的细树枝轻轻戳了戳地面，对她礼貌又不失分寸地鼓励道："没事，打得挺好的。"

喻时："……"所以，他还是看见了，啊啊啊！好丢脸！

虽然内心在疯狂地咆哮，但她的外表瞧着还是挺淡定的。她缩着肩膀就要往回走，没走两步又被他叫住问道："同学，还有几分钟下课？"

她磨磨蹭蹭地转过身，抬头看他。男生的下巴微抬，目光瞟向她的手腕处戴着的表。

眼睛还挺尖。喻时在心里嘟囔了一声，还是举起自己的右手飞快地看了一眼时间，给他报了一声："还有十分钟。"

"行,谢了。"男生知道时间后没有选择再停留在这里,给她腾出了地方,往前走去。

喻时不由得瞥了一眼男生离开的方向——慎敏楼,也就是高一学生的教学楼。她仔细想了想,这个男生和她一届,但面孔很生,来学校也不穿校服,上课时间在外面晃荡,说不定刚翘课回来。

一时间,喻时脑中无形的红色警报滴滴地响个不停。她非常清楚,对这种人,还是少靠近为妙。

萃仁中学每年暑假都放得很迟,这一年更是格外晚。临近期末,巨大的考试压力伴随着夏日炎炎的热浪,惹得学生们叫苦连天。

距离上课还剩下几分钟,教室里的同学们还在叽叽喳喳地说个不停。

"喻时,不是我说,你当初要不是中考没考好,早去北市一中了,那里的条件多好啊,哪还用得着待在怀城这个小地方,来萃仁呢。"

喻时懒洋洋地趴在桌子上闭目养神,脸颊被压出一道红印。听到后桌陈望的念叨,她这才用手撑起脑袋,语气平平地回道:"萃仁不也挺好的?"她才不想去北市一中。

陈望有些纳闷地嘀咕了几声:"真搞不懂你们这些好学生,放着好好的北市一中不上,一个两个都往这小地方的萃仁里钻。"

江昭刚刚从外面打完水回来,坐在了喻时的旁边,听见后桌陈望的话,有些好奇地问:"什么叫一个两个,还有人和喻时一样?"

这次换陈望感到疑惑了:"你还不知道?"

喻时也转过了头,一脸疑惑地跟着问:"知道什么?"

陈望放下笔,对她们悄声说道:"今年我们这一届不是组了一个数竞班吗?听说北市一中的一个学生这几天要转到萃仁来,好像直接进了数竞班。不过,这都不是最重要的,最关键的是,北市一中那边死活都不肯放人,还开出了最好的条件想留那个学生,可这个人非要转

005

到莘仁来,你们说这个人是不是很怪?"

喻时终于来了兴趣,若有所思地问:"这个人很厉害吗?"

陈望刚打算开口说话,余光忽然瞥见一个中年女人胳膊底下夹着书从教室的窗口经过。他连忙推了推喻时:"任老师来了,你快把头转回去。"

江昭听到这话,拿着水杯迅速坐回自己的座位上,把书和试卷都放在了桌子上。

按照以往的惯例,任秀华上课前会先在黑板上写两道题,然后等上课铃响后叫同学上去做。可这天,她刚进来就叫了喻时上去抄题,自己就拿着手机出去了。

教室的门开着,楼道空阔,门外传来的声音很明显。

喻时仰头在黑板上抄题,任秀华说的话不时传入她的耳里:"什么?你报到完就走了?不是,学校这还没放假,你倒是先给自己放假了?周聿也,你现在立刻、马上就给我来学校……喂……喂!周聿也!"

喻时虽然表面正低头看题目,心思却已经跑了。也不知道是何方神圣,居然连任老师都管不住。刚才听电话里提到的名字,好像是叫周玉……也?

不是她们班的,那就是……喻时立刻就想到了任老师教的另一个班,高一数竞班。

任秀华是她们班的数学老师,同时还担任着数竞班的班主任。

只不过,能让任老师这么生气地在电话里喊着回来学习的,喻时一时还真没想起来,数竞一班里面还有这么一个人物?

忽然,喻时想起陈望对她说的话,捏着粉笔的手一顿,难道是那个转学生?

"抄完了没?"上课铃响后,任秀华从教室门口走了进来。

喻时转过身,朝她点了点头,把粉笔放在了桌子上:"抄完了,任老师。"

"行，你下去吧。"

任秀华连着点了三四个同学上去做题，过了十来分钟，看着黑板上的解题步骤，她脸上的怒意不减反增："你说说你们，高一马上就结束了，解个题还是磨磨蹭蹭的，一样的知识点换个题目就不会做了。"

"第二道题，谁还有更好的解法？"她用力地拍了拍黑板。

下面学生的头垂得越来越低，更没人敢上去解题了。

"任老师，我来吧。"喻时举了手。只不过在写到最后几步的时候，她停顿了一下，认出这跟去年全国高中数学竞赛初试里面的证明题同类型。

看喻时写完，任秀华偏头问了她一句："你做过原题，是吗？"

喻时犹豫了片刻，然后慢慢地点了点头。

任秀华了然，转过身，从讲台上的练习册中抽出一张试卷来，递给喻时："你今天有空就把这张试卷上的题试着做一做，如果不会也没关系，能做多少就做多少。"

晚自习时，做完其他作业后，喻时开始做任秀华给她的那张试卷。很快，她发现这张试卷有一些不对劲——这不是普通学生的数学测试水平难度，已经接近了奥赛水平。如果她平时没有经常刷奥赛题，这套题做下来还真有些棘手。

喻时撑着脑袋认真地想了一会儿，一时也没想明白任老师为什么专门让她做这份试卷。她干脆不想了，打开书包，准备把试卷夹进平日里她刷的那堆题里面。

可是，刚打开书包，她一愣，连忙伸手进去到处摸。摸不到想要的东西，她又一股脑地把书包里的书全倒了出来，可还是没找到。难道是临走时忘了，放在家里的书桌上了？

现在这个点，不知道妈妈回去了没有，万一看到……

一想到这里，喻时整个人都不好了，等下了晚自习提起书包就从教室里跑了出去。

007

喻时匆匆忙忙地跑到楼下，直奔教学楼下的自行车停车场，打开自行车的锁，准备把它推出来。可是，车头好像被什么卡了一下。她用的力又急又大，自行车没推出去，她倒是先不受控制地往前跟跄了几步。要不是手还把着车把手，她估计能当场摔个狗啃泥。

怎么回事，轮子被卡住了？

喻时紧皱眉头，压住内心的急躁和不安，半蹲了下来，想看清楚是怎么回事。不看不要紧，看了之后她差点儿气晕过去。哪个没长眼的玩意儿，居然把自己的自行车锁挂在了她的车轮子上？

她没有耐心等待这辆自行车的主人出现，果断地跑去门房，向门卫大叔借了一把大老虎钳，使了好大的劲儿才将那把锁撬开。然后她从书包里翻出一张纸，匆匆写上自己的联系电话，把它夹在另外那辆自行车的刹车那儿，就连忙朝家中赶去。

喻时气喘吁吁地骑车到自家楼下，正好偶遇楼下开小卖部的周广平。他提着小板凳，一看就是刚下完棋回来。

见她骑着车子回来，周广平一脸慈祥地背着手，笑呵呵地问："今天怎么回来得这么早？想不想吃雪糕啊？上我那儿拿一根去？"

喻时连忙摆手，腼腆地笑了笑："周爷爷，不用了，我有事先回来一趟。我妈还没回来吧？"

周爷爷爽朗地笑了笑，也跟着放低了声音，摇了摇头："她下班还没回来呢，你快上去吧。"他是这里的老住户了，开小卖部的时间也长，再加上他性格好，旁人看见他几乎都会打声招呼，喻时的妈妈也不例外。所以他这样说，那就证明喻时的妈妈还没有回来。

喻时一路上都提心吊胆的，这会儿终于松了一口气，笑了起来："谢谢周爷爷！那我先上去了。"

周爷爷点头应和着，也迈着步子往回走："估计那小子应该也快回来了。"

008

夕阳的光晕笼罩着学校里一大半的教学楼，一个颀长高瘦的男生左手提着新校服外套从这片橙色的光晕中慢悠悠地走了出来。他边打电话，边往学生的自行车停车区走过去，声音断断续续的："嗯……那个一班的班主任非要我来学校和她谈话，我就来了一趟……我出来了……你把车停在哪里了？"

他绕了一圈，根据电话里的提示，走到停车场靠后的位置，才找到电话那头的人所描述的地方。

周聿也停下脚步，看着前方的自行车，站在原地没有上前。

电话那边的声音还在继续："找到没？我告诉你，我可是专门让人家给你找了一个好车位，绝对安全，锁也给你上得死死的，就是锁的时候比较着急……"

这人半天听不见回应，又大嗓门地喂了两声，才听到电话那边的周聿也轻轻笑了一声。

周聿也抬起长腿，懒懒散散地走上前，在车头那儿蹲下身子，捡起残破的锁，拿在手里仔细端详了一会儿，慢悠悠地开口说道："不是，现在撬锁的人都这么光明正大的吗？"

柳南巷内，房门被轻轻地关上。

原本端正地坐在椅子上的女生终于放松下来，长吁一口气，弯下腰把藏在桌脚后面的数竞真题试卷拿了出来，压在了刚才做的物理试卷上。好险，刚刚差一点儿就被她妈妈发现了。

可这会儿明明妈妈已经走了，喻时手中的那支笔却迟迟没有再动起来——她看着空白的试卷走神了。就在这时，一直安静地放在旁边的手机忽然振动起来。

喻时拿起手机，看了一眼亮着光的手机屏幕。是个从未见过的陌生号码，还是个座机号……现在谁还用座机号啊？

喻时几乎立刻想到了可能是推销的电话，前不久她还接到一个类似的,问她有没有买房的打算。她一个中学生买什么房?

一想到这里,她就直接挂掉了电话,可那个电话马上又打了过来。她干脆接了起来:"不买房,不买车,不买保险,统统都不买!"然后用力地挂断了电话。

此刻,喻时家楼下灯光亮起的小卖部门口,穿着褐色半袖和黑色短裤的男生躬身坐在门口的藤摇椅上,怀中抱着一个老式的黑色电话座机,手中还捏着电话筒。

电视机的声音断断续续从屋里传了出来,虽然只有几句,但听上去挺热闹的,偶尔还会响起老爷子的笑声。

虽然屋里屋外只坐着两个人,倒也不显得寂寥。

"阿聿啊,电话打完了没?打完了就进来吃饭。"屋里头传来老爷子的吆喝声。

听到喊声,男生利索地起身,回了一声"来了"就进了屋。他将座机顺手搁在旁边的桌子上,又把手里攥着的一张纸揣进了兜里。

进了厨房帮周广平把晚饭都端出来后,周聿也这才拉开椅子坐了下来,说:"没打成,人家把我当成推销的了。"

要不是他发现自己的手机欠费停机了,他是绝不会用爷爷的座机去打电话的,没说上话就算了,还被这个撬锁的人误以为是推销的。

晚上,周聿也回到自己的房间里,摁开灯,仰躺在床上,把自己刚才揉成一团的纸从兜里掏了出来展开,看着白纸上面那一串电话号码,有些服气地啧了一声。真是个人才,干什么不好,非要撬别人的锁。不过她幸好还记得留个联系方式。

没想到自己刚来萃仁中学就遭遇这事,周聿也着实有些不适应。他又想起白天任秀华和他说的话。

"周聿也,萃仁为什么愿意收下你,你应该很清楚。别忘了我们之间的约定,等你拿到了 NMO 的金牌,我才会告诉你你想知道的一切,

010

否则你还是回你的北市一中好好待着吧！"

想到这里，周聿也抿了抿唇，眼神中透出几分坚定。他当然不会忘记他们的约定，好不容易来到这里，他绝不会轻易离开。

第二天，喻时是被一阵电话铃声吵起来的。她下意识地去按闹钟，却注意到闹钟没有在振动，是放在床边的手机的动静。

"喂。"她闭着眼睛，哑着声音，满是困意地接起了电话。

"这位同学，基于昨天你认为我是推销的电话，所以我今天特意选了这个时间给你打电话。"电话那头，一个年轻男生的声音响了起来。

说完那句话后，他顿了一下，似乎是给她反应的时间，又很快地说道："即使是推销的工作人员，想必他们也不至于兢兢业业到这个程度，这个点就开始上班。而且经过一晚上的时间，你现在应该也冷静下来了。"

喻时忍着困意，抬起沉重的眼皮看了一眼手机屏幕上的时间，早上五点，他还真是有心了。

"所以这位同学，现在来说说正事吧。你昨天把我的自行车的锁撬坏了，还'畏罪潜逃'，这件事怎么算？"

原本还在打盹的喻时蓦然听到"畏罪潜逃"这四个字，猛地睁开了眼睛，睡意全无。

她攥紧手机，从床上坐了起来："不是，同学，你见过畏罪潜逃的人还专门留下联系方式让你找到他吗？而且，明明是你把锁挂在我的车前轮上，我着急走，不得已才把你的锁撬坏了。"

房间里，周聿也抓过毛巾，揉了一把自己湿漉漉的又黑又密的短发，听着女生难以置信的质问声，平淡的神情没有半分变化："不管怎么说，是我的锁被你撬坏了，还是先说说怎么赔偿吧。"

喻时刚想说些什么，忽然听见房门被敲响，唐慧的声音从外面传了进来："喻时，你是不是起床了？起床了就赶紧收拾好，出来吃早饭。"

011

她连忙把话筒捂住，朝着门的方向应了一声，随后匆匆地对电话那头的人说道："我现在有事，你加我微信吧，直接搜电话号码就成，我到时候直接转账给你。"说完就着急地挂断了电话。

被莫名其妙地挂断了两回电话的周聿也："……"

周聿也给北市的张励打了个电话，让他改天把功勋送过来，然后就出了门。他刚把自行车推出来后，就看到周老爷子已经站在树下面专心地打起了太极。

周聿也对着树底下的老人不高不低地招呼了一声："爷爷，我先走了。"

周爷爷闭着眼睛，往前推出一掌，声如洪钟："路上小心点儿。"

"知道了。"少年懒洋洋地应了一声，忽然想起自己前几天遇见的那个正在学打太极的女生。说起来，他还真没见过能把太极打得那么难看的人。想到这里，他忍不住低下头，勾唇笑了一下。

早上六点多，柳南巷的人已经多了起来。

这一片小区挨着学校，住在这里的学生也多，这个点已经有很多屋子亮起了灯。

喻时揉着眼睛，打着哈欠慢吞吞地下了楼。她推着自行车往外走，看到周广平正在老槐树下打太极。

老人家虽然上了年纪，但步伐稳健，神态沉稳，无论是往前推掌，还是脚下探步，动作都很标准。

想到自己的体育期末考核，又看着周爷爷的身姿，喻时的眼睛里忽然出现了光亮。师父何愁哪里找？这不正是眼前人！

喻时起得早，时间充裕，眼瞅着周爷爷快打完了，干脆就在这儿等了几分钟。

等他一打完，喻时连忙快步走上前，笑呵呵地拍彩虹屁："周爷爷，您打得真好，比我们教学视频上的还要标准呢！"

012

周广平很受用，爽朗地笑了几声，把音响关掉。见喻时背着书包，他和蔼地问："这是要去学校了吧？我那孙子刚出门不久，不然你们还可以结伴上学。"

孙子？周爷爷怎么突然冒出来一个孙子？

喻时有些茫然地眨了下眼睛。她在柳南巷住了这么多年，可以说自打有记忆以来，就只见过周爷爷一个人住在这里。

看出了喻时的不解，周广平笑了一声，解释道："我这个孙子之前一直都在北市上学呢，刚转学到萃仁中学，就让他来我这儿住了。"

见周爷爷坐在旁边的石椅上休息，喻时终于有些不好意思地开口："周爷爷……那个……我能不能……我能不能……"

"怎么啦，喻娃儿？"

喻时像那些武侠小说里面主角拜师一样，对着周广平猛然鞠了一躬："周爷爷，我想拜您为师，学习打太极拳！"她把挂在书包上的小兔子玩偶扯了下来，递给了周广平，"小小拜师礼，不成敬意，还请周爷爷一定要帮帮我！"

看她这一本正经却又平添了几分滑稽的行为，周广平被成功逗乐了："丫头，你这是干什么，你想练太极跟着我这老头子练就成了，这怎么还讲究上了！"

喻时摇头晃脑，还真挺上道："跟周爷爷您学，自然得讲究。"

"既然喻丫头你都这样说了，那周爷爷就好好教你！"周广平笑呵呵地接过她递过来的那个玩偶。

有了周广平这一层保障，喻时的心头大患总算解决，一路上她都是哼着歌去的学校。不过，停车的时候，她想起昨天那件事，还有早上的那通电话，十分无语。

趁着还没进教室，她连忙拿出手机看了一眼，通讯录上并没有添加新朋友的红点。

真是的，那么早给她打电话，到了现在这个时间还没加微信，一

013

定是去睡回笼觉了吧。

她气愤地嘀咕了一声：这人真能装，大清早的给她打电话！

喻时走进教室，屁股刚挨在座位上，就被趴在桌子上补觉的陈望听见了动静。这人连眼睛都没有睁开，手里面的本子倒是先拍在了她的桌子上："来看看，这道题是不是这样解的？"

喻时低头随意瞥了一眼，几分钟后，她拿着那个本子，偏头看他，一脸狐疑地问："这是你解出来的？"

陈望摸了摸鼻头，没打肿脸充胖子："也算是吧，我找了外援。"

喻时一副不出意料之外的样子，又开口猜测："那让我再猜猜，你请的这位外援，是不是隔壁数竞一班这次的第一名，陈叙？"

陈望垂头丧气地说："是个人就能猜出来吧，我哥不帮我还帮谁？不过，听说这次转来的那个学生那么强，也不知道……"

陈望和陈叙是堂兄弟，这还是喻时上了高中才知道的。

陈叙比陈望大一岁，因为小时候发了一场高烧，耽误了一年，才和他弟一届。只是没想到，初中时她和陈叙一个班，现在上了高中又和他弟在同一个班。她跟这兄弟俩倒也算有缘。

不过，喻时此刻的注意力已经被上面的解题步骤所吸引，没仔细听陈望的嘀咕声。

"喻时，我觉得吧，你现在这个水平完全可以进数竞一班的。当初你考来萃仁就已经够让我哥吃惊的了，没想到最后你连一班也没有进，真是出乎他的意料。"

陈望一直觉得喻时的数学很厉害，但她偏偏没走竞赛这条路。虽说她的成绩挺好的，可陈望总觉得她学其他学科的时候挺没积极性的，不像数学，一提起数学，她整个人就跟打了鸡血一样。

听到陈望说的话，喻时握着笔写字的手一顿，随后平淡地说："又不是每个数学好的人都必须走数竞这条路，况且，参加高考不也挺好的？"

"可是你喜欢数学啊。"

喻时转过身，淡淡地看着陈望问："喜欢又能怎么样？"

喜欢不代表着有选择的权利。

早上七点半，萃仁中学各个班的早读刚结束。这时候，没来得及吃早饭的同学就会去食堂吃饭，也有选择在教室补觉的同学。

一班作为数竞班，很多学生都在座位上刷题。

"哎，陈叙，出去吃饭吗——"直到有人喊陈叙出去，教室的寂静才被打破。

陈叙摇了摇头，对那人说自己已经在家里吃过了，留在座位上继续刷题。

做完题，核对完答案后，陈叙这才抬起头来，似乎是想起什么，转过头去看窗户那边的座位，打量着那个来了之后就趴在桌子上补觉的高个子男生。陈叙猜，这个男生应该就是从北市转过来的那个新学生。

不光是陈叙，不少人也在好奇地看着那个趴在桌子上睡的男生。

"这就是转到我们班的那个学生？转来好几天了吧，今天才算是第一次来上课，应该也是顶不住班主任狂轰滥炸的消息了。"

"听说这人还挺牛的，从小到大都不知道拿了多少个数学奖杯。"

听到有人讨论，有好奇的同学凑了过来："北市一中的同学和我说，之前就有清大的数学系教授亲自找过他，说可以让他进少年班，提前拿到清大的入学名额。没想到他非但没答应，反而还窝到怀城这个小地方来了。"

"我看下一次考试，这第一就不知道落在谁的头上了。"

"哎，也别看现在吹得这么牛，这人的水平究竟怎么样还是得眼见为实。"

其中一个男生实在听不下去他们的吹捧，看看被夹在人群中间一直在低头看书的陈叙，很是替他打抱不平，开口呛道："我看，说不准他就是个花架子,不如让班长过去和他比比,探探他的底子?"

"也对,是骡子是马,拉出来遛遛不就一清二楚了!"

围着的人顿时发出一声哄笑。

听到这句话,陈叙转着笔的手终于停了下来,慢慢抬起了头,目光平静地看向不远处。那个男生被吵醒了,懒洋洋地揉着眼睛,撑起脑袋坐直了。

看见他醒来,周围人安静了下来。他们看到陈叙居然真的从座位上站了起来,走向了那个男生。

周聿也虽然睡了一觉,但脸上还是带着困意。他低头瞥了一眼时间,离上课还有十来分钟,还能去一趟洗手间。

只不过他还没站起来,桌角就先被人敲了敲。

周聿也抬起头,顺势靠向椅背,朝陈叙抬了抬下巴,淡淡地问:"有事?"

陈叙礼貌地朝他点了一下头:"同学你好,我叫陈叙,是一班的班长,欢迎你来到一班。"

这话一出,后面立刻稀稀拉拉地响起了掌声。

周聿也看了看这人,以及那一堆看热闹的男生们,似笑非笑地扯了下唇。是个人,稍微一动心思,就知道这场面是怎么一回事。

"周聿也。"他主动报了自己的名字,也算是打了声招呼。

陈叙点点头,拉了个前面座位的椅子,坐在了他的对面:"既然都是学数学的,这么打招呼也挺没意思的,不如比比?"

陈叙的话一出,同学们的眼神顿时兴奋了不少。一时间,班里的气氛热烈起来,甚至还吸引了其他班的几个学生来看。

周聿也与陈叙无声地对视了两秒,随后笑了一下:"行啊,十分钟,怎么比?"

喻时和陈望拿着题来找陈叙,一推开教室门就发现靠近窗口的第

016

三排处凑着一堆脑袋,不知道在干什么,只好随手拉住一个人问陈叙去哪里了。

"陈叙啊,和新来的那个转学生在PK呢!"

陈望的眼睛一亮:"那个转学生今天居然来了?"

他是个爱凑热闹的,立刻拉着喻时往那堆人里挤:"走,我们也瞧瞧去。"

"那个男生叫周聿也,是吧?"

前面站着一堆人高马大的男生,喻时就算踮起脚尖来也看不清楚,只能从人群中隐约看到一个高瘦的男生的背影。他正低头看着什么,一条长腿懒洋洋地伸出来,踩在凳脚处。

围观者太多,人群里不知道是谁往前挤了一下,喻时就被挤到了最前面,正好挨着那个转学生。

这时候陈望也挤了进来,看见她已经占据了最佳观望位置,拿胳膊肘戳了戳她:"可以啊,喻时,还说你不感兴趣。"

喻时白了他一眼,不想和他说话。

陈望看到了桌子上放的题,有些疑惑:"他们比的这是什么?"

喻时:"Achi①。"

陈望看了看他们画出来的棋盘,挠了挠头:"这玩意儿不是跟井字棋一样吗?怎么还整个英文名?"

旁边的男生听见这话,忍不住哼了一声:"这可比井字棋难多了。"

喻时抿了抿唇,平静的目光落在了桌子上的棋盘上。说好听点儿叫棋盘,无非是扯了一张纸在上面画了个三乘三的网格。

"的确,Achi表面上和井字棋很像,但细节上是有很多不同的。如果在第一轮中双方的四个棋子全都落定还没有分出胜负,则进行第二

---

① Achi 是在三乘三网格上进行的游戏,类似于井字游戏。

轮。但在第二轮中,如果某一方的四枚棋子全部卡住,就会面临死棋的风险。"

正如喻时所说的,当周聿也下完最后一个黑棋,双方的四个棋子全部下完,棋盘上就剩下了一个空格,这就意味着必须进入第二回合。

可显而易见的是,无论谁是先手,再移动棋子到空位上进行填补,最后的结果都会变成和棋,这不是他们想要见到的结果。所以,他刚刚为什么要下在那里?

喻时皱了皱眉头,忍不住偏头去看那个男生。

窗外的光影斜斜地打进教室,落在他的侧脸上,看得出他的轮廓线条优越,下颌线清楚分明,只不过……喻时总觉得这个人有些熟悉。

没等她再细看,男生漫不经心地掀起眼帘,转头和她对视了一眼。

周聿也漫不经心扯了扯唇:"你科普得挺好。"

喻时的气息顿时乱了。怎么是他啊!原来他不仅不是浑球,数学还这么厉害啊。果然看人不能只看表面啊……

周聿也说完那句话就收回了目光。他懒散地坐在座位上,校服下的脊背挺拔瘦削,一只手搭在桌子上有一下没一下地把玩着手中的笔。

棋局还在继续。

周聿也再次抬笔落下一子,从容地抬起头,将目光落向了对面。

看到这一步,陈叙的神色瞬间变差。他低头死死地盯着那张纸,目光中夹杂了几分难以置信。怎么会……连五分钟都没到……

见状,周聿也把笔扣在桌面上站了起来,看这架势是准备离开。

"哎,还没比完,你怎么就走了?"围观的同学中有人着急地喊了一声,以为他是想临阵脱逃。

周聿也瞥了一眼围得里三层外三层的同学,扯了扯嘴角:"各位,我赶时间,想先去上厕所,行吗?"

这句话刚说完,场上静了一瞬。

一声刺耳的声音响起,众人闻声看去,是陈叙沉着脸站了起来。

他看到了站在周聿也旁边的女生，一顿，沉着脸对着旁边的人低声说："没有再下的必要了，是我输了。"

他没有再多解释一句，径直回到了自己的座位上。

周围人还没搞清楚陈叙为什么突然就输了，人群散开后，还有人在低声讨论着。

喻时听到陈叙的话，一顿，将目光落在了那张纸上。

周聿也抬腿想往外面走，可旁边的女生纹丝不动。他脚下一顿，好整以暇地看着她。

喻时的全部心思还在刚才的那盘棋局上，并没有注意到自己正好挡住了周聿也出去的路。

他等了十几秒，见她还没注意到，干脆俯下身子，歪了歪头，好让她可以看清他："哎，同学，拜托给让个道呗。"

喻时这才回过神，有些慌乱地抬起头看了他一眼。

她注意到自己占住了出口，脸颊微微发热，有些不好意思地说了声"抱歉"，往旁边挪了一步。但想到马上就要上课了，她干脆扯着陈望往教室外面走去，回自己班级的教室去。

陈望还在想着刚才的对弈，对拉他走的喻时不停地问道："哎，不是，到底什么意思啊？喻时，你看明白没？怎么陈叙忽然就说自己输了，明明第三轮才刚刚开始啊……"

在回教室的路上，喻时顺便给他解了疑。

二人交谈着，丝毫没注意到后面的人。穿着黑白校服的男生手插着兜，慢悠悠地在他们身后走着，距离不远不近，打发时间似的听着前方的那个女生说话。

"他是后手，我们都清楚一般是先手必胜，后手受制于先手。一般先手落下两子后就开始封锁布局，先手多下一子，优势就会更多，比如相对应的制胜点变多。但在刚刚的对弈中，后期先手明显陷入了劣势。"

019

喻时回想起对弈的画面，周聿也看似随手在右上角下了一子，位置很刁钻，一般人想不到那里。她蹙了蹙眉，继续分析："陈叙按照他的想法下完，却没想到这一步正中周聿也的下怀。那盘棋表面上看是和棋，但只要继续下，陈叙必输无疑。"

陈望有些蒙，反应过来后，愤愤不平地高声喊了一句："那这不就成了考验人心吗？他这不就在赌陈叙会不会按照他的想法走，但凡错一步，他就输了。"

喻时被他的大嗓门吓了一下："陈望，你小声点儿。"

陈望撇了撇嘴，看到了身后的男生，脸上顿时一僵："当然，那个……我的意思不是说你不厉害，毕竟运气也是比赛的一部分嘛……"

陈望可不想跟这位新同学结仇，厚着脸皮凑了过去，拍起了马屁。

喻时这时也发现，这人和他们顺路。

周聿也对陈望的话没什么反应，反倒饶有兴趣地看向站在陈望身后的女生，问："你叫什么名字？"

喻时还没开口，旁边的陈望就抢先说："她叫喻时。"

喻十？周聿也发出一声轻笑，纯黑的瞳仁被笑意浸染："这个名字，该不会是你在你家排第十吧？"

喻时用力地瞪了一眼面前的周聿也，语气很差地回："才不是。"说完，她转过身迅速回了教室。

这人是长得帅，但嘴巴里怎么就吐不出来几句好话呢！

陈望为了挽回自己的形象，跟周聿也小声念叨："她是我们班的数学课代表，心眼很小的。"他捏住手指，夸张地比画喻时那狭窄的心眼。

周聿也看着他的手指，随意地笑了笑，暗道：还真是。

"陈望，下一节是任老师的课，还有两分钟她就要来了。"喻时不耐烦的声音从三班教室的门口传了出来。

陈望应了一声，和周聿也匆匆告别，还不忘自我介绍一番："我叫陈望，我和她都是三班的，欢迎你来找我们玩啊……"

等进了教室，陈望依旧兴奋不已："喻时，刚刚周聿也问你的名字了，你说他是不是看上你当他的……"

"陈望，你在胡说什么啊？"喻时打断了他的话。

陈望连忙解释："哎呀，你想到哪里去了！我是说，他是不是看上你当他的对手了……"

中午放学后，江昭去书店买书，喻时便在门外等她，还去小超市买了根雪糕，边吃边低头玩手机打发时间，这时微信上弹出了一条好友申请的消息。

她点了同意后，发现对方没有设置微信昵称。

喻时按照友好的交往惯例，给他发送了一条"你好"，然后耐心地等待回复。

几分钟后，对方还没有回消息，喻时点开了他的头像。

头像上一只拉布拉多犬正吐着舌头坐在地上，右上角还有一只清瘦有力的手掌慵懒地搭在它的头顶上。那只拉布拉多犬戴着一副纯黑的护目镜，身上套着黑色的短衣，舒服地咧开大嘴，看上去正冲着镜头笑。

按道理来说，喜欢动物的人性格都挺好的。想起早上打电话时那人冷淡的语气，喻时撇了撇嘴角，心想，果然谈钱伤感情。

这时手机忽然振动了一下，对方发来了消息：锁的价格我截图发给你了，这把锁我刚买不久，看在你有苦衷的分上，给你打个八折。

他发来的图片正是锁的购买截图，上面显示的购买时间是六月三十日，的确刚买不久。

喻时的目光下移，看到了后面跟着的价格。就这么一把锁，原价居然要一百块钱？打了折也还要八十块钱！

摘月亮的兔子：帅哥，可以再便宜一点儿吗？又附上了一个可怜兮

021

兮的表情包。

对方很快又发过来一条消息：这位撬锁女侠，虽然我不差钱，但是你也不能少付钱。

喻时感到十分无语，用力地将手机锁了屏，屏幕上映出她那张气鼓鼓的脸。

江昭从店里一出来，就见喻时的小脸皱成一团。

"喻时，怎么了？"江昭边往外推自行车，边偏头看向喻时。

喻时耷拉着脑袋，沮丧地把刚才的事情和她说了一遍。

江昭担忧地看向她："喻时，如果不够的话，我可以……"

听见江昭这样说，喻时立刻朝她摇了摇头，笑了笑："其实也没什么事，就是这段时间得省着点儿花了。"

和江昭分开后，喻时骑着自行车朝着柳南巷的方向而去。

盛夏的中午日头正足，地面上铺的青石砖被烤得发烫。

正是放学的时间，学生们三三两两地结伴而行，嬉笑打闹着，巷道里不时响起几声清脆的自行车铃的声音。

喻时把自行车锁住后飞快地跑上了楼，一进门，就从冰箱里面取出一瓶可乐，拧开瓶盖喝了好几口后，身上那股黏腻燥热的感觉才降下去一些。她进了卧室，将校服换成了一件浅粉花边的小吊带和牛仔裤。

屋子里开着空调，喻时吹了一会儿，感觉身上清凉了不少，这才慢腾腾地从卧室里出来，窝在了客厅上的沙发上。她拿起正在振动的手机，发现微信上面显示：对方已领取了你的红包。

对方还回了一句：谢谢。

喻时忍不住痛惜自己失去的八十大洋，按键的力气都大了不少：
不用谢！

发过去之后，她盯着这位无名氏的微信账号盘算了一下，还是给这人留个备注吧，往后遇见还能避开。

摘月亮的兔子：请问你的名字是？

唐慧正好打开冰箱取菜，看到喻时一回来就捧着手机看，提醒道："少玩会儿手机。"

"知道了，妈。"喻时连忙把手机往回收了收，等妈妈再回到厨房后，才低头去看手机。

结果她看到了对方发过来的消息：周聿也。

周，周，周……周聿也？

喻时难以置信地盯着屏幕看了十几秒，脱力似的往后一仰，软趴趴地靠在沙发上，脸上的神情更郁闷了。

怎么是他啊……这究竟是什么孽缘啊……怎么每次点背的时候都能遇见他。

周聿也又发来了一条消息：你叫？

想到他今天早上知道她的名字后的反应，喻时轻轻嗤笑一声，没有自讨嫌地把名字告诉他，随便找个理由结束对话后，便把手机丢在一旁。

这时，唐慧在厨房里喊了一声："喻时，酱油没了，你去楼下周大爷的小卖部买一瓶上来。"

喻时敷衍地应了一声，没打遮阳伞，踩着拖鞋就去了小卖部。

周爷爷开的小卖部虽然小，生活用品却很齐全。

"周爷爷，我来买一瓶酱油。"喻时见柜台结账处没人，像往常一样朝里屋喊了一声，然后转过身去货架上找家里常用的酱油。

屋内，周老爷子听见声音，正打算起身出去，坐在椅子上迅速转着魔方的少年突然出声："我出去结账吧。"

周聿也把魔方扣在手心里，懒洋洋地抓了一把额前的黑发，朝外面走了出去。

迈过门槛，没看到人，周聿也便拉过柜台后面的椅子坐了下来，将一条腿大剌剌地伸在柜台外面，低着头继续拼手里的那个魔方。

喻时拿着酱油从货架后边绕出来，没有注意到柜台旁边横着的一条长腿，差点儿被绊倒。

她踉跄几步，赶紧把手撑在了柜台边，磕磕巴巴地说了一声："结……账。"

男生低着头，喻时看不清他的脸，但瞧着这人很年轻，皮肤偏白。她默默地想：这应该就是周爷爷的孙子吧。

喻时把酱油放在柜台上，瞥了一眼对方还若无其事伸在柜台外面的那条腿，又向下看了一眼自己的腿，顿时撇嘴，在心里嘀咕了一声：就你腿长，行了吧。

不过四五秒的时间，男生已经把魔方全都拼好，顺手放在了柜台上。他挺直脊背，抬起头，看了一眼面前的酱油瓶，又看了一眼顾客的脸。他这才注意到，女生巴掌大的脸白白的，十分干净清透。不过，这张脸越瞧越熟悉。

"十二元，扫码还是现金？"周聿也给她找了个塑料袋把酱油装了起来。

而喻时早在男生抬头的时候就愣住了。不是，周聿也怎么会在这儿？难道，周聿也就是周爷爷的孙子？

天下姓周的那么多，怎么她最近见到的总是同一个人？真是见了鬼了！

"现金。"喻时踌躇许久，最后低下头，从兜里掏出钱递给了他。

周聿也见她神情古怪，眉梢轻挑，边给她找零边随意地问："你也是萃仁的学生？叫什么名字？"

喻时听完他的问题，有些无语地垂下了眼睛。

他上次问她的名字，是在五分钟之前的手机上；而上上次问，是四个小时之前的学校走廊。她的名字有那么难记吗？

喻时不管心里如何腹诽，面上看上去倒还挺从容的，客气地回了一声："喻时。"

凭什么他每次问她的名字，她都要回答啊！喻时忍不住提醒他：

"周聿也，这是你第三次问我的名字。"

周聿也一怔，过了几秒后，这才应了一声："哦。"

他站直了一些，也没问她为什么是第三次，把找出的零钱递出去："行，下次不问了。"

喻时看他那副不着调的模样，实在气不过，呛了他一句："我看你就是在耍我。"

"我耍你干什么？"他懒洋洋地将她的名字念了一遍，"喻时，这名字听着倒真有点儿耳熟。"

看着他认真思索的模样，喻时想：难道他是真的不记得她了？

喻时懊恼地咬了咬唇，往门口走，刚迈过门槛，背后忽然传来一句："你也觉得我赢那个一班的班长，是凭运气？"

喻时听到他这句话后愣了一下，然后反应了过来，这厮明明还记得她！

喻时扭过头去想回他一句"不然呢"，可当她转过头，就看见男生收敛了那副吊儿郎当的模样，手撑在桌子上与她对视。

这个问题的答案，对他好像很重要？

她顿了一下，话也卡壳了，随后她语气别扭地回了一句："我才没有说过这样的话……那是陈望说的。说白了，运气就是一种概率。你我都清楚，概率是可以被数学计算的。正如我现在出现在你面前，算不上什么偶然，也能被称作一种概率事件。游戏开始，最后的结果只有成功与失败，你从开始就比陈叙多算了这一点，所以陈叙输得不冤，你赢得光明磊落。"

从刚才他问她的那个问题可以看出，这人在数学方面是很严谨客观的，所以她还是愿意将自己的看法毫无偏袒地说给他听。不过即使她说了这些话，也不代表着她对他的印象已经完全改观。

说完那几句话后，喻时轻轻舒了一口气，看着他的眼睛说："其实，今天早上游戏结束的时候，他们一班应该对你少说了一句话。恭喜你，周聿也，来到萃仁中学的第一天就首战告捷。正式介绍一下，我是三班的喻时，很高兴认识你。我希望你在萃仁往后的日子里，还能继续保持着这个时候的辉煌。毕竟，萃仁也是一个卧虎藏龙之地。而且，我名字里的时，不是数字十，而是时间的时。"

周聿也听完她说的最后一句话，眼里有了些笑意："行，我记住你了。"

里屋，周广平把饭端上了饭桌。见周聿也走进来，他一边低头摆碗筷，一边慢慢说："是不是喻时那个小丫头过来啦？"

周聿也语调平平地回了一声："嗯。"

周广平在椅子上坐了下来："听你这语气，怎么？你认识她啊？"

周聿也语气淡淡地回道："谈不上认识吧，就是见过两面的同学而已。"他给周广平递过去一杯茶，慢条斯理地补充，"不过，托您的福，刚刚应该是彻底互相认识了。"

周广平满意地笑了起来："认识好啊，喻时这丫头不光长得讨喜，性子也很好，今天还说要跟着我学打太极呢。你来怀城还没交新朋友吧，我看她就不错。"

周聿也吃完饭，靠在椅子上说："倒也犯不着，晚上大力就把功勋给送过来了。"

过了一会儿，他偏头看向自家的老爷子，问："你刚刚说，要教她什么？"

听到二人还搞了一个拜师仪式，周聿也忍不住笑了起来。他拿着喻时送给周老爷子的那只小玩偶兔子看了看，又捏着它的耳朵晃了晃："不得不说，这拜师礼够寒碜的啊……我觉得，您把她教会的那一天，估计也能名震江湖了。"

"你这小子，嘴巴这么损，小心以后讨不到老婆！"周广平把那只小兔子玩偶抢了回来，把它被周聿也弄乱的毛一一捋顺，挂在了自己经常拿的收音机上，然后将收音机拿在手里往屋外走去。

走路时，那只兔子一甩一甩的，两只又黑又圆的兔眼呆呆地看着前方，乍一看，还真有几分它前主人的风姿。

周聿也瞧着，忍不住又笑了起来。

星期天早上六点钟，喻时神清气爽地从楼上小跑了下来。

周爷爷穿着一件浅蓝色的太极服，下面搭着黑裤子，背着手站在老槐树下。看见喻时过来，老爷子立刻笑呵呵地朝她招了招手："喻时，这儿。"

"哎。"喻时轻快地应了一声，笑着跑过去。她这天穿了一身灰色的运动服，扎了个高马尾，颈后的马尾随着她跑的动作一摆一摆的。

二人站在枝繁叶茂的大树底下，开始同频打起了太极。

太极打到早上八点多，太阳就出来了。周广平瞧着时间差不多了，便结束了这天的练习，让喻时好好休息休息。见喻时坐在石椅上累得直扇风，周老爷子从屋子里端出一碗绿豆沙，笑呵呵地让她过来尝一尝。

见她过来后，周爷爷悠闲地扇着扇子，对她笑着说："往年夏天，我随便打发打发就过去了。今年倒是多了一个人，日子没那么好过喽。阿聿打小就喜欢喝我做的绿豆沙，况且小伙子最耐不住热，我就想着做个绿豆沙给他败败火，就是有些年没做了，不知道手艺还在不在。喻时，你帮爷爷尝尝，这味道怎么样？"

喻时听了，眼睛弯成月牙状："周爷爷，我就恭敬不如从命了。"

她小心翼翼地端起碗，从碗中舀了一勺放进嘴里，冰凉的甜意从口腔中蔓延开来，一时间，整个人都跟着清爽了不少。

她竖了一个大拇指："周爷爷，你做的可真好吃！周聿也真有口福。"

周广平摸着胡须爽朗地笑了几声："那我给你装点儿回去，我正好

027

做得多,你妈妈工作忙,肯定顾不上做这些。"说完他起身进了屋,看样子是在找容器。

喻时担心周爷爷装多了,也跟着走了进去,那碗绿豆沙就被她搁在摇椅旁边的小木桌上。

没过多久,一个穿着白T恤和黑色短裤的高瘦少年拉着一只拉布拉多犬慢悠悠地从巷口走了进来。

走到小卖部门口,看到桌子上放着一碗绿豆沙,周聿也眼里闪过一丝意外。不过他很快反应过来,应该是周广平放在这里的,等他遛完狗回来方便吃。

周聿也懒得进屋,把狗绳直接绑在了椅子的扶手上,顺手拍了拍功勋的脑袋,坐在了旁边的摇椅上。

他看到那碗绿豆沙,便干脆弯下腰,把小瓷碗端了起来,舀了一大勺塞进了嘴里,边吃边满意地点点头。

这么多年过去,味道倒是一点儿也没变,老爷子的手艺可真行。

屋里,喻时成功打消了周爷爷让她把一半绿豆沙都带走的想法,然后提着绿豆沙走了出来。一出门,她看到坐在摇椅上的周聿也低着头,好像正专注地吃着什么。

等她看清楚那碗几乎快要见底的绿豆沙,她瞪大眼睛,磕磕绊绊地开口问他:"你……你该不会吃了桌子上的那碗绿豆沙吧?"

周聿也点了点头:"不然呢,怎么着,你给我下毒了?"

瞧她这么大的反应,不知道的,还以为他吃的是她家的东西呢。

"你——你!"喻时顿时气急了,小脸通红。

周聿也看见她那古怪的表情,终于注意到了有点儿不对劲,手撑着下巴看她:"看你这样,没下毒药,那难道是给我下别的药了啊?"

"周聿也!"女生气愤地喊了他一声。

或许是声音有些高了,趴在地上假寐的功勋猛地睁开眼睛,站起来朝她叫了一声。

喻时被这声狗叫吓得不由得往后退了几步。她这才注意到，周聿也的身旁竟然趴了一只身形健硕的拉布拉多。

她忽然想起他的头像来，应该就是这只狗。没想到他来怀城，把他的狗也带过来了。

功勋看出喻时对周聿也没什么恶意，摇着尾巴走到她的腿边嗅了嗅。

喻时连忙绷紧身子不敢乱动，又突然想起什么，连忙捂住自己的口鼻，紧闭眼睛，对旁边正看好戏的男生说："周聿也，你快把它弄走！"

周聿也好笑地问道："怎么，你怕狗啊？"

喻时捏着鼻子闷声说："不是，我才不怕狗，我只是对动物的毛有些过敏而已。"

听见喻时这样说，周聿也收回目光，立刻出声："别逗她，回来。"

功勋不情不愿地回到他身边。

喻时睁开眼睛，看到功勋趴在地上，两条前腿乖乖地放在前面，眨着黑黑圆圆的大眼睛，嘴里吐着热气。这样看上去，好像也没那么凶巴巴的。

喻时小声嘀咕："还真是什么性子的人养出来什么样的狗。"就喜欢以捉弄人为乐趣。

周聿也抬起手拍了拍功勋的脑袋："这你可说错了，功勋可不是我养大的。它是退役警犬，执行任务时受了伤，这才早退了几年。"

原来它叫功勋。喻时看了一眼不停地吐舌头的功勋，刚想说些什么，就打了几个喷嚏。看来就算她捂着口鼻，也还是对狗毛过敏了。

喻时看了一眼他手边已经见底的碗，有些不自然地轻咳了一声，丢下一句："我明天再来找周爷爷。"便转过身朝着对面的居民楼走了过去。

想到刚才的事，她忍不住轻轻地叹了一口气：算了，吃亏就吃亏

029

吧，总归他也是无心的。

　　喻时刚离开，周广平听见外头有狗叫的声音，从屋里走了出来。
　　功勋认得周老爷子，立刻狂奔过来，不停地在周广平身边转着圈，尾巴摇得很欢。
　　"哎，这不是我们家的老兵功勋吗，这精气神比我这个老头子好多了！"周广平大笑几声，弯下腰亲昵地摸了摸这位老朋友的头。
　　没瞧见喻时，他皱起眉头，扭头看向自家孙子："你是不是和功勋合伙欺负喻时那小丫头了？"
　　周聿也无奈地摊手："拜托，我无缘无故地欺负她干什么，倒是她挺莫名其妙的。"
　　周广平瞪了周聿也一眼："臭小子胡说什么呢！"说完，他低头看到了桌子上放着的空碗，诧异地问，"喻时把这碗绿豆沙吃完啦？"
　　听见这话，周聿也这才抬起头看向自家爷爷："我吃完的啊。这不是你留给我的吗？"
　　"哎呀，你这小子！"周广平气急了，抬起手作势要打他，"这碗是给喻时那丫头的，人家才吃了几口，你倒好，回来问都不问就全吃完了！"
　　周聿也沉默几秒钟后，开口："所以，这是喻时吃过的？"
　　看见周广平冲他瞪了一眼，周聿也抬起手摸了下后颈，心想，怪不得她刚才脸红得像个猴屁股一样。
　　周聿也躺回了摇椅上，叹道："爷爷啊，你孙子的清白还真没了。"
　　"你倒先委屈上了！"周广平丝毫不留情面地呵斥了他一声。
　　等情绪缓和下来后，周广平在小板凳上坐了下来，问了他一句："说起来，北市那边的事情都处理好了吗？"
　　周聿也闭着眼睛说："既然来了怀城，北市的人和事还能和我有什么关系？"

周广平扇扇子的手一顿,过了一会儿,他还是犹豫地说:"阿聿啊,其实你妈对你……"

话还未说完,躺在摇椅上的少年倏地睁开了眼睛:"爷爷,你也是怨她的,对不对?"

周广平摇着扇子的手越来越慢,沉默不语。

周聿也的话越发直白:"你如果不怨她,怎么可能这么多年都没有回北市?"

话音落下,他就从摇椅上起了身:"我来到怀城,就是想向所有人证明,我一个人也可以。"

周广平眯起眼睛,目光平静地看向前方。过了许久,他摇头无奈地一笑:"这小子,和他爸当年还真一模一样。"

下午,江昭和陈望约喻时去图书馆学习,她一口答应了下来。

喻时到了图书馆才发现,一起学习的还多了一个人——陈叙。

陈叙听到动静,抬头看过来,轻轻朝她点了下头。

图书馆不好大声说话,喻时只好抬起手朝他小幅度地挥了挥,算是打招呼。

做完手头的题,陈叙抬起头,看向斜对方做题的喻时,思绪不自觉地回到了周五那天,想起了他和周聿也进行的那场游戏。

正所谓不胜不骄,不败不馁,他既然输了,自然是输得心服口服。可他从没想过,会让喻时亲眼看到他的失败。

学了一段时间后,江昭和喻时拿着水杯去排队接水。开水间隔音好,两个人这才稍微提高了音量说话,讨论起文理分科的事情。

喻时和陈望的理科更强一点儿,自然是要选理科的,但江昭的文科却更出众。

江昭提起这个,难免露出几分落寞之色,重新分班后,萃仁中学高一(三)班的三人帮就要在高中的第二年解散了。

喻时上高中这么久,其实也就结交到江昭和陈望这两个知心的好友。

注意到江昭的情绪变化,喻时抬起手拍了拍她的肩,轻声安慰:"没事的,昭昭,就算到时候分不到一个班,但我、你还有陈望,我们依然可以天天见面啊。我们永远也不会走散。就算我们爬了不一样的山,可只要我们志同道合,无论走了多远多高,照样还是可以回到同一条路上。"

江昭听到喻时说的话,弯了弯唇,慢慢点了一下头。

她忽然想到什么,语气认真起来:"可是喻时,你觉得,你现在选择的那座山,是你内心真正想去攀爬翻越的吗?"

喻时不由得一愣,心也跟着颤动了一下。

自习室这边,陈望伸了伸懒腰,趴在桌子上问:"哥,你今天怎么跟我一起来图书馆了?你不是一般都在家里刷题的吗?"

陈叙笑了一下,偏头看他,半开玩笑道:"怎么,不想让你们这个三人帮多加一个人?"

陈望立刻反驳:"当然不是了!"他想到什么,有些疑惑地问,"按理说,哥,你和喻时初中不是在一个班嘛,认识她的时间应该比我还早啊,怎么感觉你们还怪生分的?"

陈叙垂下眼睛,沉默了几秒后,说:"你忘了我是初二转过去的吗?没过多久我就生了病,经常请假不去学校,和班里人不是很熟。"

"也对,当初要不是你生病,也不会考来萃仁。"陈望嘟囔了一声,"还有喻时,她初中的时候成绩明明那么好……"

"我去接个水。"陈叙没有选择再听下去,拿着水杯去了开水间。

他刚进去,就看到了正靠在墙上的喻时。

伴着接水的声音,陈叙突然出声叫了她一句:"喻时。"

她一怔,看向他:"怎么了?"

陈叙停顿了一两秒后说:"数竞班今年还会从普通班扩招……"

水声有些大,喻时听得不是很清楚,刚想开口问,江昭已经从卫生间里出来了。

江昭看见陈叙,跟他打了声招呼。陈叙只好被迫中止谈话,也对江昭友好地笑了笑。

"你刚刚说了句什么?"喻时有些不好意思地挠了挠头发,"刚刚水声有些大,我没听清楚。"

陈叙将目光落在她的脸上,顿了一下,说:"没事,我就是想和你说,我新买了几本数学题,上面的题挺有意思的。"

喻时的眼睛一瞬间亮了起来:"那看看去?"

"好。"陈叙看着前方的女生,眼睛里不自觉地溢出几丝笑意。

偌大的篮球场上,男生们的吆喝声,脚底擦过橡胶地面发出刺耳的摩擦声,还有球碰撞在地上发出的嘭嘭声,全都混杂在一起,显露出了此刻球场上的激昂和紧张。

在最后一秒钟,穿着黑T恤的少年将身子稍稍后仰,胳膊抬起,直接在原地投了个漂亮的二分球。球进篮筐,哨声响起,比赛结束。

沈逾青啧了一声:"得,这么多年没见,还以为你光顾着学习呢,没想到球技一点儿都没退步。"

周聿也随意地笑了一下,将手中的篮球传给了他,还谦虚上了:"你也不赖。"

二人边聊边走向休息的地方,周聿也长腿一屈就坐了下来。他拿毛巾擦完汗,仰头举起矿泉水,喉结滚动,一口气喝了半瓶水。

沈逾青宽阔的肩膀处搭了一条毛巾,挨着他坐在休息椅上:"什么时候来的怀城?"

"一周前吧。"周聿也把矿泉水瓶里头的水喝完后,将瓶子递给了旁边正在收瓶子的大爷。

两个人高马大的帅哥坐在这里聊天，没一会儿就吸引了场外女生们的目光。他们聊天的这会儿，已经有人大着胆子过来问他们要联系方式了。

周聿也看了看眼前的手机，又看了看面前嚼着口香糖，一副"你不给我微信，我就不走"的女生，神情忽然一变，张口就来："实不相瞒，你别看我长得有几分姿色，但我已经结婚了，一会儿还得回家帮你嫂子带孩子呢，真的不能给你微信，你嫂子会不高兴的。"

女生霎时间瞪大了眼睛看他："你……你……你还……还这么年轻……"

旁边的沈逾青："……"不是哥们，这就演上了？

周聿也无奈地叹了一口气："是啊，当初年轻时实在是太浑蛋了，没好好学习，这不，这么早就结了婚。我过来打球放松一下，一会儿还得去给孩子买奶粉。"

说完，他抬起脚用力地踢了一下旁边的沈逾青，示意赶紧走。

一直等到出了篮球场，沈逾青还在抖着肩膀笑个不停。

周聿也被他笑得心烦，偏头睨他一眼："差不多行了啊。"

沈逾青收了声，但还是没忍住，笑着拍了拍他这位兄弟的肩膀："我看你这张损嘴，从小到大还真没变过。"说完，他拿出手机看了一眼时间，六点多，还早，"我们也好久没见了，全当叙旧，今天哥们儿请客，吃烧烤去。我记得，学校附近有一家烧烤就烤得不错，我们去那儿吧。"

周聿也应了一声，扯了扯身上有些发皱的黑色短袖："行，地方你定吧，我先回去冲个澡。"

喻时她们从图书馆出来的时候，已经快八点了。

陈望单手扶着自行车说："哎，喻时，现在回去有些早，今天正好我哥也在，我们几个去搓一顿呗。我听说学校附近新开了一家烧烤店，味道很不错，今天可以去尝尝。"

喻时想了一下，觉得可以，陈叙和江昭表示也行。于是，四个人一拍即合，决定去吃一顿烧烤。

等他们到了那家烧烤店，才发现这儿热闹得很。店门口摆的桌椅上坐满了人，空气中弥漫着烧烤的香味。

"不行啊，这儿的人太多了，都腾不出一张完整的桌子来。"

"实在没空座的话，可以跟别人拼一桌。"

喻时踮起脚尖，一眼扫去，看到不远处有一张桌子，桌旁只坐了一个穿着黑色短袖的男生。

生怕好不容易找到的座位被人捷足先登，喻时和身旁的几个朋友打了声招呼，便加快脚步走到了那个男生的身边，白皙的脸上露出一抹笑容："你好，同学，我们能不能……"

"对不起，不加微信。"喻时的话还没说完，就听到男生冷淡的声音。

见身边的人还没走开，男生这才抬起了头，看向来人。

看到熟悉的面孔，男生眉梢微挑，还未说什么，就听眼前的女生开口吐槽："怎么是你啊？"

周聿也将手机扣在桌子上，懒洋洋地转头看她："怎么不能是我了？"说完又睨了她一眼，"有事？"

喻时看见是他，刚打算说一声"没事"就离开，结果下一秒陈望的声音在她的耳边响起："你也来吃烧烤吗？真的太巧了！你这里还有人吗？我们也打算来吃烧烤，一起拼个桌呗？"

听见陈望的话，喻时轻轻嗤笑一声，就周聿也那跩得二五八万似的样子，会愿意拼桌？

这个想法刚冒出来，靠着椅背的男生就应了一声："行啊，反正朋友的朋友也是朋友，没什么拘束的。喻时，你说对不对？"

没有人注意到，在周聿也说完那句话后，旁边一直站着的陈叙攥

035

紧了拳头。

喻时看到周聿也眼里丝毫不遮掩的笑意,立刻明白他是故意的,没好气地开口呛道:"少自作多情,谁和你是朋友了。"

既然他都这么说了,她干脆大大方方地选了一个离他最远的座位坐了下来,然后招呼她的朋友们:"他不是都同意了,你们都坐吧。"

沈逾青拿着饮料回到座位上:"哟,怎么这么多人,周聿也,你都认识?"

周聿也淡淡地应了声,冲喻时抬了抬下巴:"介绍介绍。"

喻时看向沈逾青,这人在莘仁中学还挺有名的,只是名声不太好,是到升旗台上检讨的常客。没想到,他和周聿也居然认识。

"你好,我叫喻时,是高一(三)班的,这两个都是我的朋友,陈望和江昭。"她要继续介绍陈叙,沈逾青笑着打断了她的话:"陈叙,我知道,数竞一班的第一名。只不过,保不好往后,这个称号应该也会落在别人身上吧。"

陈叙的脸色没有什么变化:"一切的可能性都可以被证实,当然也可以被推翻。"

陈望凑到喻时耳边,小声嘀咕:"哎,你有没有闻到很重的硝烟味?"

喻时没心思跟他扯这些:"我只闻到了很香的烧烤味。"

陈望凑过去和江昭说话,可江昭不知道刚刚在想些什么,有些走神。

烤串端上来前,饭桌上呈现出了一种诡异的和谐感。

沈逾青和周聿也时不时地聊几句,陈叙则安静地喝水,江昭低着头不知道在想些什么,而喻时在那里无聊地玩着自己的手机。

陈望看到众人冷淡的模样,想要缓和一下。

"我和你说,你来怀城不久,对很多地方都不熟悉,但我们是土生土长的本地人啊,我们加个联系方式,要是有什么需要帮助的地方,尽管找我们。"陈望笑呵呵地说个不停，就差拍着胸脯给他担保了。

周聿也这天倒是随性得很，把微信的二维码打开，任别人去扫。

"哎，喻时，你怎么不加周聿也啊？你那么喜欢数学，你们的共同话题会更多吧。"陈望发送完好友申请，一转头，还以为自己把喻时给挡住了，专门挪开身子好让她去扫二维码。

喻时猛吸了一口橙汁，匆忙地把手机塞回兜里，敷衍道："没话题，不想聊。"

要是让周聿也知道，自己就是那位撬锁女侠，他那张嘴里指不定又要蹦出什么难听的话。

想到这里，喻时记起了那八十大洋，心有不甘地看了对面的周聿也一眼。没想到周聿也刚和沈逾青说完话，正好偏过头来，二人的目光交错了一瞬。

他的一双黑瞳里明明没有任何情绪，却让喻时的心无端地一抖。她迅速移开了视线，可很快又觉得自己这完全就是此地无银三百两，干脆挺起胸脯，大大方方地去看他。

结果下一秒，周聿也已经移开了视线，又偏头和沈逾青聊天去了。

喻时好不容易提起来的勇气扑了个空，默默地捂住了脸。而对面的男生漫不经心地看了她一眼，眉宇间夹杂着几分不甚明显的笑意。

沈逾青不愧是财大气粗的公子哥，手一挥，说这天他请客，让新朋友们敞开吃。

江昭惦记着家里的江奶奶，不准备待太久，起身想挑一些给奶奶带回去，正好碰上了沈逾青去结账。

柜台处结账的人是个年轻的小姑娘，见一个高高瘦瘦的帅气男生走进店里来，不由得多看了几眼。

沈逾青走过来，敲了敲桌面，说："先把外面那桌的账结了。"

小姑娘点了点头，很快就算好了账。

沈逾青低头付钱的时候，余光瞥见了正站在食品挑选区的女生。他记得她叫江昭，刚才没怎么说话，看上去挺内向的。

他对柜台结账的人说："等她挑完，一起算。"说完顺势拉了个椅子坐下来，边玩手机边等江昭。

江昭端着盘子走过来，才注意到沈逾青打算帮她结账。她连忙摇了摇头："不用。你请的是周聿也的朋友，这些是带给我奶奶的，不能再让你破费了。"

说完她走到柜台边，对着结账的小姑娘点了点头："结账吧，分开结。"

"还真是个倔性子。"见她这么坚持，沈逾青自然不会上赶着做冤大头。

只不过她这执拗的性子，倒让他来了几分兴趣："你叫……江昭是吧？"

江昭点了点头。

沈逾青靠在椅背上，眯着眼睛想了一会儿："总觉得这个名字有些耳熟……"

江昭的身子僵了一下，她不自觉地握紧了手指。

"哦，我想起来了，我们班主任经常念叨你，说你的文科成绩特别好，让我多向你学习学习呢。"沈逾青冲着她的方向抬了抬下巴，"哎，你们这些学文的，每天都在背书，不怕变成书呆子啊……"

柜台里的小姑娘忍不住笑了出来，对沈逾青说："帅哥，读书不都是为了自己往后的人生着想嘛。像你这种生来就在罗马的，就算最后成绩不理想，家里怎么可能放着你不管？"

沈逾青轻轻嗤笑了一声："那可说不准，万一我哪天被赶出家门了呢？"

"被赶出来又怎么样，大不了我来收留你。"那个小姑娘不知何时已经走出了柜台，靠在柜台上面看着沈逾青。

沈逾青轻笑了一声，微眯着眼睛去打量那个女生，并未说些什么。

　　江昭不自觉地抿了抿唇，抬头看了看随意地坐着的男生，很快又将视线收了回来。

　　见服务员拿着烤串出来，江昭想要赶快离开这里，想都没想就直接抬手去接，尖锐的疼痛袭来，她重重地嘶了一口气，条件反射般地松开了手。幸好铁签下一秒落回了少年的手中。

　　江昭还没缓过劲儿来，就听到沈逾青说："哎，你是不是真的读书读傻了？签子这么烫就敢直接上手拿？"

　　江昭下意识地将烫伤了的手指藏到背后，看到他的白色短袖上多了几道深黄色的油迹："你的衣服……"

　　沈逾青想：她可真行，明明自己的手被烫了，最先关心的却是别人的衣服。

　　他觉得和她说不通，丢下一句"跟我来"，拉住她的手腕就往卫生间走。等进去后，他拧开水龙头，将她的手指放在清水下面冲洗。

　　江昭被凉水冰了一下，不由得把手往回缩了缩，神情显得有些拘谨。

　　她的这些小动作全被沈逾青看在眼里。他无奈地叹了一口气："原来你也知道疼啊……"

　　见冲洗得差不多了，他才关掉水龙头，从纸箱中抽出一张纸递给她："拿着擦擦。"

　　江昭低声说："谢谢。"然后接过了他递过来的纸。

　　沈逾青见她收拾好，便转头准备往出走，刚迈出一步，衣摆处被一只白净的手抓住。他的脚步停住，低垂下眉眼看向身后的女生，无声地询问。

　　江昭指了指他衣服上的那块油污，抬头细声细气地说："你要不……还是把衣服给我吧，这毕竟是因为我弄上去的，这种油不好洗。"

　　沈逾青笑了一下，开口调侃："你的意思是，让我现在把衣服脱给你?"他揪住了短袖的下摆,作势要脱下来,"这样?"

江昭连忙摆手:"不用,不用。"她攥了一下衣角,有些局促地说,"那……明天,你把衣服交给我?"

有那工夫,家里的阿姨早就帮他洗完了。更何况,他家这类衣服少说还有十来件,弄脏了随手丢了也没人在意,只有她把这当成什么大事。

不过眼前的这个女生看上去虽然有点儿内向,但相处起来,她说的每一句话,做的每一件事都挺让他意外的。

沈逾青看了她几秒,最后松开了抓着衣服的手:"行,也不用等明天,我今天晚上就可以给你。"

听到这句话,江昭轻轻吁了一口气。

沈逾青盯着她不复之前那么紧张的脸,无声地笑了一下。

已经将近十点,吹来的风夹杂了几分凉意。

喻时看了一眼时间,觉得不早了,提出该回家了。

一旁的陈叙轻声说:"我送……"

"跟我一起回吧,我俩顺路。"周聿也拿着手机站了起来,顺手把挂在椅子后面的薄外套扯下来丢给不远处的女生,"晚上凉,披上。"

喻时没想到他来这么一出,有些狼狈地伸手把他的衣服抱在了怀里,一抬头,看到陈望盯着他们,震惊不已。

喻时连忙说:"只是住得近而已。"她充满警告地瞪了一眼陈望,示意他别乱说话。

陈望转过头看向江昭:"昭昭,要不我送你吧?"

江昭连忙摆了摆手:"不用的,我家离学校很近,你们赶紧回去吧。"

喻时朝周聿也走了过去,将手中的衣服塞给他,嘀咕着说她才不需要他的衣服。

穿着黑色短袖的少年瞥她一眼，没吭声，从她的手里抽走衣服，搭在了她的肩膀上。

喻时刚想开口拒绝，一阵风吹了过来，她裸露在外面的皮肤顿时起了很多鸡皮疙瘩。沉默了几秒后，她别扭地把衣服穿好了。

"我去骑自行车。"她想起什么，问周聿也，"你的那个朋友呢？"

周聿也淡淡地应了一声："他有事先走了。"

"哦。"喻时转头去推车子。

周聿也无所事事地等在原地，一转头，便和陈叙对上了视线。

陈叙朝周聿也平静地点了点头后，又看了一眼喻时的背影，转头对陈望说："走吧。"

陈望笑眯眯地朝周聿也挥手告别："假期有时间再约！"

周聿也弯唇应了一声："行。"

喻时推着自行车过来，就看见只剩下周聿也一个人站在原地。她疑惑地抬头看他："你没骑自行车吗？"

周聿也想到什么，嗤了一声："骑出来让人撬锁吗？"

喻时顿时被噎了一下。要不是见他的神情如常，她差点儿以为这人已经知道撬锁的人是她，故意说这话来刺她。

"算了，看你今天借给我衣服穿的分上，我就大发慈悲一次，载你回去吧。"喻时拍了拍自行车的后座。

周聿也的眉梢微微上挑："你来载我？"

"怎么，你觉得我载不动你？"

周聿也轻笑一声："我是觉得，就这样被你载回去，会被人笑话。"

周聿也走到自行车的旁边，朝后座的方向抬了抬下巴："坐后面去。"

喻时想了想，最后还是决定退位让贤，安安分分地坐在了后座。

一瞬间，二人之间的距离顿时拉近了不少。

喻时忽然意识到一个很严肃的问题——她扶哪里呢？最后她深吸了一口气，伸出两根手指轻轻地捏住了他黑T恤的一角，确保自己能够保持平衡，同时心里默默地祈祷，这一路可千万别来个急刹车。

结果自行车起步没多久，前方的人就猛地握住了刹车，喻时整个人毫无防备地就向前扑去，下意识地抱住了前面唯一的支撑点。

周聿也微闭眼睛，偏过头，看向扒着他后背的女生："你干什么？"

喻时连忙把手松开，抬起头郁闷地看他："这句话应该由我来问你吧？"

"刚才有一个小孩儿突然从路口跑出来了。"

喻时："哦。"

见她没有其他的反应，周聿也再次强调了一遍："我没骗你，真的有个小孩儿。"

喻时似乎是嫌他啰唆："我知道啊，你刚才不是说过了嘛，总不可能是在骗我吧，难不成你还学那些偶像剧里的桥段故意刹车……"

周聿也冷冷地瞥了她一眼："我又不是闲的。"

他摆正身子，重新踩好踏板："怕掉下去，就抓牢些。"

喻时撇了撇嘴，抬起手小心翼翼地抓住他腰间的衣服，小声嘀咕了几句。周聿也没听清楚她说了什么，但肯定不是什么好话。

沈逾青在服装店换了一件深蓝色的短袖，出来后把手中提着的袋子递给了江昭："这里面是我换下来的衣服。"

江昭站在店门口，接过袋子："那……我就先走了，等我洗完以后，再还给你。"

沈逾青低头看了她一眼："行。"

江昭对他小声说了句"再见"，便提着袋子离开了。

刚走了一段路，她停下脚步，转身看向一直跟在她身后的男生："你……你跟着我干什么？"沈逾青抽出了插在兜里的手，随意地指了下前方的小道:"这么昏暗的路,哪敢让你一个人走?"

"走吧。"既然被她看到,他索性走上前来和她并肩同行。

江昭没有再拒绝,慢慢往前走着。她实在不知道该和他说些什么,这一路走下来,二人很是沉默。

直到经过一个巷口拐角时,这份沉默才终于被打破:"就送到这里吧,我家就在前面的拐角。"

江昭顿了顿,继续说:"今天晚上还是很谢谢你。"说完便快步离开了,只留给沈逾青一个纤瘦又匆忙的背影。

江昭轻手轻脚地关上家门,江奶奶听见动静,拄着拐杖从卧室里走了出来。

"奶奶,我回来了。"江昭把手中的袋子放在桌子上,接了一杯水递给江奶奶,"今天我和朋友们去吃了烧烤,回来的时候给你带了一些。奶奶,你吃吧,这些东西凉了就不好吃了。"

江奶奶和蔼地笑了笑:"你不用太担心奶奶,和朋友们想吃什么就吃什么。不管发生什么,昭昭,你把自己的生活过好,奶奶比什么都高兴。"

江昭走上前去抱了抱江奶奶:"奶奶,只要你在阿昭的身边,我就会永远快乐。"

等江奶奶休息后,江昭在盆中接了水,准备把沈逾青的那件短袖洗干净。她把衣服凑到了自己的鼻间,很小心地嗅了嗅。短袖上面满是沈逾青身上的味道,清爽好闻,不像其他男生一样充满了汗臭味。

在沈逾青进去买衣服的时候,她其实也进去过那家店。

趁着他换衣服的时候,她随手拿起一件衣服,将吊牌翻转过来,看到上面将近四位数的价格,她立刻放开了那件衣服。

那家店的门槛,就好像他和她的差距。门里,是他的世界,门外,才是她的世界。

江昭看着手中的白色短袖，有些难过地闭了闭眼。

柳南巷，喻时把自行车停好后走出来，见周聿也还伫立在大槐树下面。路灯投射下来，把他的影子拉长，仿佛要与夜色融为一体。

见她出来，周聿也抬脚朝她走了过来，低头看她，好像在等待着什么。

难道是在等自己谢他？喻时犹豫了几秒，开口："今天晚上谢谢你载我回来。"

少年点了下头："不用谢，反正骑的也是你的车。"

"哦。"喻时说完后转身准备离开。

少年单手插着兜，抬起另外一只手精准地捏住了她的丸子头："我的衣服穿上瘾了？"

喻时十分无语，这可是她辛辛苦苦扎了好几遍，堪称完美的丸子头啊！

看在今天晚上他辛苦骑车的分上，喻时咬紧牙关，说："当然不是了。"

周聿也看到她眼里威胁的光芒，才若无其事地收回了手。

喻时赌气似的把外套的扣子全都用力解开。可能因为太过使劲，她的牛仔背带不小心滑落，白皙莹润的肩头露了出来。

喻时连忙把肩带拉起来，然后心虚地去偷瞟对面的男生，却见周聿也故作淡定地挪开了视线。只不过，路灯明亮，她清楚地看见他的耳根有一点点红。

她心想，他脸红个什么劲儿啊，我又不是故意的。

周聿也盯着眼前的题，脑海中却不自觉地想起刚才的情景。他心中浮现出一个念头——喻时该不会……是故意想吸引自己的注意吧？

他知道，她这个年纪的女生很容易慕强，而他刚来一班时出了风头,当时她也在场。

想着想着,他发现自己在草稿纸上不自觉地写下了"喻时"两个字,赶紧把那张纸抓起来揉作一团,扔进了旁边的垃圾桶。

这会儿没了心思做题,周聿也朝门外喊了一声:"功勋。"

没过两秒,一条健硕的拉布拉多犬就摇着尾巴跑进了屋子里,叼着自己脖子上的牵引绳递到了自家主人的手边。

周聿也看到功勋这个举动,笑了一下,拍了拍它的头,拉着它出了门,看到楼底下有几个大爷坐在石椅上下棋。

二楼,一扇亮着灯的窗户里,喻时从窗户里抬起头,看到周聿也拉着功勋慢悠悠地走到棋桌旁,蹲着看大爷们下棋。

等喻时做完几道题再抬头的时候,看到周聿也已经被大爷们按在座位上,与他们对弈。

她很是意外,这人怎么什么圈子都融得进去?

喻时撑着头,眼睛一眨不眨地盯着他的身影。而下方的少年落完一子后,好像感应到了什么,忽然抬起头来,直直地朝二楼看来。

楼底下,周聿也看到空无一人的窗户,轻挑眉梢,将黑棋在指尖转了一圈。在对面大爷的催促下,他将心思重新回到棋盘上。

屋内的喻时狼狈地躲在桌子下面,喘着粗气。好险,差一点儿就被发现了。

心跳恢复正常之后,喻时才慢慢呼出一口气。不过她很快就反应过来,她躲什么啊!

被周聿也这么一打断,喻时也没了心思再去刷题,安安分分地躺到床上睡觉去了。

"周聿也,你脸红什么啊……"

周聿也猛地睁开了眼睛,喘着粗气看向前方。他很快意识到,自己在房间的床上。

他抚了一把带着湿意的头发，想起刚才的梦，皱了下眉头，抬手掀开了身上盖着的薄被。

天刚亮，功勋还没睡醒，周聿也强行牵着它出门，正好碰到有人从楼上下来——是跟周广平约好练太极的喻时。

喻时一夜好梦，神清气爽。想着二人既然认识了，碰见不打招呼也不太好，于是朝他挥起手。而不远处的少年淡淡地看了她一眼，晃动狗绳，一人一狗立刻掉转了方向，朝着与她相反的方向走去。

喻时有些不明所以地瞪大了眼睛。她什么时候惹这位少爷生气了？

身后，周广平带着笑意的声音传过来："喻丫头，你来了。"

喻时乖巧地打招呼："周爷爷，早上好。"

周聿也在巷口处拐了个弯，功勋忽然呜咽了一声，不肯再往前走。

他沉默了几秒钟，低头看向自己的狗："想和她打招呼？"

功勋叫了一声，尾巴摇得欢快了起来。

周聿也冷笑一声："她刚刚在跟我打招呼，又不是和你，你上去凑什么热闹？"

功勋不吐舌头了，站直身子，对着靠在墙上的少年不满地叫了一声。

"她对狗毛过敏，又没戴口罩，不能靠近你。"

功勋重新趴回地面，身后的尾巴无精打采地落在地上。

周聿也沉默了几分钟，半蹲下身子，在功勋的脑袋上摸了摸："行，行，行，我承认，主要是我的问题，最起码让我缓两天吧。"

毕竟自己昨晚梦见她了，现在见面怪尴尬的。

经过这段时间的刻苦练习，喻时终于通过了太极拳的体育考核。为此，她还专门跑回去把这个消息告诉了周广平，说这都是周爷爷的功劳。

周广平开怀大笑，说她这是孺子可教也。

周聿也坐在柜台边,听见这一老一小其乐融融的对话,说:"怪不得你们能成师徒,戴高帽的手法倒是都挺有一套的。"

喻时没好气地瞪了他一眼,这个人的嘴巴怎么能这么欠啊?!

考完体育,期末考试也紧跟着来了。

等所有科目都考完,陈望看到江昭和喻时从考场出来了,走过去问:"喻时,最后一道选择题你选的什么?"

喻时回想了一下:"选的 D 吧。"

陈望长舒一口气:"幸好我蒙对了。"

不过他很快抓了抓头发,有些烦躁地说:"估计到时候我妈又要拿我的成绩和陈叙的作对比了。"

喻时刚想开口,听到有人叫她:"喻时,任老师叫你去一趟她的办公室。"

"好的。"喻时答应了下来,对陈望和江昭说:"你们先回去吧,不用等我。"

因为一考完就放假,学生们正陆陆续续地收拾好东西往校门口走,喻时过来的时候,发现考研组办公室只有任秀华一个老师。

喻时敲了一下门。任老师抬起了头,朝她微微一笑:"喻时,你来了。"

喻时:"任老师好。"

此刻的楼道外,一个高个男生站在办公室门前,刚准备敲门,却忽然听到了里面传出来的对话声音,双方的声音他都很熟悉。

周聿也一顿。

办公室里,任秀华取出一份字迹清秀的试卷,递给喻时:"喻时,你不必紧张。我找你来,是有一些事情想问问你。"

喻时眼尖,立刻认出了那是她的试卷。

任秀华开门见山地说:"这是我那天交给你做的数学试卷,实际上是一班最新的模拟竞题，你交上来的当天我就批完了。之所以这么久没和你说，是想看看期末的数学卷子你做得怎么样。"

她顿了顿，眼里的笑意溢出："喻时，这份试卷你完成得很好。不得不说，你在数学方面是有天赋的。"

喻时弯了弯唇："谢谢老师夸赞。"

"喻时，你是不是私下一直在刷数竞题？"

喻时停顿了一下，慢慢垂下头："我……我就是随便刷刷……"

任秀华将那份试卷重新看了一遍："随便刷刷可做不出这个效果。你一直在学习数竞知识，对不对？"

喻时咬了一下唇，没吭声。

任秀华耐心十足："这样吧，我换个问法。喻时，你喜欢数学吗？"

面前的女生沉默了好一会儿，才有些艰难地点了点头。

任秀华说出了这天她叫喻时来的真正目的："现在一班有从外班扩招学生的想法，但名额不多。我想你是适合的。如果你不愿意，我也不会勉强你。"

喻时沉默了很长时间，最后说："任老师，我觉得我做不到……"

任秀华打断了她的话："喻时，别做让自己后悔的选择。这关乎你日后的人生，你想清楚后，再来回答我。"

"好的，任老师。"

从办公室走出来后，喻时靠在了冰凉的墙上，神情有些茫然。

喻时闭了闭眼睛，想起了自己十五岁时发生的事。

喻时把卧室的门打开一条缝，偷看客厅里的两个人。

唐慧冷冷地说："这样吧，不如看她自己。快要中考了，如果她的成绩能超过北市一中的分数线，你就带她走；如果她的分数不够，那她就留在怀城，留在我的身边。"

当时喻时的成绩还不太稳定，谁也无法保证她到底能不能考上北市一中。这个提议一出,唐慧对面的人的表情也跟着和缓了些。

喻时看着这一幕,忽然感觉眼睛酸涩。她悄无声息地关上房门,跑到床上用被子牢牢地罩住了自己的头。

喻时不明白,为什么他们两个人宁可做出那样的决定,也没有一个人愿意进来听一听她的想法。

"哎。"一个懒洋洋的声音将喻时的思绪召唤了回来。

周聿也将身子靠着后面的栏杆上,身后是一大片火红的夕阳:"没考好啊?"

见她没什么反应,他干脆走到她面前蹲了下来,跟她对视:"你怎么哭了?"

喻时吸了吸鼻子,别开了眼:"才不是。"

她指了指烈日,胡乱诌了个理由:"阳光太刺眼了,我盯久了眼睛不舒服。"

周聿也没有揭穿她,站起身来,将一条胳膊随意地搭在栏杆上,眯眼看向外面。他的身子正好为她挡住了直射的阳光。

二人以这样一蹲一站的姿态沉默了很长时间。

等喻时整理好情绪,刚打算站起来,她忽然感觉脚底一麻,就要摔倒,还好旁边的少年及时扶住了她。

喻时稳住身形后,对他说:"谢谢你陪我这么……"

周聿也抬了抬下巴,示意她去看天边的那一抹红:"你不觉得这里看夕阳的角度刚刚好吗?"

喻时心里的那点儿感动顿时荡然无存,掉头就走。

周聿也见状,无声地笑了一下。等喻时走后,他才重新敲响了办公室的门。

任秀华看到他,脸上闪过一丝意外:"你怎么来了?"

周聿也说:"我来,是想找一个人。"

任秀华反应过来:"你不顾一切地来到这里,原来目的是这个。可是我最初答应告诉你有关他的事情,是有条件的,不是吗?"

周聿也回:"我只是想来再确认一遍。"

任秀华顿了一下,没有说话。少年离开后,她抚了抚皱起来的眉头,发出一声沉重的叹息。

江昭抱着袋子气喘吁吁地往球场门口跑时,正好碰上了刚打完球准备离开的沈逾青。他穿着一件蓝白色的球衣,和旁边的朋友们勾肩搭背地聊着天。

江昭把手中的袋子塞进了沈逾青的怀里:"衣服我洗干净了,还给你。"

"谢谢啊。"沈逾青看着袋子里的衣服,终于记起来眼前的这人是谁。

江昭朝他笑了一下:"不用,应该是我说谢谢才对。"

沈逾青对她突如其来的笑容感到些意外,怔了好几秒后才若无其事地将目光移开。

周围的几个哥们儿笑道:"哎,逾哥,还走不走了,别光顾着说话啊,我们几个快饿死了。"

江昭连忙出声:"没什么事的话,我就先走了。"

沈逾青沉默了几秒,忽然说:"来都来了,不如一起去吃顿饭吧。"

江昭一愣,抬头看向他。

沈逾青的神色有些不自然:"我是觉得,这么热的天气,你特意跑来给我送衣服,我心里有些过意不去。"

原来是不想欠人情。江昭心头一涩,但还是故作轻松地笑了笑:"没关系,我不饿,而且一会儿我还有事呢。"

刚说完,她的肚子突然响了一声。江昭难得红了脸,有些难堪地垂下头。

050

沈逾青丝毫不给她留面子："这就是你说的不饿？还是说，你不想跟我扯上太多关系？"

江昭红着耳根，没作声。

沈逾青瞥了她一眼，抛出一句"等着"，回到了他那几个朋友旁边说了几句话。

有人开玩笑说："沈逾青，你真不够意思，说赶我们走就赶我们走啊。"

沈逾青和那群兄弟告别后，重新回到了江昭的身边："走吧。"

江昭茫然地问："去哪里？"

"还能去哪里？当然是去吃饭啊。"他抬起修长的腿往前走着，示意她跟上。

江昭张口刚想说什么，就听到沈逾青说："别说话，跟着就行。"

她垂下头，好吧，就吃一顿饭而已。

喻时回到家时，发现唐慧还没有回来。她慢慢吐出一口气，走进卧室里，在黑暗中凭着记忆摸索到书桌的位置，把藏在桌子里的习题册拿了出来，并摁开了桌子上的台灯。

暖白的灯光倏地亮起，喻时抬手慢慢抚过书皮上面的字眼，又拿出手机看着上面的电话号码，神情犹豫不定。

就在这时，窗户不知被什么东西打了一下，喻时连忙推开窗户探头去看。

发现楼下的人是周聿也，她没好气地喊了一声："你有病啊，打我的窗户干什么？"

周聿也见她终于出现，把手中虚握的小石子随手扔了："我还想问你呢，大晚上的就开了一盏台灯站在那里，跟鬼一样。"

"你——"喻时气势汹汹地撂下一句"你别走"，然后迅速跑下了楼。

到了楼下，见他还跟没事人一样地立在原地，喻时顿时气不打一处来："你刚刚说谁是鬼呢？"

周聿也忽然弯下腰，拉近二人的距离，眼里带了点儿笑意："谁先应谁就是呗。"说完后，他转过身朝着小卖部走去。

喻时下意识地跟在他的后面，气急败坏地说："周聿也！你这人嘴里怎么就吐不出一点儿好话呢？"

走到小卖部门口，少年从冰柜里取出两根冰棍来。

喻时愣了一下，仰头问他："你干什么？"

周聿也把冰棍塞进嘴里，睨了她一眼，含混不清地回了句："你不吃？"

喻时发现自己没拿手机，扭捏半天，最后挤出一句："我……我没带钱。"

周聿也直接把冰棍往她手里一塞："算我请你的。"

喻时看了一眼走向老槐树的少年，最终还是慢吞吞地跟了上去。

长势茂密的老槐树下，少男少女分别坐在长椅的一侧吃着冰棍。

吃完冰棍，喻时仰起头，将双手向后撑在椅子上，专注地看着夜空上的繁星。

"功勋呢？"她歪头问了他一句。

"被老爷子拉去遛了。"

"周聿也，你说……追逐自己喜欢的东西，是不是真的很难？"

周聿也微微侧头，瞥了一眼旁边女生的侧脸："其实也不是很难。毕竟，勇敢的人先启程，胆怯的人却总在等待，不是吗？"

喻时听到这句话，下意识地扭头看他。半晌，她点了点头，嗓音有些哑："你说得对。"

唐慧这天回来得晚，一开门，发现客厅没开灯，只有卧室里亮着一盏台灯。

"喻时？"唐慧试探性地叫了一声，发现没人回话。

"这孩子，出去之前也不知道把台灯关了，白白浪费电。"唐慧碎碎念了几句，走进喻时的卧室，准备去帮她把台灯关了。

等她走近了，看到桌子上的书名后，神色一变。

喻时看了一眼时间，发现已经不早了，说："我先回去了。"

周聿也应声："往后别不开灯在窗户前站着，还穿着白衣服，大晚上的跟个鬼一样。"

喻时有些无语。多大的人了，还怕鬼！

她转身上了楼，进屋后看到客厅里空无一人，便松了一口气，朝自己的卧室走去。

刚推开门，喻时看到唐慧一脸阴沉地坐在椅子上，手上紧紧地攥着一本书。

喻时的大脑一片空白。

"回来了？"唐慧的语气还是和平常一样，"你说吧，这是什么？"

喻时不自觉地握紧手，脊背却挺得很直："你不是都看见了吗？"

唐慧猛地站起来，声音夹杂着怒火："我要听的是你的解释！"

喻时直接坦然承认："对，我一直在背着你刷数竞题。"

"喻时！"唐慧呵斥道，"我早就告诉过你，不要把时间浪费在这些没有意义的事情上……"

"那什么有意义？"喻时忽然拔高了音调，"你有问过一次，我是怎么想的吗？"

喻时红着眼圈，哽咽不已："妈，你知道吗？只有数学能带给我很多乐趣，这是其他学科比不上的。这对我来说才是最大的意义！"

唐慧瞪大眼睛看向她："我是你妈妈，我怎么可能会害你呢？喜欢数学可以，但竞赛竞争有多大你又不是不知道！你一个女孩子，拼不过那些男生的，你就听妈妈的话……"

喻时忍无可忍地后退几步："你不要再说了，我什么都不想听！我为什么学不过那些男生？我付出的努力不比他们少，最后的结果也绝对不会比他们差！"

似乎被她执拗的态度刺激到了，唐慧气血上涌，语气变得激动起来："喻时，你现在连我的话都不听了吗？我告诉你，我不会同意你去学数竞的。"

"这些题……我让你学！我让你学——"唐慧边说边用力把那本习题册撕碎，然后扔到了窗户外。

"妈！"喻时难以置信地看着自己的母亲，哭喊了一声。

她不明白，为什么她只是想顺从自己的心意去过自己的人生，会这么难？

当她心中又生出放弃的念头时，脑海中响起槐树下少年对她说的话："勇敢的人先启程，胆怯的人却总在等待，不是吗？"

别人她不清楚，可周聿也那样的人，喻时总觉得，他既然说出来了，就会放手大胆地去做。

她也想变成这样的人。

想到这里，喻时抬起头，眼中闪动着泪光："可是，妈妈，就算这样，我还是不想放弃数学。这是我的梦想。不管最后结果如何，我都可以接受。拜托您，不要急着拒绝我好不好？"

与此同时，深夜的小区楼下，周聿也坐在长椅上，拿出手机给陈望发了条微信消息：*把喻时的微信推过来。*

陈望回复：*好嘞*。他立刻把喻时的微信名片发了过来。

周聿也看着喻时的微信昵称，觉得有点儿眼熟。他点开名片，发现两人已经是微信好友了。看着两人的聊天记录，周聿也挑了挑眉，怪不得当初她死活都不愿意加他的微信。

就在这时，周聿也看到大片纸张的碎屑从二楼的窗户飞了出来。

周聿也站起身朝那里走去，弯腰捡起了一张纸，他发现正好是书的封皮，上面写着：数学奥林匹克系列丛书，喻时。

周聿也盯着上面的文字看了几秒，然后抬起手将纸上的脏污耐心地抹去。被人珍贵对待过的事物，不应该是这个下场。

二楼的房间内，争吵声仍未停歇。

唐慧的胸脯剧烈地起伏着："喻时，你告诉我，你是不是早就想跟着你爸爸走了？是妈妈挡了你的路？对不对？！"

"妈，你怎么会这么想？"听到唐慧怒极说出的话，喻时难以置信，"如果我那么想跟爸爸走，当初中考的时候，我怎么会放弃那篇作文！"

尖锐刺耳的声音戛然而止，喻时反应过来自己说了什么，神情有些僵硬。

唐慧的瞳孔里满是震惊："喻时，我……"

既然都说出来了，喻时也不再隐瞒，深深地吸了口气："妈，我们都冷静冷静吧。"然后转身跑出了家门，连拖鞋都没来得及换。

等跑下楼，喻时发现脚下的拖鞋不知道什么时候跑丢了一只，脚心被小石子硌得生疼。

她撇了撇嘴，努力把哭意压下去，深一脚浅一脚地朝着槐树旁边的长椅走过去。过去后，她发现椅子上还窝着一个人，被吓了一跳。

她定睛一看，发现是周聿也后坐到长椅的另一端："你怎么还在这儿？"

"我怎么不能待在这儿？"少年轻飘飘地瞥了她一眼，注意到她通红的眼眶后顿了一下，移开了目光。

喻时看见少年手里的易拉罐，问："哎，你在喝什么啊？"说完以迅雷不及掩耳之势将他手中的易拉罐抢走了。

"还我。"少年言简意赅，语气冷淡。

喻时举起易拉罐喝了一大口，有些不服气地哼了一声："有本事你来拿。"

周聿也抬头看向她，半天不说话。知道她的情绪不对，他没和她多计较。

喻时看似公平地说："之前你吃了我的绿豆沙，这次我喝了你的饮料，就当抵了。"

见周聿也没有来抢的打算，她放心下来，连着喝了几口，絮絮叨叨地说："你说，我想学数学，不想学物理有什么错？她就非要……非要逼着我去学那些不喜欢的科目……我数学那么好，每次都将近满分，她却从来都没有夸过我一句。反而是其他学科，但凡我考差了，她就……开始数落我，可我明明已经很努力了啊……"

喻时不停地述说着，似乎是好不容易抓住了一个可以倾诉的人，要把这几年所受的委屈统统发泄出来。

不久后，易拉罐见了底，她好像也说累了，眼睛一闭，身子直直地往前倾。周聿也手疾眼快地抬手扶住了她的肩膀。

"你倒是胆大，闭着眼睛就往地上趴。"他冷冷地开口。

喻时依旧闭着眼睛，嗓音有些哑："你不是在这里吗？"

周聿也听见这句话后稍稍别过头，发现女生的脚底沾着一些细小的石子和泥土，有些地方甚至还破皮了。

他抬手轻轻拍了拍她的后脑，嘱咐道："坐稳。"

等喻时坐好，周聿也才抬脚返回小卖部门口。再走过来时，他把一双新拖鞋放在椅子下面，手里还捏着几张柔软的卫生纸。

喻时睁开眼睛，看到了那双女式的兔子样式的新拖鞋。

这是……给她穿的？

见她一动也不动，周聿也低声说了句"把脚抬起来一些"，然后蹲下身子，将她脚上的脏东西一点点擦去。

擦拭干净后，他忽然对她说了一句没头没尾的话："喻时，一辈子不长，对自己好点儿。"

听到他说的这句话，喻时猛地回了神，陷入了长时间的沉默。

沉默过后，喻时大大方方地穿上了那双新拖鞋，抬起头冲他盈盈一笑："我知道了，谢谢你，晚安。"说完踩着拖鞋上了楼。

周聿也站在原地，看着她的背影被黑夜一点点吞噬。过了半晌，他才浅浅地松了口气。

喻时回到家中，屋内一片安静。

看见唐慧的房间还亮着灯，喻时走过去，轻轻敲了敲门，低声说了句："妈，我回来了。"

喻时在唐慧房间的门前等了一会儿，见唐慧没有回应她，就回了自己的房间。

其实喻时能明显感觉到，中考前的那段时间，唐慧掉的头发比以前更多了。

中考的前一晚，唐慧来给喻时送牛奶，喻时无意间看到妈妈的鬓角白了好几根头发。

那一刻，她忽然想，妈妈人生中大部分时间都在为自己付出，她不能就这样放弃她的妈妈。或许是从那一刻开始，喻时便放弃了去北市一中的想法，决定留在唐慧身边，所以中考时她没有把那篇作文写完。

从那时到现在，喻时一直将当初的那份委屈和不甘独自闷在心底。

她知道唐慧的两难，同时也渴望着唐慧能理解自己的想法。

可这一切的一切，和数学无关。无论怎么样，她都不想放弃数学。数学是她最后的底线。

周聿也说得对，一辈子不长，对自己好点儿。

走自己选择的路，那才是真正的对自己好。

第二章
数竞一班

早上起来之后,喻时就想找唐慧把一切都彻底说清楚,只不过找了几圈都没看到她的影子。

喻时想,她应该是去学校了吧,便换好衣服出了门。等走到楼下,她忽然想起什么,拐进了周广平的店。

大清早的,周爷爷不在,只有周聿也守着店门。喻时松了一口气,这样也好。

"干吗呢?跟个小偷似的鬼鬼祟祟的。"周聿也把手中的笔搁在桌子上,抬头看着她。

喻时踱着小步过来,把钱放在柜台边,然后往后挪了几步,不太自然地说:"那什么,这是昨天的拖鞋和饮料钱。"

周聿也瞥了一眼柜台上的钱:"某人昨天不是说饮料和绿豆沙抵了吗?"

喻时白皙的脸红透了:"是拖鞋的钱行了吧!"

周聿也咳了一声,装作无事道:"那……没有别的要和我说了?"

如果她的心情还是不好，他可以勉为其难地再给她当一会儿倾诉对象。

却没想到喻时听了这话一愣，然后摇了摇头。

周聿也淡淡地瞥了她一眼："你这个人，情绪收放还挺自如的。"

"不是你说的，一辈子不长，对自己好点儿吗？我还没和你说过吧，我其实很喜欢我的名字。喻时，时间的时。时间总会容纳一切的，无论有什么问题，总要去解决，而不是置之不理。之前我钻了牛角尖，现在不会了。"说完，她的嘴角一弯，"周聿也，谢谢你，昨天愿意听我说那么多。"

周聿也怔了一下，和她那双笑盈盈的眼睛对视了几秒，然后别过了头："别太放在心上，我就是那会儿没事干而已，给耳朵放松一下。"

喻时的嘴角一僵："哼，你不爱听，我还不说了呢。"说完掉头走了出去。

周聿也没想到，就一个晚上的工夫，她就能想明白。他盯着她离开的背影看了半晌，然后低头轻轻笑了一声。

喻时是在怀城二中找到唐慧的，这所学校是她的初中母校，同时也是她妈妈任职的学校。

喻时走进办公室，看到唐慧的手上攥着她中考模拟考试的成绩单。

"你来了啊。"见她过来，唐慧把眼镜摘了，略显疲惫地揉了揉眉心。

比起昨天晚上，她现在已经平静了很多："你不知道吧，你初三那一年的成绩单，我都留着呢。今天想拿出来看看，和新的一样。一眨眼，你马上要升高二了。"

喻时开口时，声音有些闷："你和爸爸离婚，也已经八年了。"

唐慧苦笑道："是啊，时间过得可真快。我怎么现在才发现，原来我家喻时这么厉害。每次考试，数学成绩都将近满分呢。"

喻时喉咙一紧："妈，我这次……真的很想自己做选择。"

唐慧长长地叹了一口气："在你来之前，我坐在这里想了很多。妈妈不得不承认，当初那件事，的确是我们做父母的不对，是我们没有尊重你的想法。对不起，喻时。"

听到唐慧的话，喻时的鼻头克制不住地一酸，重重地抽噎了一声。

这一声道歉，她一直都在等。好在，这一天，她终于等到了。

唐慧眼里满是心疼，抬手轻轻地抚摸喻时的脸："喻时，你告诉妈妈，妈妈还有机会去弥补你吗？"

喻时用力地回握母亲的手："妈，有机会的，一直都有机会的。"

唐慧知道，一旦走上数竞这条路，无论喻时多么天赋异禀，也会比之前辛苦百倍。

可这么长时间以来，她一直忽略了喻时真正的想法。

她的孩子长大了，也越来越有自己的主意了。她不该阻止，也阻止不了。

喻时看向自己的母亲："妈，世界上没有绝对的可能，也没有绝对的死路。无论我能不能在这条路上坚持下来，但努力尝试过，我就不会后悔自己做出的选择。"

唐慧看着喻时，过了半晌，慢慢点了点头："好。"

听到这句话，喻时终于喜极而泣。

中午，买完菜回家的途中，唐慧忍不住扭头问喻时："说起来，你是什么时候这么喜欢数学的？我记得，小时候你爸爸也没怎么教你这些啊……"

喻时一顿，慢慢眨了下眼睛。记忆回溯八年前的中午，她在校门口的遮阳伞下面等着妈妈来接。

一个高大的中年男人把一根冰棒伸到她面前："哎，小朋友你怎么一个人在这里啊？你的爸爸妈妈呢？"

小喻时岁数不大,警惕心却很强,没有接他递过来的东西:"我爸爸妈妈很快就来接我了,你还是快离开吧。"

"你这孩子,不要就不要吧。"男人拆了包装袋,把冰棍塞进了自己的嘴里,"你别害怕,我也是来接我儿子的。这孩子,不知道又跑哪里去了。"

那个大叔或许等得无聊,和她闲聊:"这样干等着怪没意思的,我和你玩个简单的小游戏吧,石头剪刀布,如何?"

见喻时没吭声,大叔继续加码:"这样吧,我们五局三胜,要是你赢了,我去对面小卖部买一根雪糕给你;要是我赢了,你就给我儿子买一根,如何?"

见她还不吭声,男人故意道:"哎,小姑娘,你该不会怕了吧……"

"我才没有。"小孩子最怕激将法,喻时自然也是,"比就比,谁怕谁?"

第一把结束,喻时看着自己出的石头,而对面的男人则出了布。

"好的,第二轮,石头剪刀布——"

大叔刚喊完,喻时就手急眼快地伸出了剪刀,同时,大叔淡定地朝她伸出了石头。

喻时有些懊恼地揪了揪脑袋上的头发。

大叔满意地笑了起来:"小朋友,准备给我儿子买雪糕吧。"

"哼,再来。"这次换她来喊,"石头剪刀布——"

这次她出的是布,而大叔出的是石头。她当下兴奋得手舞足蹈:"我赢了!"

接下来喻时一鼓作气赢了第四把。到了最后一局,二人双双出手,喻时连忙瞪大眼睛。

对面的人出的是石头,而她出的是上一把的剪刀——她输了。

喻时注意到对面的男人没有露出一丝意外的神情,问:"你是不是知道我要出什么?"

大叔笑了一下："我又不是先知，怎么会知道？其实这是我推出来的。"

他顺势拿起地上的一块石头，在水泥地上画了一个表格，然后在表格里填了他和她每次出的手势。

"要想赢这个游戏呢，关键在于摸清对方的路数。第一局你出的石头，输了，那第二局便绝对不会再出这个，那就剩下剪刀和布，也就是二分之一的概率。第二局，每个手势都是三分之一的概率，但根据你这几局下来的出手习惯……"男人一边说，一边用树枝在地上写写画画。

当初的喻时不过只有八九岁，完全不知道一个石头剪刀布就能包含这么多学问。

"大叔，你真厉害。"

"要多思考，多学习，这些自然慢慢就学会了。"男人看上去还挺得意的。

喻时不服地和他叫嚣："就算如此，那你这也是在欺负小孩儿！等我到你这个岁数，谁比谁聪明还指不定呢！"

男人拍着手大笑了几声："既然如此，我们就再玩一个游戏，看看谁更聪明，行吗？"

喻时犹豫了一下，还是点了头："不过，这次由我来出题。"

她夺过他手中的石头，迅速在地上画出一个方格矩阵，一些格子空着，一些格子里有数字。

"我们来比解数独吧。这是一个六乘六的方格，我们就来比谁更快解开，如何？"

男人越来越觉得这个小姑娘有意思："我倒是行，可要是我又赢了，你又说我以大欺小怎么办？"

这时，男人身后突然响起一个稚嫩的声音："老周，可以走了。"

"啊，儿子，你可终于出来了！"大叔连忙转身。

"这就是你儿子啊？"喻时好奇地开口。

男人笑眯眯地说："是啊，我儿子长得帅吧。"

喻时："……"

她忽然想到什么，问："那他的数学怎么样啊？"

男人想都没想就回答道："我儿子的数学那当然好了。"

喻时立刻说："那就让你儿子和我比。同辈之间比，谁也不吃亏。"

大叔迟疑地看向她："你确定？"

喻时轻哼一声："当然确定了。"

"既然你坚持的话，那就比吧。"

那个男生一走过来，大叔立刻牵了牵他的小手："这儿有个小姑娘说要跟你比数独，你去和她比比。"

"这是你出的题？"男生蹲下身子，认真地看了一遍图。

喻时点点头，歪头看他："比不比？"

男生没应她的声，而是扭过头问在后面看好戏的大叔："比完就回家？"

大叔迅速点头，还不忘给他鼓劲："儿子，加油！"

男生应了下来："比。"

参加过奥赛的小孩子对数独不陌生。喻时画的是个六阶数独，最多算是中等难度。她也是第一次做这道题。

计时开始，二人同时开始做题。

喻时做完后，激动地开口："用了多长时间？"

"五十五秒。"大叔满意地点了点头，"很不错了。"

喻时巴掌大的小脸上露出了几分骄傲之色。她偏头看向旁边的男生："怎么样？"

小男生冷酷无情地吐出一句话："你输了。"

喻时感到不可思议："怎么可能？！"

男生很不给面子地嗤笑道："输了就是输了。"

她不死心地继续问道:"他用了多长时间啊?"

男人连忙上前一步,委婉地说道:"就比你提前几秒而已……"

"三十秒。"男生双手抱胸,无情地说出了事实。

小喻时的心灵顿时受到了不小的伤害。比她快了两倍,这简直不是正常人的速度。

喻时清楚地意识到,眼前这人和她根本就不是一个水平线上的。

她眼圈一红,朝着面前的二人喊了一声:"你们都欺负我!"

喻时眼里蓄满泪水,窝在地上缩成小小一团,再也不想理他们。

喻时从小就长得可爱,这种要哭不哭的模样更招人疼。

老周转头瞪了一眼自家儿子,摸出一块钱,让他赶紧去小卖部买一根雪糕过来哄喻时开心。

男生迫于自家父亲那仅剩不多的威严,将雪糕买了回来,递给还在抽泣的女生:"哎,这个给你,输了就输了嘛。愿赌服输,有什么好哭的。"

"你的数学明明比我强,却还要和我比,这不是欺负人是什么?"

男生刚想回一句"不是你先提的吗",忽然听见老周咳嗽了一声。

男生停顿了几秒,有些扭捏地开口:"行吧,那你从现在开始,好好学数学,说不定总有一天就超过我了呢?"

喻时听完他的话,把那根雪糕拿了过来,拆开包装袋,直接塞进了他的嘴中。

男生顿时瞪大眼睛,将雪糕拿了出来:"你干什么?"

"我才不稀罕你的雪糕!"喻时瞪着面前的男生,"虽然你长得很好看,但像你这种表里不一的人我见得多了!你的数学很好又怎样,总有一天我会变得比你强!"

男生被她气得半死,撂下一句"好男才不跟女斗"就拉着一直在旁边看戏的男人离开了。

"你就知道在旁边看戏,老周,你真的太让我失望了!"男生的声音从不远处传来。

"哎呀,儿子,你别太生气了,你不觉得那个小姑娘很有意思吗?你刚转来这个学校,还没交新朋友,她还不错……"老周一边安慰男生,一边扭头对喻时挥手告别。

"呵呵,有这时间,我还不如去多刷几道题呢,朋友什么的最浪费时间……"

喻时看着那对父子逐渐走远的身影,黑眸里多了几分羡慕。几分钟后,她垂下脑袋,忍不住想,妈妈怎么还不来啊……

喻时感觉自己的脑袋被人拍了一下,立刻抬起头,看见原本应该离去的父子俩站在她跟前。老周把雪糕塞进了她的小手中,随后拍了拍她的小脑袋:"放心吧,小姑娘,我们不是坏人。如果你真的对数学感兴趣,那就坚持下去吧。我相信,你一定会变得越来越厉害的。"

老周的笑容在阳光下十分晃眼,让喻时想起了自己久未见过的父亲。

喻时呆愣片刻,终于破涕而笑:"好,我知道了。"

看她终于高兴起来,老周这才放下心来,拉着儿子离开了。

自那之后,喻时便开始尝试着走进数学的世界。

在喻初凌和唐慧闹离婚的那段时间,数学成了她最好的伙伴。

数学是美的,是充满力量的。她越来越感受到这句话的分量。

如今好不容易获得了唐慧的许可,喻时没有再拖延,立即把自己的选择告诉了任秀华。

挂断电话后,她站在窗边,有种不切实际的恍惚感。

怕自己是在做梦,喻时抬起手使劲掐了下自己的脸。一阵痛意袭来,她连忙撒开了手,拿起桌子上仅剩的几本数竞书用力地亲了几口。

等情绪抒发完毕,喻时终于感觉畅快了不少,准备给江昭和陈望打电话分享这个好消息。她不经意地看向楼下,顿时愣住了。

此刻，一人一狗正站在楼底下，微微仰着头，眼睛一眨不眨地看着她。

周聿也什么时候牵着功勋走到她家楼底下的？她刚刚那个样子……都被他们看见了？

想到这里，她的眼睛倏地瞪大，一张小脸顿时红起来。

她实在没勇气去看周聿也的神情，跑过去把窗帘拉起来了。

而楼底下的周聿也见喻时一连串的表情变换，实在没忍住笑了出来。

"为了庆祝我进入一班，我决定请你们吃大餐！"屋内，喻时大手一挥，豪气十足地对着视频电话那头的两个好朋友说道。

听到她进入一班，陈望和江昭二人十分捧场。

"火锅！"

"水煮鱼！"

喻时笑着说："那要不你们猜丁壳？"

"猜就猜。"

然后她就看着那两个人隔着屏幕开始比画，那样子多少有点儿滑稽。

"哎，哎，不算！刚刚网速慢了，江昭你肯定看见我出什么了，重来一遍。"

"陈望，你往前凑近点儿，我看不见你出的是什么！"

"是石头！"

"胡说，我看见了明明是布，别耍赖啊，我赢了。"

喻时看他们拌嘴，笑得肚子疼。

三人没聊太久就挂断了电话。

回家途中，江昭接到了邻居阿姨的电话："昭昭，你怎么还没回来？你奶奶刚刚在家里摔倒了，已经送去医院了！"

江昭听到后连忙在马路上打了一辆出租车，往医院赶去。因为太害怕，她的脸色煞白，身子还不住地颤抖着。

司机知道她是去医院，出声安慰道："小姑娘，别担心，吉人自有天相，会没事的。"

"对，会没事的……会没事的……"江昭嘴里一直重复着，眼神却十分空洞。

江昭到达医院后，看到江奶奶头上裹着纱布，安静地躺在病床上休息，才重重地喘了一口气，腿一软，差点儿瘫倒在地上。

旁边的邻居阿姨及时扶住了江昭，见她脸色苍白，心疼地连连哎哟了几声，掏出纸给江昭擦汗。

江昭抓住邻居阿姨的手，有些急迫地问："奶奶没事吧。"

"没事，没事，她就是接水的时候没注意到脚下的水，不小心滑倒了。医生说吃上几天药，再休息一段时间就没事了。对了，医生说家属来了去找他。"

江昭反复确认了好几遍，最后才如释重负般地松了口气，点了点头。看着床上安然入睡的江奶奶，她走过去，俯下身子小心翼翼地掖了掖被角，才去了医生办公室。

医生在她坐下来后，问："家里没有大人了吗？"

江昭搭在膝上的手颤抖了一下，摇了摇头："没有，我是江繁林的孙女，我叫江昭。"介绍完自己，她抬起头来，"杜医生，我奶奶有什么问题吗？"

杜医生拿起CT片子，递给江昭："虽然病人磕到头的情况不算严重，但保守起见，我们还是给她拍了脑部的核磁共振。结果出来后，我们发现病人的脑室处有一个肿块。我们初步怀疑是脑胶质瘤，需要后续进一步的检查来确定它的级别。"

医生的每一句话都如巨雷一样炸响在江昭的耳边，她整个人愣住了。片刻后，她慢慢拿起那张片子，浑身颤抖得厉害。

"现在告诉你,只是想让家属提前有个心理准备。如果有必要的话,患者需要进行手术或者化疗。"

医生的声音不断传过来,江昭握紧拳头,强迫自己冷静下来。

"好,我知道了,谢谢医生,我们会……会积极配合检查。"她用尽全身力气说完了这几句话。

她冷静地和医生交流完江奶奶的病情,一出办公室,就缩进墙角捂住了脸,发出绝望的呜咽声。

巨大的无助将十六岁的江昭笼罩着,慌乱间,她摸出手机拨出那个熟悉的号码。

柳南巷,灯火通明。

喻时坐在书桌前,刚刚学会了一个知识点,把配套的习题做了一遍,感觉还不错,准备接着做第二套时,手机振动了起来。她一看,是江昭打来的,立刻感觉到了奇怪。江昭很少在这个时候给她打电话,更何况她们这天刚通过电话。

接通电话后,喻时还未开口,电话那头就传来了江昭的啜泣声:"喻时……我该怎么办啊?奶奶该怎么办啊……"

喻时愣怔了一下,连忙安慰江昭:"昭昭,你别哭,告诉我你现在在哪里,我立刻去找你……"

"我在医院……我和奶奶都在医院……"

喻时毫不犹豫地起身朝门口跑去,一边下楼,一边不停地安慰江昭。

中途电话却突然被挂断,喻时一下子慌了神,差点儿踩空楼梯。她慌慌张张地从楼上跑下来,都没来得及看路,就直直地撞上了一个人。

她捂着额头连声说了好几句"对不起"就想绕开,手腕却在这时被人抓住。

"哎，你就这副样子出去？"周聿也有些无奈地说。

喻时注意到他的目光，反应过来自己穿着粉色睡衣，有些尴尬地抿了抿嘴角。

刚才她实在是太着急了，就这么冲出来了。她不知道江昭到底出了什么事，但她一分一秒都不想耽搁："丢人就丢人吧，你赶紧放开我……"

周聿也扫了她一眼，吐出两个字："等着。"然后松开她，转身朝小卖部走去。

没过一分钟，周聿也去而复返，只不过手上多了一件宽大的外套。他把衣服递给她，叮嘱道："穿上再走，耽搁不了几秒钟。"

喻时一愣，也没矫情，接过他的衣服匆忙地套在身上。往前走了一段距离后，她扭头看向旁边的男生，不解地问："你跟着我干什么？"

周聿也将手插进裤兜里："深更半夜的，你一个女生独自出去，多不安全。我看见了，袖手旁观总不太好吧。"

喻时皱了皱眉，最后还是别扭地丢下一句："你要跟就跟着吧。"

坐上出租车后，她忽然想起陈望家离医院更近一些，就给陈望那边打了个电话，简单地说了下情况，还说她这边不堵车的话，很快也能过去了。

话音刚落，道路前方一片红灯闪烁，此起彼伏的喇叭声中，出租车的速度徐徐变慢，直到彻底停下。

喻时："……"

周聿也轻笑一声，似乎是对她这张乌鸦嘴表示佩服。

听到陈望说他会尽快赶过去，喻时安心了不少，低下头，目光落在身上宽大的外套上。过了会儿，她小声道："那个……谢谢你今天晚上陪我出来，还有……借给我衣服穿。"

这好像是她第二次穿他的衣服了。

069

周聿也随意地嗯了一声,身子后仰,靠在车座上。

就在喻时以为又要陷入沉默的时候,他忽然开口:"你们看上去关系很好。"

喻时眨了眨眼睛,几乎没有迟疑地回答:"不是看起来,是关系本来就好。"

因为关系很好,所以听到江昭有事后,她和陈望才能毫不犹豫地抛下一切来找江昭。

喻时也靠在了柔软的车靠背上:"进入萃仁以后,我最先认识的同学就是江昭和陈望。江昭看着性子冷淡,不爱和人说话,但相处久了,你会发现她是一个温柔、坚强的女生;陈望表面上大大咧咧的,有时候嘴上没个把门的,但他其实也是一个阳光上进的人。"

她说完这些,旁边的人并没有接话,空气仿佛凝滞了几秒。

喻时没忍住偏头看旁边的男生,正好对上他那双狭长的眼睛。

周聿也问:"三个人的路,不会走得磕磕绊绊吗?"

喻时摇摇头:"只要方向、步伐一致,就不会成为阻碍彼此的绊脚石。况且,你在北市念了那么多年书,总会有个真心的朋友吧。"

周聿也淡淡地回了一句:"没有,我不需要朋友。"

喻时一噎,有些奇怪地看了他一眼。不过自己琢磨了下,又觉得理所当然。

就他那个脾气,谁愿意跟他做朋友?有也早就被气走了。

她最后还是没忍住,小声吐槽了一句:"我看你们北市一中都是一群学习机器……"

旁边的人似笑非笑地说:"你也可以这么理解。"

喻时想:很好,你很擅长把话题堵死。

周聿也闭着眼睛也能猜到喻时现在在想些什么。他双手抱胸:"北市一中的确有很多成绩优异的学生,但同时,那里的学习压力也很大。在高强度的学习计划下,没有人愿意把多余的时间分配到没有任何意义的社交上。对他们来说，身边的人都是坐在一间屋子里的竞争对手。朋友这个词，对现在的他们来说有些奢侈，他们看到的只有分数。"

他难得一次性对她说这么多话。

看着他脸上讥讽的表情，喻时问："所以你不喜欢那里，才离开一中，来到了萃仁？"

周聿也没有回答她。

喻时沉默着收回了目光。不会只是这样的。他可以离开一中，但未必会来到萃仁。

那么，他来到萃仁的目的，是什么呢？

出租车没有堵多长时间，过了十多分钟，二人就到了江昭说的那家医院。

喻时下车结账时，被周聿也拦住了。他一边拿出手机扫码，一边对她说："你先进去找你的朋友。"

喻时看了一眼正低头付款的他，没再犹豫，转身跑进医院，朝正在值班的护士打听江奶奶的病房号。

问清楚后，周聿也正好走进医院，喻时看到他，下意识地拉着他一起上了二楼。

喻时看见江昭坐在休息椅上，弯下腰，把她搂进怀里，轻轻地拍着她的背，低声安慰着她。旁边的陈望开口解释着情况，喻时的眉头越皱越深。

周聿也没有走过去，而是在拐角的另一边停了下来。他靠在洁白的墙上，拿出手机打发时间。

喻时了解大致的情况后，柔声安慰："昭昭，你听我说，最终的检查结果没有出来，我们谁也不知道情况如何，但既然医生说了，那就一定还有希望。现在最重要的，就是调整好自己，准备好去面对它，不是吗？"

江昭吸了吸鼻子，轻轻点了点头："谢……谢谢你们这个时间还愿意过来陪我。"

她重重地抽噎了一下，晶莹的泪水滑落下来："因为我……我实在……不知道我还能再和谁说这一切……对不起。"

喻时看到江昭这副样子，鼻头有些酸。她不明白，为什么昭昭已经在那么努力地生活了，那些苦难却还是不愿意放过她。

喻时牢牢地抱紧她，重复着说了好几遍："昭昭，会没事的，江奶奶会没事的，一切都会好起来的。"

等江昭的情绪稳定些后，陈望把自己买的吃食塞进她的手里："江昭，我在来的路上给你买了几个饭团，还没冷，你要是饿，可以垫垫肚子。"

他皱着眉头说："还有，今晚你先回去吧，你现在肯定很累，回去好好歇一歇，我和我妈说一声，今晚我来陪江奶奶。"

喻时想了下，也觉得可行："是啊，昭昭，你现在这个样子，万一江奶奶中途醒来看到，她会更担心你的。你今天先回去好好休息一下，明天再来医院照顾江奶奶。"

江昭沉默了很久，最后慢慢点了点头，感激地说："谢谢你们。"

陈望有些不好意思地挠了挠脑袋："哎，没事，都是好朋友，这点儿小事算什么。"

喻时也跟着笑了笑："对，我们都是好朋友。"

陈望确定留在医院守夜，喻时便决定先送江昭回去。一转角，她就看到了靠在墙边的少年。

喻时微微一愣，下意识地开口："你怎么还在？"

哟，感情还记得有他这个人呢？周聿也收起手机，哼了一声。

看到周聿也，江昭很是意外地转头看喻时："喻时，你……你们是一起过来看我的？"

周聿也想都没想就说:"当然……"

喻时连忙抢先一步飞快说道:"当然不是了,我们不是住得近嘛,我走的时候,正好碰上他也来医院,所以我们就一起来了。"

周聿也沉默了几秒钟,敷衍道:"对,所以你办完事了?"

喻时摇了摇头:"我不放心昭昭一个人回家,打算送她回家。"

周聿也似乎是听到什么好笑的话,冷笑道:"所以你们两个女生一起回去就安全了?"

她被他一呛,终于发现这人表情不善,闭上了嘴巴。

周聿也直起身,拍了拍后背沾上的白灰,利落地说了声:"一起走吧。"

他这天穿了一件深色的宽松半袖,即使拍过了灰,肩膀上的白色痕迹还是有些明显。喻时没忍住抬起手帮他拍了拍后背。

拍完之后,二人对上视线,皆是一愣。

喻时忽然意识到自己的举动好像有些过于熟稔,下意识地开口解释:"我是看你后面拍不到所以才……"

"行了,走吧。"周聿也看见她那副窘迫的样子,原本不爽的心情都变好了。

回去的路上,江昭抬头看了一眼前方挺拔的身影,又看看喻时明显不合身的外套,低声说:"喻时,我觉得……周聿也这个人好像还挺好的。"

喻时摸了摸自己的脸颊:"你别只看表面,这人的心肝其实可黑了。"

话虽这么说,但她看着那个少年的身影,忽然想起在出租车上他说自己不需要朋友的那些话。

她心想,他不该是一个人的。

送江昭回去后,二人打车回柳南巷。周聿也刚想说什么,肩膀处倏地一重，发现喻时倒在他的肩膀上，还发出极轻的鼾声。

周聿也轻笑一声，心想，她这人还真是心大。

车子停在柳南巷外，喻时恰好此时醒了过来，微微眯着眼睛问："到了？"

"嗯，到了。"周聿也活动着被她枕麻的肩膀，下了车。

喻时这次没有忘记把身上的衣服脱下来还给他，还对他说了声谢谢。

周聿也淡淡地应了一声，转身离开。

喻时对他这种爱搭不理的性子已经习惯了，无所谓地耸了耸肩，转身离开。走到楼梯口的时候，她想到什么，猛地转过身："周聿也，你不会一直是一个人的。"

喻时想，如果你愿意，我，江昭，还有陈望，都可以成为你的朋友。

周聿也顿了下，直接向前推开门走了进去。一关上门，他靠在门上，发出一声无奈的叹息。

明明知道这可能是她出于善意随口说出的一句话，可他却真的开始动摇。

他自嘲地勾了勾嘴角，朋友？现在的他，已经够资格拥有了吗？

站在楼梯口的喻时没有气馁，自顾自地想：没关系的，周同学，来日方长。我可以向你证明，朋友才不是废弃品。

高一结束后的这个暑假对喻时来说是匆忙的，却又是意义非凡的。

集训开始的那一天，天气很好。

一班的几个学生聚在一起，开始讨论刚刚听到的八卦。

"哎，你们听说没？我们班扩招了几个学生。"

"好像是三个吧，都是普通班里数学成绩比较好的。"

"就咱这强度，搞不好来了没几天就走了。"

"哎，李莫，你别瞧不起人啊，万一人家坚持下来呢……"

叫李莫的男生立刻撇了撇嘴："我可没瞧不起人，之前又不是没人离开过，一班最初的人数可没这么少。"

这话一出，周围人皆是一静。连一直埋头做题的陈叙也不由得停下了笔。他平和地说："别聊了，任老师一会儿就过来了，先值日吧。"

他是班长，说出的话还是有分量的，吵闹的声音一下子低了不少。值日生陆续从座位上起来，去教室后面拿了扫帚和拖把。

喻时跟着任秀华来到一班门前，前面还有两个其他班转进来的一男一女。

早在任秀华进去的那一瞬，一班变得鸦雀无声。每个人都不自觉地坐好，目光灼灼地看着这几位新同学。

陈叙看到喻时迈着轻盈的步子走进教室里，顿时心头一松，脸上露出浅浅的笑容。

她真的来了。

"那不是喻时吗？"

喻时是三班数学课代表，一班也有很多人认识喻时，所以她一进来，一班立刻发出了不小的讨论声。

"没想到她也来了一班？我还以为她会规规矩矩地考大学呢。"

"是啊，没想到她也来蹚数竞这个浑水。不过我记得，她这次数学考得确实好，进一班倒也够格。"

"嘁，说不准人家就是对数学感兴趣，来体验一下，过段时间受不住就回去了呢？"

…………

底下的人议论纷纷，台上的人镇定地进行自我介绍。

等前面的人介绍完自己，喻时这才上前了一步，挺直身体，中气十足地说："大家好，虽然大家可能已经认识我了，但我还是要重新介绍一遍我自己，我叫喻时。

"我承认，我是从普通班升上来才进入数竞班的，比起你们我还有很多不足，可以说是垫底的存在。但我不是轻易认输的人，所以，千万别让我抓住机会。不然，我一定会拼命使劲地往上爬，直到爬上我认为的顶峰。"

话音刚落，安静的教室里爆发出剧烈的掌声，喻时一怔，随后弯了弯眼睛。

陈叙也忍不住笑了笑。喻时不经意间对上陈叙的视线，嘴边的笑意加深。她一转眼，将目光落在窗边，对上一双熟悉又淡漠的眼眸。她不由得一愣，忍不住想，他……是什么时候醒过来的？

进门时，她瞥见他趴在桌子上睡觉。而现在，他微抬着头，懒洋洋地靠着身后的桌子，看着讲台上的她。

见她看过来，周聿也对着她做了一个口型：恭喜你。

这是她对刚来到萃仁中学的他说的话，现在，他将那三个字原封不动地还给了她。

喻时神情一动，越过重重人影，对着他轻轻挑了下眉。

做完自我介绍，任秀华便让他们选个座位坐下。

正当陈叙准备举手发言的时候，讲台上的女生率先出了声："任老师，我可以坐那里吗？"

喻时抬起手，指向了窗边的那个位置。众人顺着她指的那个方向看过去，都愣住了。

反倒是窝在座位上的男生淡淡地看了一眼讲台，并不意外。

周聿也？怎么会是他……陈叙循着别人的视线看过去，有些遗憾，又有些不解，随后很快就移开了目光。

任秀华将选择权交到了当事人的手上："可以，不过得问问周聿也的意见。"

周聿也见话题突然引向自己，下巴一抬，落下一句："随便。"

喻时克制住想要上扬的嘴角，朝任秀华点了点头后，背着书包朝周聿也走了过去。

周聿也坐在靠窗第三排最里面的位置，外边没人坐。喻时走过去，将书包往桌子上一甩，坐了下来，笑眯眯地对他说了一声："同桌，你好。"

周聿也嗯了一声，换个方向继续补觉。

数竞生没有暑假，集训一开始，喻时就清楚地感觉到，一班学习的节奏与普通班截然不同，时间是这里最紧缺的东西。

距离全国高中数学竞赛只有不到两个月了，喻时这段时间的主要任务便是不停地去刷题。

办公室内，任秀华拿起杯子喝了一口水，问："来到一班的这段时间，还适应吗？"

喻时思考了几秒，慢慢说道："刚开始是有些不大适应的，但时间久了，也能跟上大家的进度了。"

任秀华应了一声，又开口："那周聿也呢？你和他相处得还好吧？"

喻时没有任何迟疑，点了点头："挺好的。"

事实是周聿也几乎都在教室补觉，两个人很少沟通。

任秀华放下心来，又问了她几句话，便放她离开了办公室。

喻时走出办公室，见门口还站着一个女生，是和自己一起转进一班的宋亚楠。她留着厚重的刘海，戴着镜片很厚的眼镜，脸颊上还有些雀斑，看上去文文静静的。

看见喻时出来，她有些窘迫。

喻时看出了她的局促，主动过去搭话："你是不是想问任老师对我说了什么？"

喻时把问题重复了一遍，温和地笑了笑："别紧张，任老师就是了解了解我们这几天的情况。"

宋亚楠舒出一口气，朝喻时说了声"谢谢"后，推门进了办公室。

直到看见宋亚楠进去，喻时才往一班走去。

这会儿刚下早自习，楼道还算安静，旭日初升，喻时被阳光闪了一下眼睛，下意识地侧了侧头，正好看到教室里正趴在桌子上睡觉的男生。

现在离上课时间还早，喻时也不着急回去，干脆把胳膊搭在窗沿上，打量着周聿也，在心里评价：帅是真的帅，要是不开口说话就好了。

喻时盯着周聿也的睡颜，想到什么，嘴角慢慢向上勾起。

她从兜里摸出了手机，想把他的睡相拍下来，有了这张照片，她就不信他在她面前还能跩得起来。

喻时熟练地点开相机，一抬头，看到少年神色冷淡地盯着自己。

或许是做贼心虚，喻时吓了一跳，下意识地往后退，一下没站稳，就这样直挺挺地朝后倒去。

周聿也伸手攥住了她的手腕，把她拉了回来。

喻时站稳以后，还没来得及说一声"谢谢"，手机就被周聿也抽走了。

"把手机还给我！"

周聿也把手机换到另一只手上，又把手机高高地举起："这是作案工具，还给你干什么？让你继续偷拍我？"

看喻时像只袋鼠一样跳来跳去，周聿也低头笑了笑。趁她累了，他干脆利落地把窗户拉上锁住，拉开椅子坐了下来。

隔着玻璃，喻时怒气冲冲地瞪了他一眼，丢下一句"你等着"冲回教室，势必要把她的手机拿回来。结果刚进门，她就碰上了陈叙。

"喻时。"见她的情绪不太对，陈叙叫了她一声。

喻时看见是陈叙，疑惑地问道："怎么了？"

陈叙看了一眼坐在窗户边低头看书的周聿也，说："喻时，如果你觉得座位不合适，可以找任老师调。"

喻时立刻摇了摇头："没有不合适。"

或许是她回答得不假思索，二人之间陷入了沉默。

喻时后知后觉地啊了一声，开口解释："陈叙，谢谢你关心我。周聿也只是看上去难相处而已。等时间久了，你和他熟起来，就会发现他这人还是蛮不错的。"

陈叙沉默了一会儿，转移了话题："这段时间进度很快，我怕你跟得有些吃力，就把我之前做过的题重新整理了一份，这样你学起来也能轻松一些。"

喻时一愣，毕竟无功不受禄，张口就想拒绝："不用……"

陈叙好像知道她要说些什么，接着说："不要着急拒绝我，作为班长，帮助同学是我应尽的责任。这份题我整理了三份，和你一起转来的宋亚楠和张勋也有。再说了，喻时，我们毕竟是老同学，不必这么客气的。"

喻时露出一抹感激的笑容："既然如此，那就谢谢班长了。"

此时周聿也托着脑袋，低头看题，等着喻时过来取回手机。结果他左等右等，也没见人过来。一抬头，他看到喻时站在门口，正笑容满面地跟陈叙说着什么。

周聿也微微皱眉，把喻时的手机扔回了她的桌子上，然后拿起一本书扣在了自己的头上。真是的，和别人聊得那么开心，对着他就是横眉冷对，真是会看人下菜碟。

喻时抱着陈叙整理的资料乐呵呵地往回走，看见自己的手机正光明正大地躺在书桌上。她连忙跑过去将手机揣进兜里，扫了一眼窗户外，见没有老师经过，这才松了口气，随后踢了一脚他的椅子腿。

周聿也，你真是好狠的心！亏我刚才还在别人面前维护你的形象呢……

喻时拉开椅子，刚准备坐下去，就见周聿也以迅雷不及掩耳之势抽走了她桌子上的那本习题。

"这是什么？"

"你怎么这么爱抢别人的东西啊？"喻时心一急，伸手去抢。

周聿也故技重施，在她马上够到的时候又一次将手抬高，令喻时扑了个空。她本该落在书上的手，突然碰到了他的腹部。

喻时愣住了，没想到周聿也这家伙虽然长得瘦，居然还有腹肌？

"摸够了没？"

喻时迅速收回了手，还不忘把资料抢了过来，然后把凳子挪远了一些。

周聿也将身子往她这边一倾，两个人好不容易拉开的距离又重新变近了。

喻时警惕地看了他一眼，没好气地问："干吗？"

周聿也开口："十分钟前想偷拍我，刚刚还在摸我，你……是不是很关注我？"

她随手抓起桌子上的一个本子挡住自己的脸，只露出一双黑漆漆的圆眸来："周聿也，你疯了吧？谁瞎了眼去关注你啊？你少自恋一点儿不行吗？！"

真是的，谁会关注他啊？一身的大少爷脾气。

周聿也将目光落在她拿来挡脸的本子上，正是陈叙给她的那本习题。

"这总结的是什么东西？还不如我随手出的一张试卷好。"

"周聿也！"喻时大喊一声，把手里的本子用力地拍在了桌子上，发出不小的响声。

周聿也看她的样子，就知道她没相信，也没跟她多废话，拿出笔在草稿纸上飞快地写了起来。

与他往日懒散的模样不同，写题时候的他神情微绷，气质沉稳。

喻时忍不住多看了几眼，发现周聿也的字俊逸秀美，笔锋锐利飞扬，堪称赏心悦目。

周聿也还学过书法？

上课前，周聿也写完了一整张纸，把那张纸轻飘飘地扔给她："这一张纸，就抵得上你手里的那本习题。"

"不仅自恋，还自大。"喻时小声嘀咕着，但还是把那张纸拿起来，认认真真地看了起来。

上课铃声响了起来，喻时轻咳一声，把那张纸夹进了那本习题里，装模作样地对旁边的人说："也就那样吧，等我下课了再看看。"

周聿也才不管她别扭的心理，敲了敲她的桌子，让她当晚就把那张纸上的题全做了，第二天来了给他。

喻时不吭声，他不厌其烦地又敲了一次。

眼瞅着任秀华已经走上了讲台，她有些不耐烦地嘟囔："行，行，行，我知道了，明天给你行了吧。"

下了课，喻时还没把书合上，周聿也站在她的左手边，单手提着背包："让一下。"

喻时没吭声，只把凳子往前挪了挪。周聿也没有磨蹭，侧着身子从她背后出去了。

等他走出教室后，她才放下笔，把他给的那张纸从书中取了出来，皱着眉头仔细看了起来。

周聿也写的题其实并不多，但都是全国高中数学竞赛考试会涉及的考点。

做题时，喻时明显感觉到有些吃力。

这些题设计得很巧妙，覆盖的知识面很广，暴力解题当然可以，但喻时更需要的是找到适合自己的解题思路。

没有加入一班前，她都是自学。尽管她刷了很多模拟题和真题，却始终没有系统地学习过，所以没有建立起完整的知识链。她能有如今的数学成绩，全靠她的数学天赋支撑着，但这些并不能让她走得长远。

喻时大致翻了翻陈叙整理的题，虽然她很不想承认，但周聿也的话的确有几分道理。

喻时正皱着眉头想怎么做题，身后二人聊起了天。其中一个人小声说了几句："哎，你说那个周聿也天天走那么早干什么？"

突然听见这个名字，喻时不由得停下笔。

"不知道，不过我觉得，他的数学那么好肯定是有理由的，说不定人家这会儿是去哪个厉害的辅导班了。"

"唉，真没见过这么冷淡的人。他都来萃仁多久了，我连句话都没和他说过。"

说到这里，二人低声问喻时："听说你和他住得近，他这么早回去，是去上辅导班还是回家里刷题去了？"

喻时笑着回应："这个我也不清楚啊，他一天都不和我说几句话的。不过我猜他说不定是回家遛狗、下棋、逗鸟去了呢……"

"喊，喻时，你也太扯了……"

三个人凑不出一条关于周聿也有效的信息，没说几句话就各做各的事去了。

此刻的柳南巷内，周聿也骑着自行车回到家，见门锁着，有些意外地喊："爷爷？周广平？"

"叫什么呢，没大没小的。"

后背冷不丁被人拍了一下，周聿也转过身，看见周广平看上去有些不高兴。

"怎么了？我没招您老人家吧？"周聿也问。

他把肩上的书包往门栓上一挂，拿起茶壶给老爷子倒了一杯茶。等老爷子接过去，他才给自己倒了一杯。

"你都多大了，能招到我什么？"周广平喝了一口凉茶，心情舒畅了不少。

"那是谁招到您了啊？"少年懒洋洋地问。

"三楼新搬来一个徐老头，今天我和他下了好几盘棋，结果每一局都输了。唉，怎么说我也下了大半辈子的棋，周围那么多老邻居都看着呢，你说说，这不是把我这个老头子的脸都丢尽了？"老爷子越说越气，手中的扇子扇个不停。

没等周聿也说些什么，老爷子忽然一拍大腿："哎呀，我怎么忘了，我有这么个厉害的孙子呢？"

他立刻拉着周聿也往石桌那边走："阿聿，待会儿你去和徐老头下两局。你脑瓜子聪明，我就不信接下来他还能次次都赢。"

周聿也哭笑不得："您这年纪大了，胜负心也跟着长了啊……"

"这是为了找回你爷爷的脸面！"

石桌旁坐着一个瘦小的老头，他正笑呵呵地和旁边的人聊着天。

看见周广平拉着一个年轻后生走过来，徐老头爽朗地笑道："广平，你这是去搬救兵了？怎么搬来一个这么年轻帅气的小后生？广平啊，下棋可不是看脸下的。"

周广平中气十足地说道："这是我的大孙子，周聿也。别看他的年纪小，脑子可灵得很。"

毕竟是在老一辈面前，周聿也态度端正地跟他们打了招呼。

徐延安上下打量了一下少年，当下一拍手掌："行，那我就和你这个年轻人好好下上几局！"

夜色降临，路灯亮起。

喻时骑着自行车到了单元楼下，看见树下有人扎堆坐在一起，应该是在下棋。坐在中间的是刚搬到她家楼上的徐大爷。

喻时停好自行车后，便想着过去打声招呼，走过去才发现徐大爷的眉头紧皱，目光紧紧地盯着桌子上的棋盘。

她目光一转，突然发现徐大爷对面坐着的人是周聿也。他身上的校服还没有换下来，功勋吐着舌头趴在他脚前。

周聿也随意地在功勋头上摸了摸，抬头正好对上了喻时的目光。

看他在一群大爷中游刃有余的模样，喻时心中十分佩服。班上的人对他放学后的行踪议论纷纷，没想到她误打误撞，还真说对了。

喻时和徐大爷打了声招呼，便背着书包上了楼。

周聿也的神情没什么变化，落下一子，目光不自觉地落在了二楼亮起灯的窗户上。

一子又落下，他看向徐大爷："徐爷爷，托您承让，我赢了。"

"这已经是第三把了，没事，输给我孙子，不丢人的。"周广平立刻接过话头。

徐大爷一听，自然是不肯认输，当下表示再来一局。

周广平自然不依他："那可不行，阿聿还要回去写作业呢，改天吧。"

说完，他拉着周聿也回了小卖部，还笑呵呵地对他说："阿聿今天可是卖力了，晚上想吃什么，爷爷给你做。"

对着周聿也那张纸上的题，喻时绞尽脑汁，好不容易想出解题方法后，才发现棋局已经散了。

喻时起身探头往小卖部瞅了一眼，见那里的灯还亮着。她看了一眼时间，现在将近九点，周聿也应该还没有睡下吧？

她穿着拖鞋下楼，径直走到了小卖部门前。门关得不严，灯光顺着门缝流淌而出，里头很安静。

喻时呼了一口气，屈起手指在门上轻轻敲了敲。

房门很快打开，露出了周广平那张和蔼的脸："喻时，是打算买什么东西吗？"

喻时扬起自己手中的题："周爷爷，我想问周聿也几道题，那个……他睡了吗？"

周广平顿时露出浓浓的笑容，把喻时迎进了家里："来问阿聿题目啊，他还没睡呢，现在应该在他的房间里……"

周广平指着其中一扇紧闭着的房门说："那个就是他的房间，你直接过去敲门就行了。"

喻时弯了弯唇："谢谢周爷爷。"

周广平没忍住，问："阿聿来了莘仁之后，是不是和同学相处得还行？"

喻时眨了眨眼睛，笑着说："是啊，他在学校里对同学很好的。"

周广平微微松了一口气："也对，不然你也不会来找他问题。"

周广平叮嘱她几句，便回了自己的房间。一时间，客厅就剩下了她一个人。

喻时对着面前的门慢慢抬起了手，门自动开了。

准确地说，是里面的人把门打开了。

喻时呆呆地看着站在门口少年。他比她高了一头，碎发凌乱，上身随意地套了件白T恤，下身穿着宽松的灰色长裤。

喻时举起试卷："我来问题。"

周聿也冷淡地丢下一句："明天问。"说完就打算把门关上。喻时连忙挤上前："为什么今天能完成的事情要拖到明天？还是说，你现在就准备睡觉？"

周聿也立刻回答："我为什么不能？"

喻时笑了，朝里面努努嘴："那最起码把书桌上的书收起来吧。"

周聿也不耐烦地说了句："半个小时后利索走人。"

"好嘞。"喻时轻快地钻进了他的房间。

周聿也无语地闭了闭眼睛，从冰柜里取出了一瓶水，然后进了房间。

喻时已经搬好小板凳乖巧地坐在书桌旁。他淡淡地瞥她一眼，拧开瓶盖，仰起头喝水。

"哪道题？"

喻时将纸张铺在桌子上，指着第二题说："我只算到一半，后面的推导不出来。"

周聿也俯低身子，片刻后，他扯过一张草稿纸："方法不对。如果按你的方法来，计算量太大，越算越复杂，用完的草稿纸能把你压成纸片。"

他睨她一眼："倒也不用压，现在就跟个纸片一样。"

喻时强压住瞪他的冲动，问："那应该怎么算？"

周聿也拿着笔在桌子上敲了敲："离那么远，是想让我给你传音入耳？"

喻时搬着小板凳，别扭地挪过去。

灯火通明的走廊里，江昭匆匆朝其中一间病房走去。

陈望从病房里出来，一看见江昭，连忙竖起手指在嘴边嘘了一声。

江昭立刻明白，小声问："奶奶睡着了？"

陈望点了点头："江奶奶这几天的情况还不错，睡得很安稳。"

闻言，江昭紧绷的神色终于放松了几分："谢谢你，陈望，这段时间要不是有你帮我照顾奶奶，我真的会顾不过来。"

陈望哎了一声："你别一直说谢谢了，我的耳朵都快起茧子了。喻时不是说了，我们都是朋友，当然得互相帮助了。要不是她得准备竞赛，就会和我一起过来照顾江奶奶了。"

江昭闻言，无奈地回："行，现在时间也不早了，今天我来陪床，你赶紧回去吧，不然叔叔和阿姨该担心了。"

"好。"

目送着陈望从医院离开，江昭才小心翼翼地回到了病房。

陈望一进家门，就看见了坐在沙发上的陈爸陈妈。

"爸，妈，你们怎么还不睡啊？"

陈爸神色严肃地问："你这几天早出晚归的，去哪儿了？"

陈望解释道："不是和你们说过了，我朋友的奶奶出了点儿事，我过去帮她一下。"

"光想别人的事，你自己的事情怎么办？！"陈妈带着怒气开口，"别人家的孩子都趁着假期弯道超车，你倒好，天天不着家。你看看你哥陈叙，人家有像你这样每天到处乱跑吗？"

陈望不耐烦地拧了拧眉头："说我就说我，为什么你们每次都要扯上我哥啊？"

"我是想让你多跟他学习，而不是天天在外面浪着不回家！"

陈望干脆自暴自弃地说："行，行，行，我什么都不好，什么都不如陈叙，就让陈叙做你们儿子吧。"说完，他转身往门口走。

"大半夜的，你干什么去？"陈爸生气地吼了一声。

陈望头也没回地说："不是说让我向陈叙多学习学习吗，那我今晚就去找他，看他能不能来上咱家的户口？"

"陈望——"

回答他们的是一声巨大的关门声。

陈叙住的地方离学校不远，这间屋子一般只有陈叙住，偶尔陈望心情不好，就会来陈叙这里。

陈叙一打开门，看到陈望的表情就明白是怎么回事了。他让陈望进来，递过去一杯水："又和二叔他们吵架了？"

陈望接过杯子，深深地叹了口气："我一回去，他们就开始说我，吵死了，还是你这儿清静。"

陈叙笑了笑："行，那你今天晚上就住我这儿。"

陈望抬起头，四处张望一番，问："大伯母这几天没来过吗？"

陈叙抿了抿唇:"没来,她前天给我打了电话,说她最近有事。"

陈望长叹一声:"要是我妈对我那么宽松就好了,天天逼着我学这学那,耳朵都快起茧子了。"

陈叙问:"晚上吃饭了吗?"

陈望摇了摇头。

陈叙朝厨房走去:"那我给你下碗面条吧。"

他一边煮面,一边不经意地问:"我记得喻时的妈妈好像不让她学数学?"

陈望无精打采地瘫倒在沙发上:"是啊,因为这事,她和她妈妈还吵了一架。"

"什么?"面条入锅带起的水花溅在陈叙的指尖,可他毫不在意,"那喻时她……"

"喻时那个性格你又不是不知道,她们很快就说清楚了。唉,我要是有她这样的勇气就好了。"

陈叙盯着锅里的面条,像是忽然想到什么,轻轻地说:"你说得对,我们都没有她那样的勇气。"

指针慢慢指向十点。

周聿也放下笔,把试卷往前一推:"讲完了,你可以回去了。"

喻时赖着不走:"可我还想问你一些问题。"

周聿也想都没想就开口拒绝:"不行。"

"为什么?"

周聿也沉默了几秒,开口:"我要去洗澡。"

喻时往后一靠,摊着手说:"那我等你洗完出来呗。"

周聿也敲了敲桌子,气定神闲地看着她:"你确定?"

喻时做了一个"你请"的手势。

周聿也把椅子往后一推,站起来揪住自己的衣服下摆。他有意无意地瞥了一眼喻时，就见她泰然自若地坐在椅子上，目光炯炯有神。

周聿也十分无语地放下了手。

喻时故意说："不是洗澡吗？怎么不脱了？"

周聿也冷冷地瞥她一眼，拉开椅子又坐了下来："你到底想要问些什么？快说。"

喻时咳了一声，说："我是想问，你都没看过我做的试卷，怎么知道我哪里不会啊？"

"今天你的数学试卷被吹落在地上，我捡起来的时候瞥了一眼上面的红叉号。"

喻时的眼睛睁大："周聿也，你偷看我的试卷！"

周聿也瞥她一眼，语带嘲讽："不让捡的话，下次帮你扔了。"

喻时哼了一声："既然你都看了，那我就开门见山了。周聿也，我希望你可以帮帮我。我知道我现在还有很多不足的地方，也不想刚拿了入场券就被人赶出来。我需要有个人为我指明方向，让我付出的努力和时间不白费。"

周聿也懒洋洋地往后一靠："我为什么帮你？"

喻时犹豫了好半天，才开口："你最近有没有什么不舒心的事？"

周聿也挑了下眉，没说话。

"如果……你不舒心的话，可以出好多题来虐我，这样你舒心，我也放心。"喻时说完冲他露出一个大大的笑容。

周聿也回："我现在就挺不舒心的。"

她听到这话，猛地用力拍手："那更好了，不用手软，快来虐我吧。"

甭说周聿也了，连喻时都觉得她这辈子的脸皮都拿来堆在这儿了。

周聿也抬手按了按自己的眉心。真是服了她了。

虽然打算松口，他还是慢悠悠地睨了她一眼："怎么，你现在求人不拜师了？"

"要是拜你为师，你岂不是和周爷爷同辈了？这样……不太好吧？"

周聿也脸色一黑："现在，立刻拿着你的试卷，从这道门出去。"

喻时飞快地应了一声，拿起纸笔就准备溜之大吉。出门时，她似乎是想起来什么，忽然扭过头："周聿也，为什么你宁愿白天睡觉，也不愿意像其他同学一样做题呢？"

她将目光落在台灯旁边的那几本书上。

她进来之前，周聿也似乎在做那些题。如果不是她过来问问题，他很可能会做题直到半夜三点，然后第二天继续带着黑眼圈在教室闷头大睡。

应该是没想到喻时会问这个问题，周聿也有些意外："你不觉得，白天教室里很吵吗？"

喻时一愣，像是意识到什么，看着他轻声说："所以，直到现在，你还是没把自己当成这个班的人吗？"

周聿也挪开了视线，没有吭声。

这一晚，周聿也睡得一点儿也不踏实。

他梦到了那个好久不见的人，也是一手把他带上数学这条路的人。

他还记得那次数学联盟杯比赛，有一个人的成绩超过了他。

每一个被冠上"天才"这种称号的人，身上都有几分傲气。但江山代有才人出，"天才"不会只有一个。周聿也意识到这件事后，对自己产生了一些怀疑和否定。

他开始思考，自己的数学能力是不是已经到了极限。

他没日没夜地刷题，用事实证明他的能力没有问题，哪怕是压轴的大题，他也可以解出来。

直到……那个人将一道最基本的数学几何题摆在他面前。他胸有成竹地拿起笔，可再三思索，迟迟落不下笔。他难以置信地开口问眼前的男人："我的数学……是不是废了？"

男人笑了一下，拍了拍周聿也的肩："不是这样的。阿聿，你把自己的心桎梏住了。盲目地刷题，看似提高了成绩，可实际上，你把最初那个热爱数学的自己关起来了。不要着急，一定要找对方法去学习。"

这番话，把当时的周聿也从焦虑和绝望中带了出来，让多年后的他决定答应喻时的请求。

看着现在的喻时，他仿佛再次看到当年那个迷茫的自己。

可是拯救他的那个人，已经消失了整整五年。

周聿也这个人对喻时确实毫不手软，只要涉及数学，他说的话一句比一句戳人心窝子。

有道题明明她解出来了，他冷淡地瞥了一眼，毫不留情地丢下两个字："重做。"

"为什么？我明明已经解出来了。"

周聿也嘲讽地说："你解这一道题的时间，别人可以解五道同类型的题。"

喻时立刻闭上嘴巴，不再反驳。然后，她看到周聿也找出整整一百道同类型的题，丢给她做。天知道他是怎么一次性找出那么多题的！

在他有计划地训练下，喻时虽然做题做得快吐了，但她的数学思维和解题能力有了质的飞跃。

渐渐地，班上的人感觉他们这段时间有些不对劲。

趁周聿也不在座位上，后桌的同学忍不住拿笔戳了戳喻时："你们的关系怎么突然这么好了？"

喻时看了他一眼，沉重地叹了口气："看事情不能看表面，做那么多数学题还不知道这个道理吗？"

后桌的男同学仔细回味了"不能看表面"这几个字，朝她暧昧地眨了眨眼睛："难道你们关系好，是因为……"

喻时面无表情地吐出一个冰冷的字眼："滚。"

那位同学就像发现了新大陆一样，不断地问喻时问题。正好这会儿周聿也从外面回来，喻时被问得烦了，直接说："不信的话，你问他。"

那位同学立刻噤声了。

周聿也："问什么？"

喻时轻咳一声："没什么。他打算问题来着。"

没想到周聿也抓着这个话题不放，似笑非笑道："行啊，我做个好人，想问什么？"

喻时正儿八经地回："问完了。"

她拉住过来发作业的陈叙，朝他眨了下眼睛："你没回来前，陈叙已经解出来了。对吧，陈叙？"

陈叙看她一眼，心领神会，转过去对周聿也说："没错。"

周聿也的视线在二人身上转了一圈，随后提醒喻时："记得把今天的题都做了。"

喻时有气无力地应了一声，熟练地从桌肚里翻出习题册来。

陈叙将二人的互动尽收眼底，有些苦涩地抿了下嘴角。

喻时一抬头见陈叙还站在这里，想起刚才的事，站起来说："快上课了，这么短的时间你也发不完，我来帮你一起发吧。"

喻时抱着作业本，还没从座位里走出来，凌空伸来两只手，轻而易举地将她怀中那十几本作业拿走。

"周聿也，你抢我的作业本干什么？"

周聿也悠悠地看了一眼陈叙："我就是闲的。"随后，他朝陈叙抬了抬下巴："不是要发作业？"

陈叙看他一眼，默不作声地转过了身，拿着剩下的作业本发起来。

看着周聿也高瘦的背影在教室过道里穿梭，喻时愤愤不平地嘀咕："还发作业本，我看某人连班级里的人都认不全吧。"

不得不说，她猜得很准。

周聿也看着作业本上的名字，却根本对不上人。他在教室里茫然地转了几圈后,转身把作业本又重新交回陈叙手里:"还是你来发吧。"

喻时看到这一幕,不禁笑了起来。见周聿也不善的目光投过来,喻时连忙把脑袋藏在书后面,可露出的肩膀还是笑得一抖一抖的。

下节是任秀华的课,班上气氛沉闷。她讲课前总会让学生上台解一些有难度的题,学生们都不是很积极。

在教室里扫视一圈,任秀华说:"周聿也,你上来做这道题。"

难得周聿也被点名,班里顿时一静,不少人惊讶地看向他。

周聿也顿了一下,从座位上起身:"行。"

在周聿也快要走上讲台时,陈叙忽然站了起来:"老师,我也想试试。"

任秀华点点头:"可以,你也上来。"

这两位难得一起亮相,讲台下的学生们精神一振,一齐盯着讲台上的人。

喻时坐在座位上,听到前面的人嘀咕:"简直是神仙打架!你猜,谁先解出来?"

"周聿也吧,上次他不是赢了陈叙了吗?"

"那可未必,我觉得陈叙也很厉害,每次我拿不会的题问他,他都会解,而且讲得很清楚。"

…………

喻时倒是不在意他们谁先解出来,看完题后,她就一直试图解出这道题。

她先写了几个具体的可能值,接下来就是验证自己的猜想。她抬起头,看到讲台上的两个人也写到了这里,甚至比她更早一步。但接下来的步骤,两个人用了不同的方法。

陈叙选择了一种靠谱但相对来说比较费力的算法,而周聿也则采用了向量法。

两种不同的方法为底下的学生提供了不同的思路,教室中陆陆续续有人讨论起来。

讲台上的两个人越写越快，好像有股暗流涌动，无声地将这两人卷入其中。

不久后，喻时长出一口气，松开了紧握的笔，抬头去找黑板上最后的答案。

与此同时，讲台上站着的两个人也停下了书写。

周聿也往后退了一步，偏头看陈叙的答案，朝他抬了抬下巴："可以啊，能跟上我的速度。"

他知道这道题陈叙能做出来，但能和他同时做完，陈叙还是有点儿水平的。

看来上次比试后，陈叙进步了不少。

陈叙朝周聿也点了下头，淡淡地回敬："彼此彼此。"

此刻他们没有刚才比试时的那种紧张感，乍一看，倒像多年未见的好友在闲谈。

任秀华看到他们解完后，不由得拍了拍手掌："你们解得都没有问题，正确答案就是这个。"

做对了！喻时猛地睁大眼睛，有些不敢相信，但更多的是意外和欣喜。

看来这段时间周聿也的特训很有成效，她真真切切地进步了，而且，进步的幅度很大。

她正晃神，忽然对上了周聿也无意瞥来的目光。在那一刻，她很想立刻告诉他。

她压抑住激动的心情，扬了扬唇，用口型慢慢说：我做出来了。

看到这一幕，正在讲题的周聿也忽然卡壳了一下。他怎么感觉，喻时兴奋地用口型说话的样子还挺可爱的……

周聿也轻咳了一声，面不改色地移开目光。

不就做对了一道题嘛，她至于兴奋成那个样子吗？没出息。

周聿也虽然心里这样嫌弃着,嘴角还是不自觉地向上勾了下。

"哎,是我的错觉吗?我怎么觉得刚刚周聿也好像笑了一下。"

"啊?没有吧,不过他好像确实高兴了一些……"

喻时听到前排两个女生的嘀咕声,抬起头瞥了一眼讲台上的少年。比之前高兴了吗?她怎么没看出来?

真是的,自己刚才乐呵呵地和他说话,结果这人连眼神都没分给她一个。

冷血的人类!喻时在心里喊道。

一直到下课,周聿也还没忘记喻时的那个笑容。他烦躁地抓了把头发,低下头开始刷题。

周聿也不经意地往旁边瞥了一眼,忽然发现他们之间的距离怎么这么远,别人和同桌都坐得比他俩近。

周聿也无声地吐出一口气,往后舒展身子,随后将自己的椅子往喻时那边龟速地挪移。

八月底,趁着开学前的这个周末,喻时专门给自己放了一天假,打算和陈望、江昭聚一聚,便提前和他们约了饭。

这天,喻时穿了一条蓝色牛仔长裤,上面搭了一件白色的短袖衬衫,扎了一个羊角辫,元气满满地踩着小白鞋打算出门。

喻时其实很会打扮自己,衣品也很好。

每次喻时出去玩,唐慧也不会多说什么,最多提醒她晚上不要太晚回来。这次也是一样。

喻时乐呵呵地应了一声,打开门,见门口窝着一个毛茸茸的小橘猫。她一惊,连忙抬起手捂住自己的口鼻,往后退了好几步。

不是,她家门口怎么有只猫啊?

喻时刚想回去拿个口罩戴上,就看到一个人从楼上急匆匆地下来。地上的小橘猫正对着他不停地叫着。

"徐大爷，这只猫是您养的？"

徐延安将那只小橘猫抱在怀里，笑着说："嗐，不是。我年纪大了，又是一个人住，吃不了多少东西，每天都有剩饭。正好柳南巷的流浪猫挺多的，我就经常带它们来吃东西。"

他眯着眼睛点了点那只小橘猫的脑袋："这只猫太小了，记不清我家是在几楼，才在你家门口停下了。没把你吓着吧，小姑娘？"

喻时连忙摇了摇头："其实也没事，我就是对动物的毛有些过敏。"

随后，二人又聊了几句，喻时就下楼了。

陈望走进火锅店后，喻时有些奇怪，问他吃饭就吃饭，背着个书包干什么？

陈望小声说："我骗我妈是来找你问问题的，为了更真实，才背了书包。"

喻时立刻同情地看了他一眼："祝你幸运。"

一旁的江昭有些出神，不知道在想些什么，喻时叫了她两声，她才反应过来。

喻时认真地打量了一下江昭："昭昭，你是不是瘦了？这段时间，你是不是没有好好吃饭？"

还没等江昭开口，陈望就无奈地说："这事还得怪我！当初说好一起帮昭昭照看江奶奶，没想到我妈死活不愿意，非把我困在家里。昭昭没人帮忙，才会这么累……"

江昭连忙说："没有的事，陈望，你别多想，奶奶马上就要出院了，已经没有大碍了。"

她笑了一下，朝他们半开玩笑道："要是真有事的话，我今天怎么还有心情和你们出来一起吃饭呀？"

喻时想了想，也觉得江昭说得在理，一直不怎么踏实的心安定了下来："好，那我们就一起干杯吧！希望在接下来的新学期中，我们都可以变得越来越好，成为更优秀的自己！"

几声清脆的玻璃杯碰撞声后，桌边响起轻快的笑语。

吃过饭后，三个人便商量着去他们的老地方。

喻时偏过头，瞥了一眼陈望的书包，问他："星星纸带了没？"

陈望自信地扬了扬下巴："那是当然。"

"铲子呢？"

"也带了。"

江昭犯了难："可是今天星期天，学校不让学生进去，我们怎么进去呀？"

喻时拍了拍江昭的肩，朝她眨了眨眼："放心吧，昭昭，关于这个，我们有办法！"

他们说的老地方是学校教学楼后面的一片绿地，旁边有一片不算稀疏的树林，正中央是一棵高耸的槐树。槐树的树叶层层叠叠，遮挡住碧蓝的天空，在地上投落斑驳细碎的光影。树干很粗，喻时他们张开胳膊拉着手环绕一圈，才能勉强把这棵大树抱住。

假期结束返校后的那几天，他们会专门抽个自习课或者体育课来到这里，坐在那棵老槐树下面一起补作业。

树叶的哗哗声，书页的翻动声，还有他们不时响起的懒洋洋的哈欠声。这就是他们的秘密基地里最常见的声音。

他们趁保安午休的时间，从学校门口偷溜了进去。

前几天刚下过雨，空气中带着股潮湿的泥土气息。三个人把裤腿卷起来，一直走到那棵老槐树底下。

陈望把书包拉链拉开，从里面取出一个小铲子、一小袋星星纸，还有几支笔。

土壤很松软，陈望很快用铲子挖出一个小小的坑。三个人目不转睛地盯着陈望手中的那把铲子，直到它碰到了一个坚硬的物体。

喻时的眼睛一亮："挖到了！"

陈望停止挖坑，直接弯腰将土坑里的铁盒子拿了出来，随便拍了拍土。

"是我们的愿望盒吧？"他眨了眨眼睛，认真地打量了一番，"我怎么觉得，看着旧了不少？"

喻时有些无语地看了他一眼，把盒子拿了过来："废话，都在土里埋了快一年了。"

江昭也忍不住笑了笑："是啊，没想到一眨眼，一年时间这么快就过去了。"

喻时将手里的铁盒打开。三个人将目光落在铁盒里的三颗小星星上，呼吸皆是一窒。

喻时轻轻地问："你们在星星上写的愿望，一年为限，都实现了吗？"

这个地方是喻时发现的。某节体育课，她突然神秘兮兮地对陈望和江昭说，要带他们去个好地方。

他们到这儿的时候正是傍晚，大树在地上投下阴影，天边飘着一抹胭脂橙红，仿佛将这块地也染红了。树梢上几只麻雀腾空飞跃，树叶发出的摩擦声和鸟叫声混杂在一起，让这一刻显得格外美好。

看到这一幕，陈望连连吸气，不住地感叹："喻时，你这是踩了多大的狗屎运啊，居然能在我们学校找到这么美的地方？"

喻时："我慧眼识地行不行？"

陈望："那你以后能不能去搞房地产？"

喻时："我可以先搞到侬家倾家荡产。"

江昭没忍住笑出了声。

看到最中央的老槐树，陈望立刻跑过去爱不释手地摸了几把："要不我们对这棵老槐树许愿吧？"

喻时嗤笑道："陈望，你都多大了，还信这些？"

陈望明显有些不赞同："喻时，这不是信不信的问题。在哲学上，唯心主义和唯物主义对立了多长时间,哪一方也无法彻底将对方推翻,说明两方都有存在的理由。我们可以用唯物论在生活中保持必要的客观和清醒,可偶尔也需要唯心论让我们的心灵获得解放。"

喻时上下打量了他几眼,拍了拍手掌:"看不出来啊陈望,你的政治学得这么好了?"

"其实吧,这是江昭昨天早上和我说的话,给我留下了很深的印象,没想到今天就派上用场了。"陈望说完露出一个得意的笑容。

喻时看了一眼江昭:"昭昭,你也信这个啊?"

"喻时,要不就听陈望的吧,我感觉这样也挺好的。"江昭从书包里拿出一个小铁盒,"正好我今天吃了糖,糖盒还在。这里还有一些班级活动剩下的星星纸,我们可以在纸上写下一年内可以实现的目标和愿望,然后叠成星星的样子放进糖盒里,埋在老槐树的前面。等一年后我们再来看看!怎么样?这样是不是很有趣?"

陈望率先举起了手:"我同意。"

"你们好幼稚……"喻时嘴上虽然这么说,人却蹲在槐树跟前仔细地瞅了瞅,然后指着一处开口,"就把那个铁盒埋在这儿,这里风水好。"

夕阳的余晖掠过三人青春洋溢的脸颊,这一刻的回忆永远留在了他们心中。

"我希望,高一结束时,我、喻时还有江昭,还是非常非常好的朋友。"

陈望扬了扬眉,朝她们念出了蓝色星星纸上面的话:"谁说老槐树不灵的,我们现在不照样还是好得跟连体婴儿一样。"

说完以后,他又凑到喻时旁边,看她写的字条。

"我希望,一年后的现在,我能光明正大地学数学。"陈望慢慢念出了上面写的话。

喻时看着枝繁叶茂的老槐树，忍不住弯眼笑道："还真灵。"

江昭的愿望是希望奶奶的身体一直健康。她盯着自己青涩的笔迹，嘴边淡淡的笑容一直没有消失，可若是细细看去，就会发现里面夹杂了几分苦涩。

三个人拿出纸写好接下来一年的愿望，将纸叠成星星。陈望小心翼翼地把它们放进盒子里，然后把盒子埋在了老槐树下面。

埋好以后，他还不忘双手合十："请槐树爷爷一定要保佑我，每次考试都能有个好成绩……"

本来静谧的树林里忽然响起一阵窸窸窣窣的声音。

"你们，有没有听见什么声音啊？"陈望低声问。

三个人皆是一静，屏住呼吸，紧张地观察着周围。

或许是因为紧张，喻时清楚地听见陈望吞咽口水的声音。

一声呵斥突然从后面响起来："哎！你们三个怎么进来的？"

来人是学校里负责巡逻的保安大叔："你们是哪个班的？谁让你们进来的？"

三个人面面相觑，突然默契地朝着三个不同的方向拔腿就跑。

"哎，你们这群顽皮的学生，还跑！"保安大叔看到这一幕，气得不行。

喻时提着一口气使劲往前跑，想着保安大叔应该不会追来了，结果扭头一看，不远处就是他壮硕的身影。

不是吧！三分之一的概率，都被她撞上了？

喻时郁闷极了，半口气没歇，利用学校的环境跟身后的保安大叔玩起了捉迷藏。没想到大叔目标坚定，追得很紧。喻时没办法，满头大汗地跑进教学楼，一转弯，看到档案室的门虚掩着，连忙推开门跑了进去。

把门关上后，喻时调整呼吸，侧耳听着门外面的动静。

档案室内，少年听见动静，从档案架中露出半个身子，打量着门口的身影。认出那是谁后,周聿也眉心一松,嘴角微微勾起,朝她慢慢走过去。

喻时的注意力全在门外的人身上,没有注意到身后的脚步声。

周聿也俯下身子,凑到她耳边,恶趣味地叫了一声她的名字:"喻时?"

喻时吓了一大跳,膝盖慌乱间撞到了门上,发出不小的声音。

保安大叔听见动静,抬脚朝这边走来。

喻时顾不上问周聿也为什么在这儿,示意他噤声,拽住他的手腕就朝书架的角落躲去。

保安大叔推开门走进来,喻时的心都提到了嗓子眼,那一刻,她连该写什么检讨都想好了。

保安大叔进来扫了一眼,就出去了。

喻时等了一会儿,见没有动静了,心头上的一块大石终于落地。

她转头发现身旁还站着一个人:"周聿也?你怎么在这儿?你该不会偷了档案室的钥匙吧?"

周聿也嗤笑一声:"学校的锁都不知道用了多久,还用得着钥匙开?"

喻时:"……"

不是,她话里的重点是开不开锁吗?她问的是,他怎么在这儿?

没想到她还没来得及问,周聿也先发制人:"你怎么在这儿?我没记错的话,萃仁中学应该不让学生星期天进入学校吧。"

喻时干巴巴地眨了几下眼睛:"我……我来找任老师。"

他淡淡地瞥她一眼,根本不相信她的鬼话。

喻时也不揣着明白当糊涂了,直接和他摊牌:"得,我们也别五十步笑百步,反正都不是光明正大地进来学校的,那就谁也别管谁,行不行?"

周聿也无所谓地耸耸肩:"行啊。"

101

喻时听完打算离开了,她走到门口,抓住门把手往里拉,没拉动,又用力拉了一下,门纹丝不动。

所以说,她现在是被锁在档案室里面了?还是和周聿也一起!

喻时摸摸身上,发现手机没带在身上,又去试了试旁边的窗户,也全被封死了。

这下可怎么办?不会出不去了吧?一想到这里,喻时整个人都觉得不好了。

周聿也走过来,有些无奈地蹲在了她的跟前,抬起手拍了拍她的脑袋,叫了她了一声。

喻时皱着眉头,没好气地问:"干什么?"

"喻时,你是不是不把我当人?"

她茫然地抬起头来,看向他:"你怎么知道?"

周聿也被气笑了,看了她几秒钟,还是从兜里摸出手机扔给她。

喻时的眼睛顿时一亮,她迅速接过手机说了声"谢谢",给陈望打了个电话。

电话接通后,喻时跟他们简单地解释了自己现在的情况,果然遭到了陈望的嘲笑。但他良心仍在,很快答应她过来帮忙。

等挂了电话,整个档案室顿时安静了下来。

喻时别别扭扭地把手机递给他:"那什么……谢谢了。"

周聿也睨她一眼,接过了手机,转过头继续搜寻着档案架上的文件。

喻时绕着架子走了两圈,随手抽出一个档案袋,发现是萃仁中学过去十年里被评为优秀特级老师的教职工档案。

喻时翻了翻,倏地看到了一个熟悉的人:"任老师?"

档案上的照片有些旧,但还是可以明显地看出,当时的她比现在年轻一些。

喻时扫了一眼后,正想合上,档案突然被另一只大手拿走。

周聿也脸色微沉,紧紧地盯着泛黄的纸张,上面写着:任秀华,二〇〇一年入职,毕业于清大。

时间,学校都对得上。果然,她认识他。既然她在这里,那他呢?

周聿也眸色一沉,慢慢地翻动手中深色的档案。

可是从头翻到尾,他都没有找到自己想要的那一张。他不信邪,加快速度重新翻了一遍,仍然没有找到那个他熟悉的人的档案资料。

周聿也紧皱眉头,心想,为什么会没有一丝痕迹呢?

旁边的喻时被他的低气压震住了,小心翼翼地往后退了一步。

周聿也注意到她畏畏缩缩的样子,有些好笑地开口:"怎么,你以为我要打你?"

喻时小声嘀咕:"谁知道呢。"

周聿也漫不经心地打量了她那细胳膊细腿一眼,无声地笑了一下。

喻时:"……"什么意思?我就问你是什么意思?!

因为这一段小插曲,气氛没有刚才那么紧张了。

喻时猜周聿也是想找什么,最后没找到。

周聿也没有主动说,喻时也没有去问。毕竟,每个人心里都有秘密。

不过,她觉得周聿也需要冷静一下,于是走到别处。两个人分别占据着一个角落,各自沉默着。

天色昏暗,安静的档案室内,突然响起一声不合时宜的咕噜声。

周聿也终于从自己浮浮沉沉的心绪里抽离出来,朝旁边看去。

喻时脸红得像个红富士苹果,为了缓解尴尬,她主动开口:"陈……陈望怎么还不过来……"

周聿也想到什么,把手伸进口袋里胡乱摸了一把,走到女生面前,俯下身子往她的手心里塞了颗糖:"吃颗糖,别低血糖晕倒了。"

喻时有些意外地抬头看了他几秒:"周聿也,你不会是哆啦A梦吧?"

周聿也笑了一下，冷淡地回了她一句："我是你爹行不行？"

喻时："……"

她撇了撇嘴，把糖塞进了嘴里。

不久，陈望和江昭找来了一个老师帮他们开锁。老师把门打开后，把在场的学生都叫到办公室批评了一顿，让每人写了一份检讨，随后让他们赶紧回家了。

江昭和他们告别后就赶回去照顾奶奶了。陈望和他们顺路，所以就一起往回走。

喻时悠闲地走在前面，听着后面不时传来的对话声。

聊起这次的全国高中数学竞赛，陈望顺势问喻时能不能进初赛。

喻时想了好半天，含糊地表示："到时候再看吧……"

"她没问题。"她的声音刚落下，身后就传来了一个沉稳的声音。

喻时一顿，下意识地去看声音的主人。

周聿也淡淡地扫了她一眼："不相信自己，那还比什么？"

喻时一噎，没吭声。

陈望凑到她跟前，扯了下她的胳膊："你们是不是藏着事呢？快点儿老实交代！前段时间周聿也还管我要你的微信，你们是不是加上以后天天聊，才变得这么熟的？"

喻时拧了拧眉，下意识地反驳："我什么时候加他微信了？"

意识到陈望说了什么，她难以置信地问："你是说，你把我的微信名片推给他了？"

陈望掏出手机给她看聊天记录："你看。"

喻时看到屏幕上自己的昵称，神色越发郁闷，在心中哀号：这算什么事啊！

陈望看着喻时不断变化的脸色，试探着开口："难道，你拒绝了？"

喻时："……"不光没有拒绝，她还加的比谁都早。

和陈望分别后，虽然耳根清静了不少，但喻时一想到刚才知道的事情，就觉得很别扭。

要不要主动和他坦白呢？毕竟周聿也帮她进步了那么多，她多少也得说几句道歉的话。

可是她又觉得憋屈，拉不下脸来。

又往前走了一段路，眼看着马上就要到柳南巷了，喻时想了想，坦白从宽："那个……我一直没跟你说，其实当初是我撬坏了你的自行车锁。"

周聿也一顿："是你撬坏的？"

喻时面无表情地揭穿他："你别装了。"

周聿也哦了一声，面上浮现出几分笑意："所以现在呢？除了锁，你又看上我的什么了？"

喻时无奈地叹了口气："你在胡说八道什么啊？我当时又不是故意的。总之，对不起，虽然已经进行了赔偿，但还是欠你一声道歉。"

周聿也挑挑眉梢，没刁难她："行，我接受你的道歉。"

喻时弯了弯唇，这才彻底放松下来。

二人走进柳南巷，夜色昏暗，周聿也不经意朝前方瞥了一眼，突然拉住了她的胳膊："别动。"

喻时一顿，听到了一声猫叫。

喻时发现前方一两米的位置有一只小猫，现在天黑了，再加上那只猫的身形很小，若没有留心去看，很容易被过路的人踩到。

喻时感觉这只猫的身形有些眼熟，走近了看才发现这只猫就是白天在她家门口蹲的那只。

她小心翼翼地朝它靠近了一步："猫猫，过来。"

那只猫看上去比较亲人，在她连着叫了两声后，就慢慢走过来了。

喻时脸上一喜，下意识地就准备伸手去摸。

在她即将要碰到猫的时候，突然横空多出来一只有力的手掌。

她一愣，抬起头来。

周聿也拧着眉头，声音也冷淡了下来："不知道自己对动物的毛过敏？"

喻时还想挣扎一下："就碰一下，应该没关系的……"

周聿也看了看还在她脚边不时蹭来蹭去的小猫："有时候流浪猫太过亲人也不是件好事。"

他蹲下身子，用手指抵着那只小橘猫的脑袋往后推了推，让它离喻时远了一些："让它适当对人保持警惕，总是好的。"

说完，他顺势抬起眼，去寻找喻时的目光。

这时，路灯正好亮起，昏黄色的光线照进少年的眼睛里。

喻时忽然感觉自己的呼吸急促了一些。这一刻，她的脑海里忽然想起半个小时少年说的那句"她可以"。简简单单的一句话，却在她的心底掀起了千层波浪。

"周聿也。"

小猫已经离开了，周聿也应了一声，准备站起来。

喻时挺直脊背，看着少年的一双黑眸，开口："我相信你，我也相信我自己。"

"行。"周聿也笑了笑。

第三章
没有别人，只有你

转眼间到了九月初，萃仁中学正式开学了，高二年级也完成了文理分班。

"进入九月，新的学期即将开始，正踏入校园里的各位同学，不知道你们有没有做好面对新学期的准备……"早自习过后，广播里出现一道轻柔的女声。

沈逾青半眯着眼睛走进萃仁中学的校门。刚进来，他听到广播里的声音，觉得有点儿耳熟。这是……江昭？

沈逾青慢悠悠地走上二楼，抬头看了一眼班级门牌，确认是九班后，这才抬脚进了教室。

教室里有一个人先是一怔，随后高兴地朝他挥了挥手。

这个人就是陈望。他是真没想到，自己居然会和沈逾青分到一个班。

"我记得你，你好像是叫……沈逾青，对吧？"陈望拍了一下他的肩，提醒他，"你忘了，放假前我们一起吃过烧烤。我叫陈望，是陈叙的弟弟！"

沈逾青听到这里才终于想起来，对他点了点头："你好。"

"没想到我们居然分到一个班了，也是缘分，不如我们坐一起？"

沈逾青对座位没要求，答应了。等坐好之后，陈望就托着脑袋看沈逾青收拾东西。

"哎，你怎么下了早自习才来啊？"

沈逾青听到这句话，想到昨晚的事，皱了下眉。

昨天他和沈宗又大吵了一架，睡前忘了设置闹铃，一觉起来发现已经错过了早自习。

不过他没必要和陈望说这些，只随便应付了几句，就把校服盖在头上，想再补个觉。他刚把眼睛闭上，就听到陈望欣喜地喊："江昭，我在这里。"

沈逾青在黑暗中睁开了眼睛。

江昭穿着校服，扎着马尾辫，拿着水杯站在教室门口。看到陈望，她的眼里露出几丝喜悦。

陈望走到教室门口："江昭，你刚刚广播的声音可真好听。"

江昭有些不好意思地笑了笑："这周正好轮到我当值，听说你被分来了九班，正好在我们班的前面，我就顺道来看看。"

陈望的眼睛一亮："原来你们文科二班离我们这么近啊，那可方便。就是喻时在一班，离我们比较远……"

"没关系，到时候我们也可以去找她。"

二人趁着下课时间多聊了几句，陈望想到什么，神秘兮兮地开口："江昭，你猜我和谁分到了一个班？"

江昭下意识地瞥了一眼座位上睡着的男生，没有说话。

陈望嘴角上扬，指了指自己新同桌的位置："想不到吧，我和沈逾青在一个班，现在他还是我的同桌。你还记得沈逾青吧？就是放假前请我们吃烧烤的那个……"

他的话还没说完，江昭就回了一句："嗯，我知道。"

她浅浅地呼出一口气，看了一眼将校服从头上扒下来，坐起身来的少年。

江昭抬头对陈望笑了笑："我知道了，陈望，快上课了，我先回去了。"

陈望点了点头。等陈望返回座位的时候，沈逾青偏过头，问："江昭在哪个班？"

陈望："文科二班，她们班教室离我们班还挺近。"

沈逾青轻轻挑了下眉，没说什么。

陈望又笑眯眯地凑过来："刚刚广播里的新生寄语就是她读的。怎么样？是不是很好听？"

沈逾青托住脑袋，看向江昭远去的背影，半晌才应了一声："嗯。"

当别的班还在享受着开学后的轻松时，一班已经进入了全国高中数学竞赛的最后选拔阶段。

这个周末，萃仁中学数竞一班就要参加省里组织的选拔预赛。

按照以往的流程，几所学校进行统一考试，然后选出一部分学生正式参加全国联赛。

所以这段时间以来，班里的气氛压抑又沉重，几乎每个人都在座位上埋头做题，一坐就是一整天。

周聿也见班级里没有之前吵了，就把家里的题拿到教室里来做了。

喻时抬起头活动关节，余光瞥见周聿也做题的样子。他先扫了一眼题目，在草稿纸上草草写了两笔，就把答案誊抄到题目旁边。

喻时内心震惊不已，他怎么算得这么快？

周聿也注意到她的视线："看什么？"

喻时眨了眨眼睛，很是实诚地回答："看你耍帅。"

周聿也正要开口说什么，喻时连忙把手指放在嘴边嘘了一声：

"行，行，行，我知道你没有那个意思。其实大家对你的数学学习方法很好奇。迄今为止，他们都没有见过你做完的数学试卷，而你的数学试卷又被很多老师都夸赞过，如果你能拿出一张来让我们大家观摩一下……"

她一边说着，一边偷瞟他胳膊肘下压着的那张数学试卷——那张试卷他全做对了。

"真是咸吃萝卜……"话是这么说，但他还是把试卷抽出来盖在她的脑袋上，遮住她那乱瞟的眼神。

真是口是心非，喻时把脑袋上的试卷拿下来，小声嘀咕着。

她随后认真地看起了试卷，越看越满意，还凑到男生身旁，小声说："听人说，做好事可是会延长寿命的。"说完后，她还朝他俏皮地眨了眨眼睛，可爱极了。

周聿也眼睛发直了几秒，随后脊背挺直，将身子往后缩："挨这么近干什么？"

喻时才不管他那副别扭的样子，找到陈叙，建议把周聿也的这张试卷打印出来，人手一份。

她刚才看了，周聿也的解题过程虽然简洁，但时间充裕的话，他还会在题目的旁边写下其他解法，对其他同学来说，帮助很大。

陈叙听喻时说着，抬头往周聿也那边看了一眼，却忍不住一怔。

因为周聿也正臭着脸，冷漠地朝他们这个方向看来。

陈叙收回目光，将身子往前侧了侧，正好挡住了周聿也的视线。

周聿也看到这一幕，脸色顿时臭到了极点。他把手中的笔往桌面上一扔，周围的气压都低了几个度。

等喻时和陈叙去办公室把打印好的试卷拿到教室里，分发下去后，班里的同学看了眼试卷上的名字，还有些难以置信。

"不是，这是周聿也的试卷？他居然主动把试卷拿出来让我们学习？"

"周聿也是想带着我们大家一起学习吗？"

"他也没有看上去那么难相处嘛……"

"呜呜呜，没想到大神没有光想着自己飞，还记得我们这些雏鸟……"

…………

等喻时一脸愉悦地发完了试卷，一转头，就看到正处于话题风暴中心的那位帅哥正黑着一张脸。他抬了抬下巴，冷淡丢下了两个字："过来。"

这个神情，这个语气，实在和友善沾不了一点儿边。

喻时朝同学们淡定地摆了摆手："没事，他这人真的很好相处的。"

见她朝他走过来，周聿也冷冷地说道："我叫你过来，你就过来了？"

喻时带着一脸讨好的笑容："我来找你问题呀。"

"我看你人脉挺好的，陈叙不还坐在那里，怎么不去问他？"

喻时坐下来，听到这句话后歪头看他："怎么，看到我和陈叙讨论，你不开心了？"

周聿也冷哼一声："我看你是在舍近求远。"

喻时没多想，指着书上的一道题，认真地问："所以，我的好同桌，这道题该怎么做？"

周聿也瞥了一眼："2b。"

喻时立刻气急败坏地说："你干吗骂我？"

"我是说题的答案。"

"哦。"喻时看向周聿也，耐心地请教，"具体要怎么做呢？"

周聿也的目光扫过她那双总是含着笑意的圆眸，随后开始给她讲题。等周聿也讲完后，喻时恍然大悟般地哦了一声。

她随后想到什么，凑到周聿也跟前："周聿也，其实你没必要拒人于千里之外，你也可以像教我一样，去教班上的其他同学，他们还是很需要你的。"

周聿也冷淡地瞥她一眼，刚想反问"他们不会关我什么事"，突然感觉眉心一凉，话语止在唇间。

他一愣，视线上移，看到喻时将两根手指按在自己的眉心。

她边按边语重心长地说："虽然你帅，但是也不能经常皱眉头，年轻人最忌心浮气躁，气多了老得快……"

周聿也脸一黑，把那两根作乱的手指从自己的脸上扒拉下来："喻时，我看你是要反了天是吧？"

喻时悻悻地收回了手："我是为了你好。"

周聿也闭上眼睛，大有一副眼不见心不烦的架势。过了一会儿，他还是睁开眼睛，冲眼巴巴地等待喻时发话的同学说："不是要问题？"

其余同学一愣，随即拿着自己不会的题冲了上来，还偷偷对喻时竖起了大拇指。

喻时撑着脑袋坐在不远处，神情专注地看着人群中央那个眉眼出众的少年。他神色冷淡，但还是不厌其烦地接过递来的一本又一本书，认真地给出解答方法。见此，她清亮的眸子中闪过几分笑意。

他也没有看起来那么面冷心硬嘛。

晚自习结束，喻时看了一眼还在耐心地给别人讲题的少年，想了下，还是准备等他一起回去。

喻时漫不经心地朝周围瞥了一眼，看见教室另一边的宋亚楠正抱着本书，犹犹豫豫地朝这边看了好几眼。

她额前厚重的刘海反复盖住她的眼睛，她抿着唇将它们拨开，然后想到什么，又把刘海整理好放在额前。

喻时朝宋亚楠走过去，小声问了句："亚楠，你是要问题吗？"

宋亚楠扶了扶眼镜，有些不好意思地说："我……我想问周同学一道题，但是……但是他周围人还挺多的，轮不上我，还是算了吧……"

喻时拉住她的手，温和地说道："你准备问哪道题？我帮你看看吧。"

宋亚楠一愣，抬起头去看喻时，几秒后又慌忙地垂了下去。

喻时注意到她有意遮挡自己脸的举动，忍不住问："亚楠，你怎么了？"

宋亚楠摇了摇头，闷声道："我脸上的雀斑太深了，之前老是被人说看着不舒服，所以……"

喻时的眉头越皱越深，她刚想说些什么，就被宋亚楠故作开朗地打断："没事，喻时，你还是帮我看看这道题怎么做吧？"

喻时最终还是什么都没说，低头去看宋亚楠要问的题。

这道题有难度，但喻时之前被周聿也系统培训过，几乎什么题型都见过，没多久，她就解出了这道题。

"喻时，你好厉害，这么快就把这道题解出来了。"宋亚楠由衷地赞叹和崇拜，"喻时，你真的进步好快。"

喻时笑了笑，朝她眨了眨眼睛："只要努力的话，我们都能进步的。"

忽然不远处有人叫了喻时一声，喻时听见声音，下意识地扭头，就看见周聿也单手插兜立在原地。见喻时看过来，他微微抬了抬下巴："回家了。"

喻时哦了一声，转头打算与宋亚楠告别。见宋亚楠已经回到座位上，她忍不住问："亚楠，你不回家吗？"

宋亚楠摇了摇头："不了，我还有作业没写完。"

喻时皱起眉头。还有作业没写完？怎么会呢？

因为临近考试，任秀华除了给他们布置必要的习题，都是让他们自己复习，查漏补缺。

身后的周聿也还在催促，喻时没有多想，随口应了一声，便拿起书包跟着周聿也走出了教室。

不过等出了学校，她才倏地反应过来，自己怎么大摇大摆地跟在周肀也后面走出来了？别人看见不会误会什么吧？

喻时忽然又记起前段时间后桌对她挤眉弄眼的样子，她放慢了脚步。

周肀也注意到喻时的异常，干脆停下来等她，偏过头，无语地问："搞什么？"

喻时小声嘀咕着："我觉得吧，我们挨得这么近走路不太好。"

少年皱起眉头："哪里不太好？"

喻时："影响不好。"

二人这会儿刚走出校门，墙上就贴着萃仁中学的百条校规。喻时指了指上面的第二十条：**男生与女生不可以交往过密。**

"我们好上了？"男生懒洋洋地问了一句。

喻时的心猛地一跳，身子也跟着往后跳了一步，她瞪大眼睛，惊恐地问："你在胡说什么？！"

周肀也看着喻时瞪得像铜铃一样的眼睛，下意识地想笑，但还是憋住了。他轻咳一声，轻飘飘地瞥了一眼校规内容，越看越觉得碍眼："这条校规不就是这个意思吗？既然我们什么都没有，是纯洁得不能再纯洁的同学关系，那你心虚什么？"

"我哪里心虚了？"

"你现在全身上下都写着这两个字。"周肀也带着几分玩味地说，"再说，刚才在教室里，你不是在等我吗？"

喻时缩了缩脖子，目光有些闪躲："我……我那是觉得，你帮别人解答完时间就很晚了，你一个人回去也不太合适，反正我们住得也近……"

周肀也听着她吞吞吐吐的声音，轻飘飘地看了她一眼。

喻时被周肀也盯着，无端感到心虚，丢下一句"去取自行车吧"，就迅速跑开了。

周末的预赛如期进行。这一天真正到来的时候，喻时发现，自己没有想象中的那么紧张，反而感到无比激动。

预赛还有怀城的其他学校参与，考场随机分配。

江昭：喻时，你一定可以的，等你的好消息！

陈望：喻时，放平心态，相信自己，加油！

刚打开手机，看见江昭和陈叙分别在几分钟前给自己发了消息，喻时心里一暖。她回复完消息，刚准备关掉屏幕，就感觉手机又振动了一下。

妈妈：好好考，考完赶紧回家吃饭。

虽然隔着屏幕，但她还是能想到唐慧打出这一句话时的别扭样子。她忍不住轻轻笑了一声，回了一个"好"字，把手机关机后装进兜里，准备去考场。

来到考场，她发现，周聿也就在隔壁的教室。他这天穿了一件纯白色的T恤，下面搭了一条牛仔裤，此时正弓着腰靠在楼道的栏杆上，神情懒洋洋的，不知道在想些什么。

他的身边渐渐聚起一堆人，不时有人偷瞄他几眼。

喻时原本想走过去打一声招呼，可看他身边有那么多人，最后还是决定趁他不注意偷偷溜过去。

见喻时贴着墙偷偷摸摸地往前走的样子，周聿也叫了一声："喻时。"

周围说话的人无端地一静，顺着他的目光看过去。

扛着几十道打量的视线，喻时冲他干巴巴地笑了笑："哟，好巧啊，你也在这边考啊。"似乎是为了解除尴尬，她边往这边走着，边开玩笑说："你这样站，好像数学之神的雕像。"

周聿也睨了她一眼，似笑非笑地说："要不你过来摸摸，沾沾数学之神的光？"

喻时连忙摆手，她又不是陈望，做不出来这种事。

周聿也见她终于舍得过来,身子站直,用考试袋轻轻地敲了一下她的脑袋:"待会儿考试的时候别紧张。"

喻时有些走神,迟钝地应了一声,应完后才猛地反应过来,兴奋地看向眼前的少年:"周聿也,你刚刚是不是在给我的考试加油?"

周聿也面无表情地回:"没有。"

"你有,你有!"喻时伸出手抓住周聿也的胳膊摇晃着,脸上满是笑意,"周聿也,你现在是不是终于把我当朋友了……"

周聿也无奈地点头应和她:"我有,我有,行了吧?"

见她难掩激动之色,他盯着她的眼睛,忽然问:"和我做朋友,你是不是很开心?"

喻时一怔,对上他的目光,随后点了点头,笑逐颜开:"当然了,我很开心。"

周聿也专注地看向她,心跳声如鼓点一样。眼前的一切似乎都变得模糊起来,他只能看见面前女生明媚的笑脸。

"喻时,该进考场了。"

喻时和周聿也朝说话的人看去,是陈叙。他拿着考试袋,看了一眼周聿也,又转向喻时,露出一抹温和的笑容:"我记得,我和你好像是一个考场。"

听到这句话,周聿也挑了挑眉。

考生进场的铃声适时响起,周聿也朝喻时抬了抬下巴:"进去吧,朋友。"

喻时点了点头。

既然做了朋友,那上考场前的互相鼓励是不能少的。她握着拳头,对周聿也做出一个加油的手势后,就兴冲冲地和陈叙一起走进考场。

看着喻时和陈叙有说有笑地走进考场,周聿也半天没动,快进考场时,才神色不爽地啧了一声,转身离开。

116

江昭收到喻时回复的消息，这才安了心。她站在办公室门前，整理好思绪后长呼一口气，推门走了进去。

"你来了。"坐在办公椅上的医生见江昭走进来，朝她点了点头。

江昭拉开椅子坐了下来。她握住拳头，酝酿几次，终于开口："医生，我想问问，我奶奶的情况是不是很差？"

医生叹了口气："实话来说，患者所患的是高恶性程度胶质瘤，已经到了中晚期，情况……很不乐观。做手术可以提高患者的生存率，但具体能坚持多久……"

江昭控制住自己颤抖的声音，轻轻地问："如果做了手术，我奶奶还能活多久？"

"大约半年的时间。"

滚烫的泪珠重重地打在手背上，不知过了多久，她才强迫自己止住眼泪，振作起来。

"不管怎么样，我们都会做这个手术，至于手术费……"她的声音极其沙哑，"我会在缴费前筹好，医生，请安排手术时间吧。"

出了办公室，江昭靠在墙上，反复吸气，等整理好情绪后，她拿出手机给邻居张姨打电话："喂，是张姨吗？我是江昭。我能不能……再问您借一些钱？我奶奶要做手术。"

"是江昭啊。我听说你奶奶的事情了，唉，真是老天作孽，张姨也很想帮助你，但实在是心有余而力不足啊。平时帮扶一下可以，但是这手术费，我实在拿不出来太多……"

"就一点儿……一点儿也可以的，我一定会尽快还给你的。"江昭的声音带了几分急切和乞求。

…………

不知过了多久，眼看手机电量仅剩百分之十，江昭没有再继续打电话。她将目光停留在通讯录上熟悉的名字上，下一秒又缓缓地移开。她闭上眼睛，脸上满是疲惫之色，心中默念，不应该再麻烦喻时和陈望了。

刺耳的广播声猛地响起，江昭猛然一惊。从医院回来后，她便一直心不在焉的，还是旁边的同学提醒，她才注意到自己刚才念错了稿子。

江昭看了手里的稿子许久，还是以状态不太好的理由先离开了广播室。她原本打算直接回教室，但在经过楼梯间时，听到一声异响，她一顿，朝着楼梯拐角处走去。

或许是她的脚步很轻，那人并没有发现，依旧拿着手机站在那里，情绪很是激动。直到挂了电话，他一拳砸向前方洁白的墙，胸口剧烈起伏了几下。

沈逾青强迫自己冷静下来，转身打算离开时，看到了一直在后面站着的江昭。

他靠在墙上，想到自己刚才的举动，垂眼看她："怎么，刚刚被吓到了？"

江昭沉默几秒，抬起头，与他对视，谈论的却是别的话题："你现在和陈望走得很近。"

沈逾青一顿，慢慢直起身子。

江昭似乎感受不到他周身的低气压，还在继续说："陈望对人对事都很真诚，也很容易受周围人感染……"

"江昭。"男生倏地冷冷地开口，"你是不是觉得，和我沾上边就会倒大霉？"

她是这样，所以她也不想让她的朋友和他走得太近。

江昭垂下眉眼："沈逾青，我对你没有那么多偏见。"

她说着，抬起头，与他对视："我只是觉得，你可以变得更好。"

沈逾青一愣，从小到大，在家里挨的骂多了，再难听的话他都听过。但出了家门，因为家里的背景，不少人上赶着巴结、奉承他，因此，花言巧语他也听得不少。但他知道，这些讨好都是嘴上功夫，没人真心对他好。有时候他忍不住想，自己是不是一辈子就这么混下去了，因为就连他的父亲都说过他没救了。

他从未想过，有一天，有一个人会对着他的眼睛，平静地说出这样一句话：他还可以变得更好。

江昭似乎没注意到他的异常，缓缓地说："刚才我提起陈望，是因为他对人对事都很真诚。如果你们能好好相处，可以成为很好的朋友。"

沈逾青笑了一声："江昭，你可真厉害。"

他转身经过她旁边时，微微侧过身子："下次广播的时候，把稿子念熟了再播。"

江昭一愣。看着沈逾青的身影逐渐消失在自己的视线里，她紧绷着的神经才逐渐放松下来。半晌，她垂下眼睛，轻轻发出一声叹息。

预赛的成绩出来了，一班的参赛者在比赛中表现很好。萃仁中学进入联赛的人员名单中，一班学生占了大多数，比起以往进步很大。

但预赛结束后，这些优秀的学子也没有太多喘息的时间，因为全国高中数学竞赛就在预赛后的第二周。

全国高中数学竞赛的难度比预赛要大得多，而且初试和复试都在一天内进行。各省赛区排名靠前的同学可以进入各省的省队，受邀参加全国数学奥林匹克竞赛（National Mathematial Olympiad，简称NMO）。这个比赛同时也是全国高中数学竞赛的决赛。

这几天，喻时每天都在绷着神经刷题。

周聿也的水平已经远远高于其他全国高中数学竞赛参赛者，可以说，进入省队的名额已经提前为他预定下来一个。

而喻时现在最主要的目标就是进入省队。

她在预赛中拿到了第十名的成绩。任秀华当着一班学生的面衷心地夸赞她，说她没有辜负老师的期望。

喻时高兴归高兴，但感觉压力更大了。她督促自己更加努力地投入学习，这段时间都没怎么和陈望、江昭见面。

相反，喻时倒是和周聿也走近了不少。当然，这个"走近"是指讲题时。有时候，他们会因为一道题，讲着讲着忽然争执了起来。

　　说起来，喻时和周聿也吵起架来还挺有趣的，能为沉闷的班级带来活力，同学们也乐见其成。

　　他们吵架时的情形，大多数是喻时板着脸在纸上写下自己的解法，然后揉成一个纸团将其砸到周聿也的身上："你看，这样是不是也能解出来？"

　　周聿也皱着眉头，把纸团从自己的怀里拿出来："你就不能用张正常的纸让我看？"

　　喻时轻哼一声，傲娇地扭过头去："你不配。"

　　周聿也："你别忘了，我还算你的半个师父呢。"

　　喻时回："还有一句话，青出于蓝而胜于蓝。"

　　周聿也虽然嘴上互不饶人，但还是慢慢将纸团展开，看了一遍解题步骤："你的方法不严谨。"

　　"哪里不严谨了？！"

　　见和他说不通，喻时气得一节课都没和他说话。

　　周聿也一开始靠墙坐着，慢慢离她越来越近，等下了课，他的胳膊肘已经快碰到她了。

　　喻时板着脸，没好气地对他说了句："离我远点儿！"

　　周聿也盯着她的脸看了几秒，随后有些无奈地叹了口气："真生气了？"

　　喻时侧过头，不理他。

　　周聿也转着笔沉思了几秒，扭过头，问后面的同学："你说，女孩儿生气了怎么办？"

　　后桌的男生下意识地回答："那就……哄哄呗。"

　　周聿也挑了下眉，突然坐直身子，抬起手僵硬地拍了拍她的头顶："怎么样？心情好点儿了吗？"

喻时扭过脸，觉得有些莫名其妙："你这是干什么？"

周聿也回答："你不是心情不好嘛，我大发善心，安慰安慰你。"

哪有人被干巴巴地拍几下头心情就变好了？

喻时被气笑了，咬紧牙关，挤出几个字："周聿也，你是不是有病？"

没承想周聿也看她笑了，还真的嗯了一声，满意地自言自语："你笑了，看来应该没那么生气了。"

喻时直接朝他翻了个白眼："周聿也，我就没见过你这么厚脸皮的人！"

周聿也看她真的被气得不轻，有些无奈地摊手："这样都不能安慰你，那我只能另辟蹊径了。"

喻时把书扣在脑袋上，小脸皱成一团，飞快地念叨了好几声："我不听，我不听——"

这时，外面的窗户被人轻轻敲了敲。

周聿也偏过头去，看到陈望正满脸兴味地趴在窗户外。他应该来了有几分钟了。

见周聿也先扭过头来，陈望眯起了眼睛，朝他用力挥了挥手，然后喊了一声："喻时。"

喻时听到后走出了教室，同陈望靠在楼道的栏杆处说话。

陈望摸着下巴，啧了两声，围绕着她走了好几圈。

喻时不耐烦地一巴掌拍过去："有什么好啧的？"

陈望早有防备，轻松地躲闪后，扶着栏杆叹息："喻时，你瘦了。"

喻时的脸一黑，她之前很胖吗？

"你瞧瞧，圆脸都瘦成瓜子脸了，看来一班还真不是人待的地方。"

喻时有些怀疑地摸了摸自己的下巴："真的瘦了？我没注意到……"

陈望继续说："但我还是怀念你以前圆圆的脸。"

喻时："……"

121

陈望忽然朝她眨了眨眼，小声说："我刚刚看到你和周聿也吵架了，那可是周聿也哎……"

喻时："怎么了？"

陈望："你居然敢和他吵得那么凶，嘴巴一张，就差对他开火放炮了吧。"

喻时："陈望——"

他继续说："不过，你也要注意点儿，小吵怡情，大吵伤身。"

喻时已经快要忍无可忍："我刚刚光顾着呼吸了，忘记扇你了。"

陈望还在雷区疯狂地蹦跶："不是我说，喻时，你都和周聿也做同桌了，这叫身在福中不知福。和他坐一起这件事，估计别人想都不敢想。"

喻时嗤笑一声："胆小鬼，我就敢想。"

她看着远方，缓慢又笃定地说："我还敢想，迟早有一天，我能超过他。"

等那时候，她倒要看看，他还能在她面前跩到哪里去？

"你有这样的勇气，好样的。"说到这里，陈望又忍不住多嘴，"其实，我感觉周聿也对你还是蛮不一样的。"

他回想起刚才周聿也和喻时吵架的样子，没有半分急切，看着炸毛的喻时，眼神中还多了几分若有似无的纵容之意。

反正陈望怎么都不敢想象，自己因为一道题在周聿也面前争得脸红脖子粗的模样。估计只有喻时敢在他面前这样撒野了吧。

陈望把自己的想法说给喻时听。喻时好几次想要去反驳，却张不开口。因为，连她这个当事人也察觉到好像确实有哪里不太对劲。

周聿也对她的态度太过随意了些，难道是他觉得自己的问题太幼稚，不屑于和她吵？这样的念头一出现，喻时的心里有些不好受。

喻时轻咳了一声，转移了话题："昭昭最近怎么样？"

"应该还好吧，她最近挺忙，平时我都见不着她。"

喻时若有所思地点了点头，又偏头问了他一句："江奶奶出院了吗？"

"出院了，昭昭亲口跟我说的。"

之后二人又聊了些其他的话题，陈望提及自己的同桌："喻时，你知道吗，我和沈逾青现在是同桌。你还记得沈逾青吗？"

喻时回忆了几秒钟，有些不确定地问："是周聿也认识的那个？"

陈望重重地点了点头："我一直以为他会很难接近，没想到，他还挺好相处的。他那天还问我，怎么和一个人交朋友。哎，你说，他是不是想主动和我拉近关系才这样说的啊？"

喻时神情复杂地看着陈望，没忍心戳破他美好的幻想。

二人聊完这几句就分开了。等喻时匆匆回到教室，上课铃声刚刚响起。喻时坐在座位上微微喘着气，刚准备从书桌里掏出课本，突然发现旁边的位子上空荡荡的。

任秀华走进教室，站在讲台上，一眼就看到周聿也的座位上没人，蹙着眉头问："周聿也人呢？"

正当喻时准备硬着头皮站起来回答时，门口忽然传来一道懒洋洋的声音："报告。"

周聿也穿着白色的校服短袖站在门口，手上拿着被揉成一团的校服外套，额前的碎发有些潮湿，一副刚刚运动完的样子。

任秀华沉着脸说："下次再这么晚回教室，就不用进来上课了。"

周聿也轻轻点头："行，我下次早点儿。"

任秀华没再刁难他，让他进来了。

周聿也拿纸擦着自己后颈的汗，迈开长腿走到座位边上。喻时想要站起来给他腾出空间，却被他按住了肩膀。

他的嗓音有些沙哑："不用。"

衣服间的摩擦声响起，他有些发热的身子掠过她的脊背，然后坐到了座位上。

喻时忽然想起陈望说的那些话，放在桌子上的手指蜷缩了一下。

可能因为他们是同桌，所以比起别人，她更了解他一点儿，知道他不是那么难相处的人。而她，也好像逐渐习惯了和他这样的相处方式。

可周聿也呢？她对他来说，是一个什么样的存在？

还是说，过了这么长时间，他继续把她划分在很吵的同学里……

可是，她总觉得，周聿也应该已经把她当朋友了。

他们的每次争吵，是不是都在将二人的距离拉得越来越远？他觉得和她不是一条路的人，所以每次和她讨论题目时看上去都那么敷衍……

喻时想到这里，心口感觉闷闷的。她忽然觉得，她不适合和周聿也继续做同桌了。

这节课上她都心不在焉的，直到下课，任秀华一走，她就精神萎靡地趴在了桌子上。

过了几分钟，她终于下定决心，扭头想问旁边的人要不要换座位，屈着的胳膊肘间忽然被塞过来一个什么东西。

喻时胡乱摸去，发现是一根棒棒糖。她还没反应过来，第二根，第三根……越来越多的棒棒糖被塞过来。

喻时直起身来，无语地看着还在继续塞糖的男生："周聿也，你在抽什么风？"

周聿也看了她一眼："不是心情不好？"

他捏着棒棒糖的棍子在她眼前左右摇晃："吃糖会让心情变好。"

谁会随身携带这么多糖啊？总不可能是他刚买的吧？

喻时刚想吐槽一句，忽然想起了他上课迟到的事情，微微一愣："你不会……是在上节课间的时候去买的吧？"

据她所知，离教室最近的小卖部在校门口，来回至少得十五分钟。

所以，他是跑着去的？这么多糖，他是怎么当着任秀华的面带进来的？

下一秒，周聿也当着她的面，从揉成一团的校服里掏出几根棒棒糖，放在了她的桌子上。

喻时愣了好一会儿，还是不敢相信，这是周聿也能干出来的事？

周聿也撑着脑袋凑到她身边，看着她的眼睛服软似的说："糖买了，人我也哄了，所以别生我的气了，行不行？"

喻时盯着桌子上放着的那堆棒棒糖，慢慢眨了下眼睛，好像是在消化着什么信息。

几分钟后，她犹豫再三，小声问："周聿也，这些棒棒糖该不会是你的分桌礼吧？"

周聿也眉头一皱。分桌礼？那是什么玩意儿？

喻时看见周聿也明显变化的神情，以为自己猜对了，撇了撇嘴："周聿也，你就是不想和我做同桌了！"

她将那些棒棒糖一股脑地推回到他的桌上，气愤地说："谁要你的糖？拿走！"说完，她直接扭过头，只留个圆圆的后脑勺对着他。

周聿也沉默了十几秒，最后盯着那个毛茸茸的后脑勺，问："喻时，你在发什么神经？"

喻时心里越发觉得憋屈："不然你突然对我这么好干什么？"

周聿也反呛："那刚才是狗生气了？"

喻时不说话了，可还是背对着他。

周聿也抬起手将她的脑袋转了回来，语气不自觉地放软："再说，你不说清楚，我怎么解释？"

喻时的眼圈红红的："那我每次和你讨论那些题目，你为什么都爱搭不理的？你知不知道，一个人唱独角戏真的很奇怪？"

周聿也看着她委屈巴巴的脸，认栽似的低叹一声。下一秒，他转过身子，从桌肚里掏出一个笔记本，翻开放在喻时面前。

"我对你爱搭不理？我不管你？那这段时间我是闲的，才把你纠结的题目和知识点全都写下来，又按你的方法重新捋一遍。能捋顺的就

125

把每个步骤都写下来,将不顺的就把最优的方法写在旁边。怕你又跟我闹,再把你说的方法中有疑点和错误的都标注出来。不和你吵,是不想浪费时间,你需要更高效地学习。喻时,你的脑子能不能别光顾着解数学题,也多照顾照顾别人的感受?"

喻时被他这一连串的话说得一愣一愣的,不自觉地看向周聿也拿出来的那个本子。

她伸出手翻了翻,才发现里面大多是他们产生争议的题,都被他记录下来,在上面写了详细的解题步骤。

最新的一页上面写的是他们刚争论完的那道几何题,他刚把题目抄好,还没来得及写解题步骤。

"我原本想,把今天这道题整理完,就把本子给你,没想到……"他似笑非笑地感慨,"某人自己等不了,哭着喊着说我欺负她。"

喻时被这个反转震惊得措手不及,觉得有些不好意思,结结巴巴地说:"你对我还……还挺好的。"

谁能想到,自己冷酷的同桌喜欢当闷不作声的活雷锋?

周聿也立刻讽刺道:"不,是我瞎了眼。"

喻时:"……"

不过,认识错误并及时道歉的孩子就是好孩子。喻时在心里将这句话默念了三遍。

看着这些花里胡哨的糖果,她伸出手挑了一个,拆开后递给冷着脸的同桌:"那什么……我知道,这次就算说破了天,千错万错还是我的错,是我误会你了。不过你也别生气,气坏了对身体多不好啊,吃根糖消消气。"

见他的神情松动些许,喻时趁热打铁地问:"那你现在……还生气吗?"

周聿也看在她是真心认错的分上,轻飘飘地回了句:"不了。"

喻时顿时喜笑颜开,把那些糖全拨到自己这边来。

126

她还是惦记着这些糖的,不要白不要嘛。

她把这些糖整整齐齐地分成了三份,准备把其他两份带给江昭和陈望。

这时她的耳边响起了周聿也漫不经心的声音:"喻时。"

喻时顿时警觉起来,下意识地拢住那些糖果,朝周聿也扭过头去:"怎么了?"

周聿也被她护食的模样逗乐了,轻轻地摸了一下她的脑袋,略带些安抚的意味。

或许因为他很少这样做,动作有些生硬,而且力度也没有掌握好。

喻时猛地按住被他碰的地方,有些郁闷地抬起头:"你打我的头干什么?"

周聿也无奈地叹了口气,看着她说:"喻时,无论参加什么比赛,不要太紧张,也不要给自己太多压力。"

喻时听见他的话愣住了。

周聿也将一颗棒棒糖拆开,塞进了她的嘴里。

"这段时间,你把自己逼得太紧了,所以情绪才会失控。"

喻时沉默了几秒钟,偏过头,迷茫地问:"我紧张了吗?"

周聿也看着她,没说话。

喻时托着脑袋,目光空洞地看向某处:"你说,如果我通过不了初试,那我的数学道路,还怎么继续走下去呢?"

周聿也没有回答她,而是直接问:"所以呢,你要放弃?"

喻时慢慢地摇头,看着桌子上的错题本重重地吸了口气:"我不会,我永远也不会。"

周聿也勾了勾唇,对她的反应并不意外。

他慢悠悠地瞥她一眼,沉稳地说:"喻时,只有真正热爱的东西才有奋斗的价值。况且,考验和机遇只会留给有能力去跨越的人。既然困难出现了,我们就不遗余力地去做。但是,凡事都有一个前提,那就是无论如何，内心要变得强大起来。"

他明白她的焦虑和紧张，可并不希望她被这些情绪干扰得太厉害。

他们难得心平气和地坐下来聊这些，喻时忍不住问他："你之前也是这样过来的吗？"

周聿也想起什么，眸中闪过一丝奇异的情绪，但他很快就恢复了正常："经历得多了，自然而然地就克服了。"

喻时点了点头，忽然又问："周聿也，你之前也对你的同桌这么好吗？"

又是口头安慰的，又是送糖果的，不知道的还以为他是圣诞老人呢。

联想到周聿也穿着红色大衣、戴着小红帽站在圣诞树旁边的样子，喻时差点儿笑出声来。她一转头，对上了周聿也的目光，上扬的嘴角立刻收回，乖巧地坐好。

"只有你。"

他说话的语速很快，声音也低，喻时一时没有听清楚。

她歪着头问："你刚刚说了句什么？"

周聿也皱起眉头，冷冷地说道："喻时，你是不是故意想让我再说一遍？"

喻时立刻举起自己的小手发誓："我不是，我没有，我真的没听清楚。"

周聿也坐直了一些，看着喻时的眼睛，缓慢地说："没有别人，只有你。"

低缓温柔的男生嗓音，让喻时的大脑放空了几秒。

周聿也叫了一次她的名字："喻时？"

她回过神来，转过身子，有些结巴："我……我知道了。"

周聿也饶有兴趣地扬了扬眉："你脸红什么？"

你小子……顶着张帅脸，突然说这种容易让人误会的话，她当然有些受不住。

喻时故作淡定地回答:"没有脸红。刚才有点儿热。"说完抬起手扇了扇风。

周聿也似笑非笑地看着她演戏。

等演不下去了,喻时才问:"什么叫没有别人,你以前都没有同桌啊?"

面前的人停顿了两秒后,说:"没有。"

喻时听到周聿也的回答,愣了一下。过了一会儿,她慢慢地低下头,拨弄着校服的拉链,小声说:"其实和你做同桌……也挺好的。"

周聿也一顿,开口:"所以呢?要和我一直做同桌吗?"

喻时一怔,直勾勾地盯着他那双幽深的眼睛:"我……"

她还没说完,面前的男生却不自然地移开了视线:"我开玩笑的。"

上课铃声响起,纷乱的脚步声、嘈杂的说话声,还有广播里传出的清脆的铃声混在一起,但周聿也还是无比清晰地听到了喻时的声音。

"可我当真了,周聿也。我想和你做同桌,一直。"

周聿也喉结一滚,转过头想对她说些什么,却见她猛地往前一趴,把那堆棒棒糖都拨到了自己怀里。

喻时眯着眼睛满足地嘟哝:"毕竟很难再找到这么好的同桌,一次性给我买这么多糖……"

说完,她以迅雷不及掩耳之势把糖全塞进了桌肚里。周聿也顿时臭了脸。

喻时注意到他的脸色突然变差,小声问:"你是不是也想吃这个?"

她犹豫片刻,最后还是一脸肉痛地把自己的那份糖重新分成两半,将其中一半分给周聿也,还不忘朝他卖乖:"怎么样?我聪明吧?"

周聿也抽了抽嘴角:"笨死你算了。"

虽然嘴上不饶人,但他还是接过糖,放进了兜里,脸色也缓和了许多。

下午，周聿也从教室外面回来，正好在门口碰上陈叙。

周聿也从兜里摸出两根棒棒糖来，拆开一根塞进自己嘴里，然后将另一根扔给了陈叙。

陈叙下意识地想要拒绝，还没开口，就听到周聿也意味深长地说："班长，别人送的这份好意，不好不收吧？"

见他还在犹豫，周聿也继续勾着嘴角说："我同桌送我的，实在吃不完，送你一根，你就拿着吧。"

说完，他礼貌地笑了一下，擦着陈叙的身子走了过去。

陈叙沉默了一会儿，低头看着手心里花花绿绿的糖，慢慢合上手掌。

经过周聿也的指点，喻时原本急躁的心安稳了不少。她把那本错题本上的题研究得非常细，模拟考试取得了不小的进步，信心逐渐增强。

全国高中数学竞赛的时间越来越近，学习的节奏也越来越快，喻时下了晚自习回到家，匆匆扒几口饭，就急急忙忙地跑回房间做题。往往等她再次抬起头时，已是夜深人静之时。

这个时候，通常是她一天中最孤独的时刻。虽然有数学题陪伴，但她总感觉心里空落落的。这天，她做了很久的题，抬头活动一下脖颈，看到外面窗户上的人影，顿时吓了一跳。

她仔细一看，发现那正是满脸憔悴、眼下乌黑的自己。

为此，她还专门发了一条朋友圈。

喻时发完朋友圈，准备站起来揉揉酸痛的腰。

她刚站起来，发现方才还一片漆黑的窗外，此刻多了一点儿光亮——还有一盏灯亮着。

她朝那边看去，那个方向，是周聿也的房间。他也还没睡吗？

她安静地看了一会儿，忽然想到什么，打开手机看了一眼，发现周聿也刚刚给自己点了个赞。

难道是他刚刚看见了她发的朋友圈,知道她害怕,所以开了灯来陪她?

喻时眨了眨眼睛,还是摇了摇头,将这个荒唐的念头抛在脑后。

应该是她想多了吧?但不得不说,看见那一盏灯,她的心确实安定了不少。她活动完筋骨,重新拉开椅子坐了下来,继续埋头刷题。

陈望发现,自己的同桌最近有些不对劲——他居然开始学习了。书桌里那些崭新的课本被他掏出来,上哪门课他就翻开哪本书,完全没有之前那么随意了。

其实沈逾青听了几节课,就发现自己完全听不懂,那点儿好不容易调动起来的积极性几乎被折腾没了。下课铃声刚响,他就皱着眉头将书扔进了书桌里。

沈逾青的脸绷得紧紧的,透露出他此刻的心情很不好。

这时候他又想起前几天江昭跟他说的那句话。

他这几天无数次想起这句话,吃饭的时候想,睡觉的时候想,甚至打游戏的时候也会想。直到他打开这些书本,那股烦躁的情绪总算消散些许。既然她都说他可以变得更好了,那他要不……就试试?

他也不知道自己是怎么搞的,居然开始听课了,甚至忍不住想,他这样做,在江昭眼里,他的形象会更好一些吧?

然而怎么都没想到,他连这几天都坚持不下来。算了,爱谁谁吧。

沈逾青拿出手机准备约朋友们出去玩。刚打开聊天界面,他就听到旁边的陈望惊喜的喊声:"江昭。"

沈逾青一顿。

陈望没想到江昭会在这个时间找他,兴冲冲地跑出去,问她怎么了。

江昭对他笑了下:"我不是来找你的,我们两个班的语文老师不是一个人嘛，我来找你们班的语文课代表。"

陈望哦了一声，也没离开，见江昭和语文课代表说完事情，才开始八卦："我前几天去喻时班里了，我告诉你，她和她同桌最近关系可好了。"

江昭："陈望，你是又想挨喻时的揍吗？"

"当然没有。"陈望立刻摆摆手，笑了两声，"喻时问了你最近怎么样，还问你奶奶的情况，我都和她说了。等过几天喻时考试结束，我们三个就再聚一次……"

江昭的神色不变："可以啊。"

陈望很快想到什么，又改口说："不对，还可以把我哥、周聿也，还有我的同桌沈逾青也叫上。"

江昭一顿，笑了一下："你和沈逾青的关系变好了？"

陈望立刻说："什么叫变好了，一直都不错，好不好？说起来，他最近还有些反常，不知道怎么了……"

江昭立刻问："他怎么了？"

陈望疑惑地挠了挠头："沈逾青这几天居然开始学习了，不过看上去学得比较困难，刚才他还摔书了……"

他说着，下意识地转过头去看沈逾青，微微一愣。

江昭也看到了沈逾青。他面前正放着一本书，低头写着什么，态度很是端正认真。

陈望咦了一声，他刚刚不是还生气地摔书不学了吗？

江昭看到沈逾青的举动，眉目舒展，嘴角漾起浅浅的笑意。他是真的在变好。

快上课了，江昭离开前，忍不住隔着玻璃看了一眼沈逾青，却倏地对上他的目光。

不知道他看了多久。江昭立刻移开了视线，急急忙忙地低下头朝着前面走去。

沈逾青看到江昭的身影消失在自己的视线里，才把桌子上的书往前一推。

手机里那几个兄弟还在催问他到底还来不来。

沈逾青盯着书本上那些文字，停顿了片刻，随后干脆地回复了四个字：不去，学习。

江昭回到教室以后，心跳依然很快。她的脑海中响起陈望对她说的那几句话："就是学得比较困难……"

江昭看了一眼自己的笔记本，然后一口气跑到老师的办公室，气喘吁吁地说："老师，我……我能拿一份上次月考的全校排行榜吗？文理的都要。"

一天，江昭抱着作业本从办公室出来，正好碰上了要去上体育课的陈望。

他兴冲冲地展示自己的衣服："昭昭，你看我新买的篮球服。怎么样？帅不帅？"

江昭笑了下，配合地奉上了一连串的赞美词，顺便问："你们这节课要打篮球赛啊？"

陈望点点头，一脸得意地说："是啊，我们要和四班打一场篮球友谊赛。上次那几个人不知道怎么打的，居然让四班赢了一场。这次有了沈逾青加入，非打得他们满地找牙……"

江昭眉梢一动，抱着作业本的手不由得慢慢收紧。

她记得沈逾青的篮球技术很不错，高一就代表学校参加过篮球比赛。后来不知道怎么了，他再也没有参加过比较正规的篮球赛，最多和朋友打一打球。

她忍不住抬头朝九班教室里面看去，看到某人空落落的座位时一顿，然后缓缓移开了视线。

陈望还在兴致勃勃地说着有了沈逾青，胜负毫无悬念。

江昭浅浅地笑了一下："你们一定会赢的。"

陈望挠挠头，刚想和她说："只不过他好像……"

话还未说完，前面男生喊了他一声："陈望，快点儿，集合了——"

"如果下课还有时间的话，可以来看看比赛。"陈望说完就跑了。

和陈望分开以后，江昭将作业本抱牢了一些，便准备离开。结果刚转过弯，她便撞上了一个温热的胸膛。她下意识地后退了几步，离身后的台阶只剩几厘米的时候，胳膊被人猛地攥住，然后往前一拉。

江昭还没反应过来，头顶上就响起了熟悉的声音："好学生，走路怎么不看人啊？"

江昭一顿，没过几秒，她感觉自己的脸有些发热。

等她保持平衡之后，沈逾青才松开了她。

江昭抿了抿有些干的嘴角："是你刚才转弯转得太着急了。"

沈逾青笑了一声："行，你先说，你有理吧。"

盯着面前正安静地抱着作业本的女生，他忽然开口："我们班待会儿上体育课。"

江昭点点头："我知道，你们要打比赛。"

沈逾青低头睨了她一眼："你不来看吗？"

江昭一愣，抬起头看他的脸，有些不自然地说："我……我等下还有课，不能去……"

面前的人突然安静了好几秒，随后慢悠悠地说了一句："哦，是吗？"

江昭垂下头，没有吭声。过了几秒，她小声说："陈望说你们能赢的。"

"那你呢？"

"什么？"

沈逾青盯着她的脸，问："那你呢？你觉得比赛能赢吗？"

因为江昭低着头，沈逾青只能看清楚她光滑、白皙的额头，还有干净秀气的耳郭。但他更想看着她的眼睛,她那双永远清明,不掺杂任何情绪的双眸。

事实上,他也这么做了。他懒洋洋地往后退了一步,俯下身子:"江昭,抬头看我。"

江昭根根分明的睫毛抖动了几下,她慢慢抬起了头,和他对视:"沈逾青,能赢的。"

沈逾青神色一松。一时间,他竟分不出,她说的是比赛能赢还是说他能赢。

盯着她看了好半天,他终于勾唇笑了起来:"行,听你的。"

江昭感觉到他的视线终于从她的脸上挪开,慢慢吐出一口气:"那我……我回教室了。"

她都没有再多看他一眼,抱着作业本就要溜走。

在她即将走进教室的时候,身后传来了男生淡淡的声音:"江昭,这是我最后一次打篮球赛了。"

江昭一顿,但还是没有停留,径直走进了教室。

发完作业本之后,江昭回到座位上,窗外传来操场上学生们的笑声,还有篮球敲击地面的声音。她盯着桌子上的书,明明每个字她都认识,可没有一句话能看懂,脑海中全是沈逾青和她说话的模样。

过了几秒钟,江昭微微抿了一下嘴唇,将目光落在了课表上。接下来这节课是语文自习,老师不会来。

身后有几个女同学知道九班和四班这天有一场篮球比赛,叽叽喳喳地凑在一起聊天。

"听说这次比赛有沈逾青呢!"

"这几天我和他在楼梯间偶遇了好几次,他真的好帅啊!"

"我刚刚听说他们下节课要和四班打篮球赛呢,一定很精彩,好想去看!"

"反正下节是语文自习课,要不我们请个假,去操场看比赛吧。"

"可是江……"声音倏地降了调。

江昭垂下眼睛。她是语文课代表，同学请假需要经过她的同意，可她一向循规蹈矩，不一定会答应。

刚上课不久，就有几个女同学请假说要去上卫生间。但大家心里都清楚，她们是去看篮球赛的。

江昭沉默了一会儿，抬起头，向她们露出一抹温和的笑容："行，不过得早点儿回来。"

那几个女生顿时喜出望外，朝着江昭说了好几声"谢谢"，还有同学提议："江昭，要不你跟我们一起去看吧？"

话一说出口，身边的同学就拉了她一下："江昭怎么可能去呢？人家还要学习呢……"

江昭顿了顿，没有吭声，看着那些女生从门口走了出去。

窗外的声音越发热闹，江昭失神地盯着桌子上的书。几分钟后，她撑着桌子猛地站了起来。

操场上，准备上场的队员们正在热身。

陈望趁机来到沈逾青身边："你那伤，应该没事吧？"

沈逾青神色不变："没事。"

陈望这才放下心来，跟着队友一起压腿。他一转头，看到几个女生从教学楼出来，有些疑惑地说："这不是江昭班上的那几个女生吗？她们不上课吗？"

沈逾青被某个名字吸引了注意力，听到陈望问她们："你们班这节课不上啊？"

那几个女生很快回道："没有，我们这节课是自习，老师开会去了，不会来的……"

刺眼的阳光照射下来，让他忍不住眯了眯眼。想起上课前某个人说过的话，他的脸色微微一沉。

陈望这时候无心地提了一句："虽然昭昭她们班上自习，但她应该也不会下来吧。"

沈逾青面部肌肉绷得很紧。有队员把篮球传过来，他顺势接过，利落地起身往前一投，球重重地打在球板上，在篮筐边上慢悠悠地滚动一圈，最后落入球筐。

一个漂亮的三分球。

场边上顿时发出几声欢呼，但沈逾青依旧面无表情。他淡淡地扫过旁观的同学们，并未看到那张熟悉的面孔，随后发出一声极低的叹息。

江昭来到篮球场的时候，比赛已经进行到了上半场的第二节。她先看了一眼比分，二班此刻领先四班三分。

比赛进行得很激烈，场上少年们劲瘦的身影不断交错，吆喝声、加油声此起彼伏。等江昭从人群中挤出来，走到前排时，一声清脆的哨声响起，上半场结束，双方要进行短暂的休息。

观众纷纷去给篮球队队员送水，但大多都是女生。

沈逾青刚把篮球放下，还没来得及擦汗，身边就围了一圈女生想要递水给他。

陈望抱着队里资助的矿泉水，幽幽地说了一声："怎么没人给我送水啊？"

"陈望——"一道熟悉的女声响起。

陈望先是一愣，随后连忙转过身去，惊喜地说："昭昭，你怎么来了？"

江昭朝他弯唇笑了笑，把怀中的那瓶水递给了他："不是说有篮球赛吗，这是你本学期第一次上场，我总要来给你加油的。"

陈望顿时十分感动："不知道我上辈子做了多少好事，这辈子能同时有你和喻时两个好朋友……"

他把水拧开，喝了一大口，然后干劲十足地说："放心吧，昭昭，你都来了，等到了下半场就看我怎么发挥吧。"

沈逾青好不容易推开那些给他送水的人，活动着隐隐作痛的脚踝，在攒动的人头中寻找陈望的身影，准备商量待会儿的上场问题。

下一刻，他就看到了篮球架下方的陈望和江昭正有说有笑的画面。

陈望手中的那瓶水应该也是江昭送的。

沈逾青站在原地，注视着不远处的二人。正巧这时候有女生大着胆子给他送水，他斜了一眼她手中的水，没有再拒绝，扭开瓶盖后喝了一大口便转过身准备下半场比赛。

他没有注意到，在他转身的那一刹那，江昭正好看了过来。

等陈望返回队里的时候，沈逾青忽然偏头问了他一句："好喝吗？"

陈望一愣，没反应过来："什么？"

沈逾青却没有再吭声，只是脸色更沉了一些。

下半场比赛正式开始。沈逾青带着球大步往前跑的时候，突然感觉脚踝一疼，手中的球被对方夺过投进篮筐。这样的情况接下来出现了好几次，原本差距很大的比分正在逐渐拉平。

对方球员应该看出了沈逾青的脚有些问题，便以此为突破口，不停地针对他的脚，好趁机夺球。

江昭站在人群中，自然也看到了这个场面。

她攥紧拳头，紧盯着场上的男生，心想，不能再继续了。

趁着暂停，她连忙跑到二班的篮球队周围，对上沈逾青的眼睛，咬着唇飞快地摇了摇头。

沈逾青笑了一声，看了一眼神色担忧的队员们，不以为意地说了声："这有什么，就算只有一条腿，我也照打不误。"

"你的脚不想要了吗？"出乎意料的，江昭站在众人面前，表情严肃地说，"沈逾青，孰轻孰重你应该比任何人都知道。"

沈逾青盯着她的眼睛，沉稳地说："可是，我最讨厌不守信用的人。江昭，我答应你了，我要赢，所以我一定会做到。"

江昭一时愣住了。

再次上场后，正如沈逾青说的那样，就算队里的主力不如从前，但只要配合得当，赢过四班还是可以的。

相比前半场，下半场的氛围更为紧张。

幸好，几个回合下来，最后二班以二十比十五的比分成功赢得比赛。

比赛结束的哨声一响起，几乎是全场沸腾。

沈逾青喘着气转过身，看着人群中的江昭，抬起手在自己的额前轻轻划了一下。

江昭知道他是什么意思，此刻，她紧皱的眉头终于舒展开了，冲他笑了笑。

少年一愣，下一秒露出更为灿烂的笑容。

不出意外，沈逾青还是要去医务室处理一下伤口。

校医看了一下他的脚踝，疑惑地说："你这伤是旧疾，不能长时间剧烈运动，你还去打比赛，真是不把自己的身体当回事……"

沈逾青一边听着医生唠叨，一边神游天外。

医生最后叮嘱："以后不能再这么剧烈地运动了，听到没？"

他这才配合地点了点头。

沈逾青的脚踝裹了好几层纱布，从医务室出来后需要上楼梯，他停顿了一下，刚想硬撑着走上去，楼梯上方就传下来一个无奈的声音："沈逾青，你能不能多听听别人的话？"

他仰起头，懒洋洋地说："我听了啊，这不听你的，比赛赢了吗？"

江昭站在楼梯的上方，听到他说的话，安静了几秒，低声说："对不起。"

她不知道他之前打比赛受过伤。

沈逾青:"不关你的事,这本来就是最后一场了。"

江昭没吭声,但沈逾青感觉,她还是把这份错归责到她自己的身上了。

他叹了一口气,也不着急上楼梯了,靠在栏杆处说:"行,那我们就算算吧。"

"我听你的话赢了比赛,总该有点儿奖励吧?陈望有你送的水,我呢?"他笑着问道。

江昭想到了什么,皱起眉头说:"你不缺我一个,就算没有我给你送水,还有其他人。"

"其他人是其他人,江昭是江昭。"他和她对视,声音沉稳有力,"而我沈逾青只认江昭。"

简简单单的几个字,让面前的女生心中一动。

江昭的睫毛颤了颤,思考良久,她忽然说:"沈逾青,我帮你学习,好不好?"

突然,楼梯间里安静极了,只能听到二人胸腔里的心跳声。

过了半晌,少年仰头看着楼梯上的女生,眯了眯眼睛,最终点了点头。

而这一边,一班的学生在紧张地复习,准备参加全国高中数学竞赛,桌子上的书也一日比一日高,垃圾桶总是堆满了草稿纸。时间在指针一圈一圈的转动间悄然流逝,直到全国高中数学竞赛考试如期而至。

全国高中数学竞赛的初试和复试在同一天进行。

那天天气有些阴,气温却正好,不燥不凉。比起预赛,初试的试卷难了不少,但喻时做下来并不觉得困难,除了做最后一道题思考了很久,剩下的题应该能全对。

头顶上的风扇慢慢转动，喻时额头上的汗在风中慢慢变干，刘海也被吹起。她紧盯着试卷，握着笔的手反复变湿。

直到一声刺耳的铃声响起，复试也结束了。所有考生停下笔，等待监考老师收卷。

喻时放下笔，一抬头，却看到了站在门口的少年。他双手插着兜，漫不经心地朝她看来。

不得不说，在看到周聿也的那一刻，喻时心头上压着的担子一轻，放松了不少。她不由得抬起脸，迎着灿烂的阳光，朝周聿也笑了一下。

喻时出考场后，对着周聿也跃跃欲试地说道："我们来对对答案呗？"

周聿也看到她脸上明媚的笑容，微微挑眉："不害怕了？"

喻时果断地摇了摇头。

周聿也："行。"

他把答案写在一张纸上递过来，喻时接过后强忍着不偷看。等回到教室，她才小心翼翼地把纸铺平，迅速拿另一本书盖上，这才挺直脊背，长出了一口气。

周聿也双手抱胸靠在墙上，看她一副如临大敌的架势，随口说了声："第一题，选 D。"

"啊啊啊！你闭嘴，不许剧透。"旁边的喻时连忙义正词严地出声拒绝，瞪着男生，捂着耳朵恶狠狠地说，"不许再说话，我要自己看！"

周聿也轻轻挑眉，对她掩耳盗铃的做法表示嘲讽。

喻时撇了撇嘴，再次深吸一口气，猛地把压在答案纸上的书翻开，认真地看底下的答案。几分钟后，她低垂着头，把答案倒扣在桌子上一句话也不说。

周聿也没想到，刚才还十分活泼的同桌现在就跟霜打了的茄子一样蔫了。她这副样子，让他不禁想到，她这次应该是没考好。

周聿也思忖了好半天，不自然地说了一句："嗯，一次的失败并不

141

能代表什么……"

正当他思考着自己该怎么安慰人的时候，喻时忽然闷闷地说了一声："周聿也，你真的……很好骗啊！"

趁他没反应过来，喻时往后跳了一大步，仰起头冲他露出笑脸，同时饶有兴趣地观察他脸上的表情。

周聿也立刻想明白了，脸色一变，微微抬起下巴看着她："耍我很好玩？"

喻时鼓了鼓腮帮子，一本正经地摇头："我刚才只是考验了一下我们之间坚固的同桌情。"

周聿也似笑非笑地看着她："所以考验结果呢？"

喻时笑得眉眼弯弯："当然是满分啦。"

周聿也忍不住拿书盖在自己的脸上，闭上眼睛，没想到自己还能被她耍了，真是服了。

"算了，实话告诉你吧，对完你的答案，我觉得应该是稳了。"喻时双手合十，闭上眼睛，十分虔诚地说，"如果梦想有模样，那一定是我努力的样子。周聿也，我离梦想又近了一步。"

听到这句话，少年把脸上的书掀开，懒懒地看了一眼同桌，嘴角轻轻地往上扬了扬。

全国高中数学竞赛出成绩那天，一班的学生大都紧张得大气都不敢出。

大部分人考完以后，都自己对过答案，但这次还是事关十一月份NMO冬令营的入选名额，很多人还是抱了一线希望。

这是萃仁中学第一年组建数竞班，外界很不看好。更别说还有北市一中珠玉在前，所以学校的压力很大。

NMO的入围名单在考试结束后一周出来。怀城所在的省一等奖名额总共有七十五位，其中所占人数最多的就是北市一中，几乎占了省内一半的一等奖名额。

出乎意料的是,作为首次参赛的萃仁中学,一等奖名额仅次于北市一中,足足有十位学生成功获得了一等奖。

不得不说,萃仁中学这次打了一个漂亮的首仗!

教室里,喻时忐忑地上前看讲台上的名单。直到看到省队名单上那个熟悉的名字,她一怔,转过身,看到不远处等着她的周聿也。

喻时用力地抿了一下唇,也不知怎的,一对上他的视线,浮沉不定的心仿佛一下子找到了归宿。她慢慢地眨了眨眼睛,眼圈一下子红了,开口轻轻地叫了他一声:"周聿也。"

周聿也微微蹙眉,朝她快步走了过来:"哭什么?"刚刚他瞥了一眼,省队名单上面明明有她的名字啊。

喻时吸了吸鼻子,声音闷闷的:"我这是苦尽甘来,一时比较触动而已。"

周聿也:"……"白担心了。

周聿也摸小狗似的胡乱地摸了一把她的脑袋,放软语气:"高兴也哭,难过也哭,喻时,之前我怎么没发现,你是个哭包呢?"

喻时不满地把被他揉乱的头发整理好,毫不客气地瞪了他一眼:"你才是哭包!"

毕竟是考试,有人欢喜有人忧。

喻时刚和周聿也拌完嘴,一转头,就看到宋亚楠失落的表情。

人群拥挤,旁边的人绊了她一下。她踉跄一下,差点儿摔倒,还好扶住了讲台。

然而,没等那个绊她的男生道歉,她倒先低着头满怀歉意地开口:"对不起啊。"

说完,她步伐匆匆地跑离了教室,看上去有些不对劲。

绊她的那个男生有些摸不着头脑,嘀咕了一声:"和我道歉干什么,真奇怪……"

旁边的同学说："宋亚楠啊，她就那么奇怪。"

"要不是时常从成绩表上看见她的名字，我还真想不起我们班有这么一个女生呢。"

"是啊，戴着黑框眼镜，还留那么厚的刘海，经常低着头，脸都看不清楚……"

"哎呀，她脸上那么重的雀斑你不知道啊？那天她抬头看我，我的密集恐惧症差点儿犯了，她还是多低着头走路吧……"

……………

喻时原本想把自己进了省队的好消息告诉唐慧，可刚把手机打开，旁边越来越难听的话涌入耳中，顿时心生不爽。

她板着一张脸，看向刚才说话的那个男生，冷冷地说："谈论别人的相貌之前，要不要先撒泡尿照照自己长什么样子？"

那个男生没想过喻时会当着这么多人的面开口批评他，还被嘲讽长相，顿时怒上心头："喻时！别以为你进了省队就可以目中无人了！谁不知道你的成绩是怎么来的？"

他的声音不算低，一下子就把周围人的注意力全都吸引了过来。

喻时双手抱臂，丝毫不退让地问："行，那你说说，我的成绩是怎么来的？"

见他不说话，她拔高了声音，紧紧地盯着他，质问道："你说啊！"

从上幼儿园的那天起，喻时在吵架这件事上就没输过。关键是他还说到了她最看重的成绩。

成绩还能怎么来，哪一分不是她日复一日熬夜认真学习得来的？

一时间，周围同学的目光也逐渐落在了他身上。

那个男生愣了一下，硬着头皮开口："你还不清楚吗？你天天待在周聿也身边，他的数学那么厉害，肯定平时没少教你，不然你怎么可能进步得这么快！"

喻时几乎快被这种歪理气笑了，语气越发冷淡："所以你的意思是，我现在这个成绩，都是靠周聿也得来的？"

办公室里，周聿也站在任秀华面前，问："现在，至少能告诉我一些关于他的消息了吧？"

任秀华抬起头看向周聿也："你想知道什么？"

周聿也："我想知道，我爸在失踪前，为什么会突然从北市回到萃仁中学？"

他那么多年没有回萃仁中学，却正好在他失踪的前一天回来过。

任秀华率先挪开了视线："你爸当初在萃仁中学教过数学。"

周聿也："我知道，可这不是他丢下当时的工作突然回到这里的理由。"

任秀华叹了一口气："孩子，你是个聪明人，你爸也是。他不是那种会突然消失的人，这样做一定有他的苦衷。"

周聿也看着任秀华，平静地说："您和他同一年毕业于清大，相隔一年进入萃仁中学教学。任老师，您和我父亲，真的没有关系吗？"

任秀华表情一僵，有些意外地看了周聿也一眼："周聿也，你当初答应我的事还没有做到。等你能做到的那一天，你想知道的，我都会告诉你。"

周聿也放在身侧的手缓缓握紧，他用力抿着唇，过了半晌，才沉沉地说了一声："好。"

说完，他转身往外走，快要迈过门槛时，身后传来任秀华疑惑的声音。

"你……为什么不问问你的母亲呢？她虽然……但毕竟和你爸在一起那么多年，她知道的一定比我多……"

周聿也没吭声，推开门，留下一句冷冷的话："我没有妈。"

反正这么多年，他也早就习惯了没有母亲的生活。不然，他也不会抛下一切来到萃仁中学。

周聿也回到教室,发现里面乱哄哄的,大家聚成一团,不知道在吵什么。他有些不耐烦地皱起眉头,没心情去搭理他们,准备回座位上缩着。

结果他刚戴上卫衣的帽子,一个熟悉的声音从人群中央飘了出来,还带着几分得意:"对,周聿也就是对我超级超级好,我就是能讨他喜欢,他巴不得我去找他问题,怎样?"

周聿也脚步顿住,微微挑了挑眉。

人群里,喻时颇为自得地抬了抬下巴,看向对面那个男生,笑得肆意张扬:"有本事,你也让他为你做到这样啊?"

男生被她气得头昏脑涨,嘴唇哆嗦了半天,憋出一句话:"你,你,你……我要告诉任老师你们偷偷耍朋友!"

这几个字眼一蹦出来,周围看热闹的人顿时发出一阵哄笑声。

喻时在起哄声中倒是显得淡定从容。她看向面前的男生:"你说说你,多大的人了,怎么遇到事解决不了就喜欢找老师呢?自己没能力解决吗?还是说你只长了一张嘴啊。再说了,人长嘴的确要开口说话,但没让你睁着眼睛说瞎话吧?"

她的语调蓦地一变,语气中满是嘲讽:"难道在你眼里,同桌关系好,就是耍朋友搞对象了?"

刚才说话的男生悻悻地看了一眼喻时,然后和周聿也的视线对上了。

明明周聿也什么也没做,那个眼神却让他的心一颤。他转过身拨开人群急匆匆地走了,颇像是落荒而逃。

喻时不客气地轻笑一声,刚转过身,熟悉的清爽味道扑面而来。对方的校服朝两边微微敞开,露出了里面穿着的灰白色卫衣。没记错的话,这好像是她亲爱的同桌这天的穿着。

喻时:"……"

所以,周聿也是什么时候站在她身后的?

她猛地吸了一口凉气,赶紧把身子转了回去,捂着脸飞快地念叨着"看不见我,看不见我",抬起脚就要往前走。

这时周聿也伸出手拉住了她粉色卫衣的帽子。虽然他看上去没用劲,但她感觉自己被扼住了命运的喉咙,动弹不得。

"对你超级超级好?特别讨我喜欢?巴不得让你问题?"身后传来懒洋洋的声音。

所以刚才她吹的牛,他都听到了呗?真是丢脸丢大发了。

喻时思索半天,深吸了一口气,猛地转过身,对周聿也鞠了一个九十度的躬,郑重地认错:"对不起,是我错了!"

周聿也忽然觉得,喻时显而易见的一个优点就是认错认得非常快,以至于自己真的去计较,反倒显得自己很小气一样。

关键是她现在把这招用得炉火纯青,周聿也一时还真分不清楚她是不是真心的。

周聿也冷冷地看了她一眼,没有吭声,但还是把抓着她卫衣的手收了回来,走回座位,提起书包准备离开。

结果刚开门,他就看到陈望和江昭一起站在门口,异口同声地高喊了一句:"Suprise(惊喜)!"

周聿也完全摸不着头脑。

陈望看见是周聿也开的门,脸上表情猛地僵住了。

"怎么是你啊?"他往里看了一眼,看到后面有点儿蒙的喻时,走了进去:"喻时,你没看手机吗?"

喻时连忙拿出手机,打开才发现陈望一分钟前给她发了条消息:*喻时,快来教室门口!有惊喜!*

结果一开门,惊喜给错了人。

陈望难免有些失落,惋惜地叹了一口气:"听说你得了一等奖,还进了省队,原本我们想给你庆祝……"

江昭从教室外面走了进来,看到喻时一脸愧疚的样子,开口安慰道:"喻时,没事的,你刚刚不是也看到了吗?就当给你和周聿也一起庆祝了!"

陈望这时也在旁边附和:"还有我哥——"

这次全国高中数学竞赛,陈叙不出意料地获得了一等奖,同时也入围了 NMO。

"哎,我哥呢?"说起陈叙,陈望在一班看了好半天,都没看见陈叙。

喻时也看了一圈,再回头才发现周聿也已经离开了教室。

他这天……怎么这么不对劲呢?好像刚才出去一趟,他的心情变得不怎么好了……

这时陈叙神色焦急地走进教室,快步朝喻时走过来:"喻时,听说刚刚你和李松吵架了,怎么样?你没事吧?"

没等喻时说话,陈望就先夸张地说:"哥,我看你也甭担心喻时了,还是去关心关心和她吵架的那位吧,人家的心理阴影面积估计不小。况且你和她认识这么久,难道不知道她一开口,别人就没有开口的余地了吗?"

喻时瞪了一眼说个不停的陈望。她不要面子的吗?!

陈叙看到喻时的心情没有受到影响,这才松了口气,扶了扶眼镜:"那就好。"

他由衷地夸赞:"喻时,你真的很厉害。没有人可以凭借三言两语就能将你所付出的努力全部抹掉。"

喻时忍不住弯唇一笑,那双黑白分明的杏眸里充满了自信:"那是当然,我会用事实让他们哑口无言。"

"好了,好了,都放学了就别待在这里聊天了,我们去外面好好庆祝一番呗!哥,你也来,还有周聿也……"陈望说着,回头去找周聿也,却发现门口已经空空如也,哪里还有周大帅哥的身影。

周聿也走出了教室，刚走到卫生间，就听到里面传来的声音，不由得脚步一顿。

"喻时怎么回事，看着她平时一副乖巧的样子，没想到一开口这么尖牙利嘴！"

"我看人家这是考好了，有底气了呗！"

"呵，她说得倒是好听，要是有人天天给我补课，我也能进省队……"

"况且周聿也怎么就偏偏和她走得那么近，呵呵，不就长了一张脸嘛，真以为自己有多厉害呢，可把她嘚瑟的，管起别人的闲事了……"

卫生间的门突然被人用力踢开了，里面的人被这声响吓了一跳，连忙提起裤子，扭头朝门口看去。

光线从外面照进来，落在少年高瘦挺拔的身上。他反手扣着书包，漫不经心地扫视了众人一眼："所以，嘴巴是闭不上了，是吗？"

李松的瞳孔猛然缩小："周……周聿也？！"

旁边和他说话的两个男生有些不自然地咳了几声，给李松递过去一个"自求多福"的眼神，慌忙跑了出去。

卫生间里只剩下李松和周聿也。

李松其实也想走，但他瞧着眼前人的模样，估计自己想走也走不了，最后只能硬着头皮说："你……你干什么……"

周聿也看了一眼他青白交错的脸，轻笑一声："原本我不想管这些破事的。无论是谁，你都没资格去谈论，更何况是喻时。"

他看着对面的男生，下意识地想要叫对方的名字，可在脑海中搜寻了一番，实在没想起来眼前这人叫什么，干脆就不想了："那谁。"

他抬起长腿往前走了几步，目光落到李松脸上："知道自己为什么没入围省队吗？自己心里没数？喻时平日里怎么学习的你瞎了看不见？有时间好好去琢磨学习，别整天跟麻雀似的叽叽喳喳地传闲话。"

这骂人的语气怎么这么熟悉呢？同桌坐久了，骂人的方式也会传染吗？李松开始怀疑人生。

周聿也继续说："一切的努力都有迹可循，没有任何成功是一蹴而就的。每一场模拟考试，她的进步你都视而不见，只看到她问我题。可你别忘了，当初是她反复恳求我，你们才能随时来问我题。"

这几句话一出，李松原本还有些不服气的神情逐渐变得难堪。他想起来了，的确有这么一回事。喻时没有只顾自己学习，她还带动着一班的学生一起进步。

李松低下头，压下眼底的几分悔意。

周聿也瞥了一眼他的神情，没吭声。有些话点到为止，大家还在一个班学习，双方都不好闹得太难看。

周聿也并不准备等他说抱歉，毕竟他该道歉的另有其人。

周聿也转身准备离开，似乎是想到什么，又回头说了句："我这个人很挑，很长时间以来就没和几个人走近过，但喻时不同。说实话，我不在意她那性子能讨多少人喜欢，但我只知道一点——"

他缓缓说道："她的性子招我喜欢。"

所以他愿意让她靠近，可无论如何，都轮不到旁人指指点点。

喻时这时正和好友商量着待会儿要去吃什么。她忽然想起，宋亚楠出去后直到现在还没回来。

"陈叙，你可以帮我找找宋亚楠吗？"

陈叙一怔，点了点头："好。"

陈望和江昭不认识宋亚楠，又不太好惊动其他人，喻时便决定让他们先去校外找一家店占座，等喻时和陈叙找到人，确定人没事之后再去找他们会合。

四人团体匆匆分成两队，朝着相反的地方走去。

刚出校门，江昭的手机就振动起来。她打开手机一看，才发现是沈逾青发来了消息：人呢？

江昭抿了下唇，飞快地打字：今天给喻时庆祝，就不补习了。

发过去之后，手机很快振动了一下，屏幕上弹出最新的消息。

沈逾青问：在哪里？

江昭一顿，停下了脚步，十几秒后，她慢慢打了几个字上去：校门口。

那边的消息很快发了过来：两分钟。

江昭看到这条消息，抿了抿唇，在对话框里敲下一句"你不用过来"，却怎么也按不下去发送键。最后，她抬起头，跟前面的陈望说："陈望，等一下。"

陈望疑惑地回头："昭昭，怎么了？"

江昭咬唇，把手放在背后，用手指轻轻挠着手心，嗫嚅道："等一会儿……有人要过来。"

陈望想都没想就说："我知道啊，不是陈叙和喻时嘛……"

"不是的。"江昭轻轻地摇了摇头，刚想说些什么，就被身后的一个声音打断。

来人喊她的名字："江昭。"

沈逾青跑过来的时候还在喘着粗气，眼睛紧紧地盯着她的身影，下一秒，视线被一个大高个挡得严严实实的。

陈望大步迈过来，惊诧道："沈逾青！你怎么来了？"

沈逾青看着江昭，声音带笑："昭昭没和你说吗？"

昭昭？不光陈望愣了一下，江昭也同样一怔，一时没反应过来。他刚刚叫她……什么？

沈逾青见二人同时愣住，笑了一下，看着江昭慢悠悠地说："我看你的几个朋友都是这样叫你的，难道现在我不算你的朋友吗？我叫不得这个名字？"

江昭飞快地眨了眨眼睛，立刻开口："不是。"

他说得倒也在理，可不知道为什么，从他的口中叫出来那两个字，

151

总感觉哪里怪怪的。一时间,江昭也有些为难。

沈逾青看她一副不情愿的样子,轻轻嗤笑一声:"不愿意啊?"

江昭咬了下唇,抬头看向他。

面前的男生恶劣地笑了笑:"我还就偏叫这个了,昭昭,昭昭,昭昭……昭昭……"

他不仅重复叫着她的名字,还用各种音调换着花样叫。

江昭有些无措,脸上有些热。最后她实在无奈,只能应了下来:"行了,行了,就这样叫吧。"

沈逾青这才高兴了起来,笑了笑。

一旁的陈望此刻终于找到了机会插话:"你们不就补了几天课,就熟成这样?"

提到补习这件事,沈逾青的嘴角顿时往回收了收,淡淡地瞥了一眼满脸无辜的陈望。

他原本和江昭说好,她来帮他补习。没想到补习的第一天,他拿着书去图书馆,就看到桌子另一端的陈望。

看见他来,陈望还兴奋地朝他招了招手。

沈逾青的神情立刻冷淡下来,他问江昭:"他怎么也在这儿?"

江昭一脸茫然地看了一眼他,又看了看陈望,后知后觉地说:"你是说陈望啊?他当然得来啊,我们文理不同。数学我来辅导,理综就交给他。这下,有两个人为你保驾护航,你的高考绝对问题不大。"

沈逾青有些无语,看了一眼陈望,最后还是认命地坐了下来,把书放在桌子上翻开。

陈望狐疑地看向江昭:"所以,昭昭,你刚才说要等的人,就是沈逾青?"

江昭轻轻点了点头。

沈逾青插着兜,散漫地笑了一下:"听说你们要聚餐,应该不在乎多我一个吧。"

陈望咧嘴一笑："当然欢迎！虽说我们认识没多久，但你这个朋友我交定了。等一会儿喻时和陈叙来了，你们再好好认识认识。我跟你说，他们都是很好很好的人……"

喻时把高一整栋教学楼的所有角落找了个遍，没找到宋亚楠，陈叙也没找到，二人在高二所在的教学楼前停了下来。

"你说她能去哪里啊……"喻时用手飞快地扇着风，喘着粗气，语气里充满了担忧。

旁边的陈叙从口袋里拿出几张纸巾，递给她，看着她额头渗出的汗，说："擦擦吧，别感冒了。"

"谢谢。"喻时接过纸在额头上随意擦了擦，坐在台阶上长出一口气。

陈叙皱起眉头："她会不会已经回家了？"

喻时摇了摇头："不会，她的书包还放在教室里。"

既然没有回家，教学楼又找不到人，那她还能去哪里呢？

再这样下去也不是办法，陈叙扶了一下眼镜，从台阶上站了起来："不能再等了，我去找一趟任老师。"

"哎，等等！"喻时眼睛一亮，下意识地拉住了陈叙的手腕，往某个方向一指，"陈叙，你看那个身影，像不像宋亚楠啊？"

陈叙的身体一僵："什么？"

"你看，你看，宋亚楠在那里……"喻时摇晃着陈叙的手腕，催促他转过身去看。

陈叙顺着她指的方向看了过去，看到宋亚楠从高一的教学楼走出来，眼眶泛红，神情很低落。

看到她没事，喻时一直提着的心这才放了下来。

下一秒，宋亚楠身后跑出来一个有些壮实的男生。

那个男生把手中的书往宋亚楠的怀里一塞,不知道说了些什么,宋亚楠听了后皱起眉,表情有些抗拒。推搡间,男生想要塞给她的书全都掉在了地上。

那个男生的情绪一下子变得激动,趾高气扬地用手指着宋亚楠:"让你帮我写个作业怎么了?!这才几回,你到底是不是我姐?我告诉你,你要是不给我写,我就回去告诉爸!让你退出数竞班!"

喻时看到这里,气愤得想要冲出去,却被陈叙拉住了:"喻时!"

喻时压抑着怒气说:"陈叙,你干什么?没看到宋亚楠在被人欺负吗?!"

陈叙冷静地说:"我看见了!可现在我们不能出去。她肯定不想让别人看到自己这么狼狈的样子。更何况,我们还没有搞清楚这究竟是怎么回事。喻时,你冷静一些,这样冲上去只会让情况变得更糟糕!"

喻时用力咬了咬牙,看着不远处那个对宋亚楠大喊大叫的男生,拳头松了又紧。

看到宋亚楠低着头一言不发的样子,喻时忽然明白,她在忍受。

喻时冷静下来,觉得陈叙说的话的确有几分道理。

自己可以冲上去不让那个男生欺负宋亚楠,可那是她的弟弟,是她的家人,自己帮得了一时,却不能一直帮她。

况且这个年纪的女孩儿最看重的就是自己的形象,肯定不愿意让别人看见自己狼狈的样子,更何况让自己的同班同学看到。

喻时忍着没有上前,但最后还是气不过,说了一句:"就算是弟弟,怎么能这样对待自己的姐姐呢?!真的太过分了!"

第四章
投降

风吹动树梢，发出窸窸窣窣的声响。树下有零星的人声，夹杂着几声狗叫。

周聿也刚进门，放下书包，功勋就听见动静，欢快地摇着尾巴从外面跑进来，扭着身子在周聿也的脚跟前蹭来蹭去。

周聿也看了它一眼，轻笑一声，刚想弯下腰去摸一把它的头，它忽然屁股一扭，在他周围嗅来嗅去。最后它干脆坐了下来，前腿站得笔直，圆圆的大黑眼睛盯着他，看上去好像有些疑惑。

周聿也挑眉："怎么了？"

功勋立刻叫了两声，站起来在他身边晃悠了两圈，好像在找什么东西，然后又走到他跟前，维持着之前那个姿势仰头看他。

周聿也意识到什么，漫不经心地问："找喻时？"

他刚说出那两个字，功勋顿时变得兴奋起来，激动地叫了一声。

之前有一段时间，喻时和周聿也总是一起回来。功勋听见动静就飞奔出来，吐着舌头在二人间疯狂地打转，不时还跳起来抱喻时的腿，尾巴摇得很欢。

喻时会熟练地掏出一个口罩戴上,弯下身子揉弄功勋毛茸茸的脑袋,然后再从书包里拿出一根火腿肠来喂给功勋吃。

久而久之,她就经常在书包里备着一根火腿,晚上回来就喂给功勋吃。

功勋这天左看右看,都没有看到喻时。

"没回来,别等了,今天没吃的。"少年面无表情地打破了自家狗的幻想,"人家的朋友可多了,说聚餐就去聚餐了,不像你这只傻狗,只有我一个。"

周聿也掏出手机,低头瞥了一眼屏幕。

半个小时前,喻时发来了消息,说要和陈望她们出去聚餐,让他千万别等她。

周聿也扫了一眼那几个字,轻轻嗤笑一声,利索地把手机收了起来。

真是自作多情。他又不是闲的,等她干什么。

看了会儿店,周聿也回到自己房间,开始收拾书桌上的东西。

整理过程中,他发现一个大纸箱,打开一看,里面是自己在北市读书时的东西,一些书和数学模型什么的。

估计大力在整理东西的时候,没注意到这些,全打包好送到了怀城。

正想把这些全都丢出去的时候,不知道他把什么东西碰到地上,发出了不小的声响。

周聿也垂眼看过去,是一个旧笔记本掉在了地上。同时,随着笔记本掉出来的,还有一张照片。

他一顿,缓缓弯下腰,将那张照片从地上捡了起来。当看清照片上的人是谁时,他脸上的表情仿佛凝固了,眼睛一眨也不眨地盯着上面的人。

功勋摇着尾巴慢悠悠地走进来,见周聿也盘着腿坐在地上,表情凝重。

应该是察觉到主人的心情不太好,它在他旁边坐了下来,和他一起看那张照片。一看到照片上的人,它突然叫了一声。

周聿也淡淡地笑了一下,抬起手慢慢抚摸了一下功勋的脑袋:"你也想他了,是吧?"

功勋又叫了一声,随后从喉咙里发出几声呜咽。

看到它这个样子,周聿也唇边的笑意慢慢散去。

其实功勋一开始不是周聿也养的,在它退役之后把它带回来养的人,是他的父亲老周。老周离开后,功勋就被移交到了周聿也手上。这些年来,他把功勋照顾得很好。

可是,这么长时间以来,周聿也甚至开始怀疑,老周把功勋带回来就是为了把功勋留在他的身边。

老周应该早就知道自己未来会发生些什么。

可是,为什么呢?为什么不告诉他呢?

周聿也看着手上的照片,捏着照片的手慢慢使劲,相片的一角有了褶皱。

照片上是一个成年男人牵着一个面容精致的小男孩冲着镜头笑的情景。

男人看上去很和善,此刻正笑得开怀;旁边的男生看上去似乎在生气,微微撅着嘴,但还算配合。

那是小时候的周聿也和老周。

周聿也还记得,那时他转去一所新的小学没几天,老周不知道在忙些什么,耽误了接他回家,他才生气,走了一路都没搭理他爸。

老周看他绷着脸的样子,反倒来劲了,随手拉了个路人帮忙拍一张照片,纪念他来到新学校的第一天。然后,就有了这张照片。

只可惜因为他妈妈的工作变动,他在这个学校待了没多久就又转

157

学了。

周聿也盯着照片上老周的脸，忽然想起来，当初老周在校门口遇见了一个小女生，被缠着非要比试，最后没法子了，还是他去比的。

那个女生比输了之后还哭鼻子，闹了一通，说什么等长大后一定会超过他，老周在旁边看戏看得很开心。

想到这里，周聿也嗤笑一声。

长大后超过他？凭他现在的数学水平，做梦去吧。

周广平从屋外走进来，看到周聿也盘腿坐在地上，不时翻看手中的书，旁边的功勋也懒洋洋地趴着，背后笼罩着一片夕阳的余晖。

这样的画面，周广平好多年没见过了。

周聿也听见动静，稍稍偏过身子朝这边看了一眼。见周老爷子站在身后，他撑着地板站了起来。

周老爷子看了看他身后的东西，问："这些都要扔了？"

周聿也应了一声："没必要留着了。"

周老爷子看到周聿也手中的笔记本，笑了一下："这是你小时候经常拿着算的那个笔记本吗？我还以为，这么多年过去，你早就把这个本子扔了。"

"它和其他书不一样，这是老周送给我的。"

周广平看着孙子，动了动唇，刚想开口说些什么，被周聿也打断。

周聿也开口："我把这些东西扔出去吧。"

说完他转过身子，把那些旧书从箱子里抱了出来。

周广平看着他的动作，突然开口："阿聿，你还年轻，踏踏实实地走你的路，别再找他了，这样下去只会耽误你自己的人生。"

周聿也顿了一下，说："您的年纪大了，这么长时间以来都是一个人。"

他转过身，朝周广平看来，眉眼中带着浅浅的笑意："我把他找回来，让他踏踏实实地给您尽孝，行不？"

周老爷子一愣，忽然眼眶一热。

他的阿南……

记忆里，一个男人提着行李包站在门口，却不复之前的儒雅。他眼下乌黑，看上去很久没睡过一个好觉，整个人显得非常邋遢。

对着坐在沙发上的老人，男人把手放在了门把上，声音沙哑地说："爸，我走了。"

周广平极力压制着自己的情绪，声音还是有些发颤："还……还能回来吗？"

男人沉默了。不知过了多久，他才轻轻说了一声："我不知道……要是冉冉照顾不好他的话，爸，你把他接到自己的身边。我知道，这么多年来，你一直不同意我和冉冉在一起，可小聿……他什么都不知道，您是他最后可以依靠的人了。"

眼前的少年和那个身影似乎重叠了，周广平的眼中依稀泛起水光。他难得颓丧地想，他这个一只脚快要迈进黄土的人，又能护他孙子多久呢。

周聿也把墙上挂着的狗绳拿下来，叫了一声坐在门口的功勋。

功勋一看到他把狗绳拿在手上，就知道可以出去溜达了，顿时兴奋地跑了过来。

已经到了十月份，天气开始转凉。

周聿也牵着功勋从巷子里出去，绕着小区外面的绿化广场走了一圈，又回到小区的那棵树下。

天色隐隐黑了，他随意地晃了晃狗绳，抬头看向二楼的窗户，那里还暗着。

他拿出手机摁亮屏幕，显示现在是七点钟。自某人五点钟发了条消息过来后，他的手机就再也没有动静了。

需要庆祝这么久？周聿也没想通，扫了一眼功勋，干脆掉了个头，丢下一句"再溜一圈",就牵着功勋走了。

正坐着休息的功勋还以为结束了,刚想摇着尾巴回小卖部吃晚饭,结果又被拽走了。

功勋:"……"还有完没完了?

喻时的一只手重重地拍在桌子上,另一只手拿着筷子夹起一颗丸子塞进嘴里,边吃边咕哝着:"你们不知道,宋亚楠那个弟弟真的太过分了!"

面前的火锅冒着热气腾腾的泡泡,因为吃的是辣锅,她被辣得连连吸气,不时端起杯子喝一大口凉水。

陈叙看到喻时被辣出了汗还在一筷筷地夹着,不由得皱眉,及时给她的空杯子添水。

陈望看到她这样,忍不住说:"喻时,你这一生气就喜欢吃辣的习惯还真是一点儿也没变。"

喻时的小脸皱成一团:"都怪那个男生!想起来我就生气!"

说起宋亚楠,陈叙想起什么,推了一下眼镜,说:"宋亚楠的家庭背景我了解一些,她的家庭经济情况不是很好。数竞班的学费比普通班贵一些,要不是学校补助,她家里人未必会让她来这个班。"

"可是我看她那个弟弟的穿着,感觉经济并不是那么困难……"那个男生身上穿的衣服瞅着挺好的,比宋亚楠穿的不知道好多少倍。

说不定,这次宋亚楠没进省队也是受到她弟弟干扰的原因……

喻时越想越烦,干脆一撂筷子,很是气愤地喊了一声:"不行!"

陈望吓了一大跳,筷子上夹的丸子差点儿掉在桌子上:"怎么了?"

喻时握着拳头,气呼呼地说:"我不能让亚楠这么天天受欺负,真当女生好惹啊!"

说完,她带着杀气腾腾的眼神看向陈望。陈望差点儿噎住,连忙摆手说:"别看我,别看我,我可不欺负人,更何况是欺负女生呢。"

然后，一桌子人的视线不约而同地看向桌子另一边坐下去之后就默不作声的男生。

沈逾青注意到大家的目光，眉头一挑，古怪地问："看我干什么？我也不随便欺负人啊？"

众人意味深长地哦了一声。

沈逾青又重复了一遍："真没。"

江昭注意到他的碗筷包装都没有拆开，放下筷子，看着他问："你为什么不吃呀？"

沈逾青看了她一眼，这才坐正了一些："我不吃辣。"

他似笑非笑地看向喻时："这段时间，我可是一直跟着江昭好好学习呢。"说完，他朝江昭抬了抬下巴。

没等喻时作声，陈望率先举了手："对，对，我可以做证，沈逾青最近真的在好好学习。"

喻时没搭理沈逾青，轻哼了一声，嘟囔着说："我看是因为有我家昭昭在吧……"

这天的聚会，她看沈逾青也来了，很是不解，昭昭就抽空给她讲了他的事。

喻时虽然不明白这两个人是怎么变得这么熟的，但她内心还是不希望江昭和沈逾青走得太近。毕竟他们两个人无论是性格还是家庭条件，都毫无共同点。

旁边的陈叙斟酌着说："喻时，这件事还是交给我吧。我是班长，原本就应该照顾好班上的每一个同学。我去了解一下情况，和宋亚楠聊一聊。"

陈望眼睛一亮，朝他举起了手："哥，哥，哥，我来帮你。"

喻时也朝陈叙看过来："我也来帮你。一班的事情够多了，你会忙不过来的。而且我是女生，和宋亚楠交流更方便。"

陈叙对上喻时黑亮的瞳仁，沉默片刻，点了点头。

周聿也忽然打了个喷嚏，有些烦躁地揉了下鼻头，抬头看了一眼二楼黑洞洞的窗户，顿时感觉更加心烦意乱。

功勋累得不行，软趴趴地俯在他的脚边，不停地吐着热气，只想回到窝里睡觉。下一秒，站得笔直的男生无情地丢下一句："功勋，站起来，再转转。"

功勋直接呜咽一声趴在地上，把鼻子埋进腿里面，任凭周聿也怎么拉，死活不肯再动弹。

周聿也睨着地上的大狗，语气有些不满："哎，能不能像个男子汉一样站起来？"

功勋："……"

"再这样下去，哪只小母狗愿意找你玩？还是想让她找其他朋友玩，半夜三更了还不回家，留你一个人在这儿巴巴地苦等，她知不知道自己很薄情寡义？！"

功勋："……"它不太懂，但怎么总感觉他是在……指桑骂槐呢？

一人一狗站在萧瑟的巷口处等待着，直到一个纤细的身影出现，哼着歌，步伐轻盈地从远处的大马路走到柳南巷巷口。

喻时满心想着接下来该怎么解决宋亚楠那件事，没注意到两个身影，直到一声响亮的狗叫声响起，才将她的思绪拉了回来。

转着卫衣带子的手一停，喻时停下脚步，有些迷茫地朝巷口看去。不远处，周聿也穿着宽松的黑色卫衣和灰色长裤，单手插兜，站得笔直。

她的视线往下一移，就看到正趴在石板上吐舌头，冲她摇尾巴的功勋。不知道是不是她的错觉，总感觉功勋的脸都耷拉了下来，看上去委屈巴巴的。

周聿也刚想开口和她打声招呼，就看到她熟练地从兜里摸出口罩戴上，然后朝这边跑了过来，张开手臂喊着"功勋"，然后蹲下来抱住功勋的脑袋揉啊揉。

周聿也的神色越发冷淡，他这么一个大活人——还是个大帅哥——站在这儿，她跑过来居然先和一条狗打招呼？！

难道在她的心里，功勋的地位比他还高？

意识到这一点，周聿也的脸色顿时更黑了。

喻时没注意到周围的气压逐渐降低，和功勋嬉闹着。它温热的舌头卷过她的手背时有些痒，逗得她不停地笑。

喻时声音里带着歉意："对不起啊，功勋，今天没有给你带吃的……"

"等你喂它，它早就饿死了。"周聿也冷冷地出声。

喻时撇了撇嘴，随口说："你这么晚还出来遛狗啊？"

周聿也平淡地回了一句："刚出来遛。"

喻时眉眼一弯："那还挺巧，正好碰上我回来，柳南巷最近那个路灯坏了，我们一起回去呗。"

周聿也转过身便朝着有光亮的地方走去，喻时连忙抬腿追了上来。

"你们平时都会庆祝这么久？"少年的声音中夹杂了几分不易察觉的烦躁。

喻时立刻摇头："没有，就是今天的人比较多，又聊了一些事，所以花的时间比较久。"

人多？周聿也偏过头，问："不是只有你们三个人吗？"

"不，不，不，这次还有沈逾青和陈叙呢。"喻时晃着脑袋回答。

周聿也一顿，声音闷闷的："这两个人也去了？"

喻时叹了一口气："沈逾青是死皮赖脸地追着昭昭跟过来的。"

"陈叙呢？"

喻时回："陈叙也进了省队，当然也来庆祝了。"

"我也进了。"周聿也脱口而出。

喻时奇怪地看了他一眼："你不是心情不好嘛，应该也没心思和我们聚吧？"

163

正在前面慢慢悠悠地走着的功勋忽然感觉脖颈一紧，扭头一看，才发现它的主人用力攥住狗绳，一副强忍着什么发泄不出来的样子。

功勋："……"

男生有些压抑的声音缓缓响起："是谁告诉你我心情不好的？"

喻时一顿，眨了眨那双灵动的大眼睛："我猜的啊。"说完，她凑过来，盯着他清俊的面容仔细打量了几秒，"你现在心情就挺不好的。"

周聿也："没有。"

喻时补充道："看上去想打人。"

周聿也放弃挣扎，面无表情地看向她："那你猜我第一个想揍谁？"

喻时立刻双手抱胸，故作害怕地躲远了："不会是我吧……"说完夸张地对功勋喊了句："救命啊，功勋，有人要打我——"

看着她煽风点火让功勋咬人的样子，周聿也忍不住想笑，但还是把嘴角的笑意压了下去。

不知不觉中，他的步子慢了下来，专注地看着前方的女生。

她微微俯着身，逗着身旁的拉布拉多。虽然她戴着口罩，看不清具体神情，可她眼里的笑意如点点繁星，满满当当的，快要溢出来了。

周聿也忽然觉得，就这么一直走下去，其实也挺好的。

可是，是路终归有尽头。

等喻时走到单元楼下，周聿也的视线在她转身之际猛地收了回来。

喻时背着手站在他面前，发现自己和他站在一起高度差得有点儿多，于是她连上几级台阶，直到和他齐平，这才满意地停了下来，清脆地叫了他一声："周聿也。"

周聿也看向她："干什么？"

喻时深吸一口气，开口问他："我们是朋友对不对？"

周聿也沉默几秒钟，垂眸应了一声。

喻时满意地笑了笑，眼里的亮光更浓："古人说得好，朋友的朋友就是朋友。"

周聿也眉梢一挑，等她说完。

"陈叙是我的朋友，你也是我的朋友，所以四舍五入，不就相当于你们也是朋友了？"喻时说完还不忘配合地鼓掌，眸子亮晶晶地看向面前的男生。

周聿也冷冷地睨她一眼，掉头就走。

喻时连忙伸出胳膊拉住他："哎，哎，你别走。"

最后拉不住了，喻时干脆跺了下脚，盯着他清瘦的背影，自暴自弃地说："我就是有个事想找你帮忙嘛，至于这么无情无义吗？！"

周聿也："……"究竟是谁无情无义？

喻时的腮帮子微微鼓起，觉得有些郁闷。

原本陈望答应了，陪她和陈叙帮宋亚楠解决问题，没想到吃完饭，沈逾青那家伙忽然来了句，陈望得帮他复习。

在柳南巷口看到周聿也的身影时，喻时忽然想到，要是周聿也在，这件事情应该就没问题。她没有意识到，自己已经逐渐依赖和信任周聿也了。

见他停下脚步，喻时从台阶上跳下来，快步跑到他面前，仰着头期待地看着他。

周聿也的黑发理得很短，脸部轮廓分明。此刻，那双黑眸里没什么情绪，只是静静地着看她。

喻时眼里的亮光慢慢熄灭了。她张了张嘴："你……"

"喻时。"周聿也叫了一声她的名字，声音有些轻，"我没有你那么好心肠，看见别人受了委屈就伸出援手。说白了，别人怎么样和我一点儿关系都没有，所以我根本没必要花自己的时间，去做这些根本没有必要的事情，你能懂吗？"

就算做了好事，别人就一定会领情？

下午李松那样的事情若再发生几回，她一个女生又能承受多少次？

周聿也压抑着情绪说完，看到她脸上落寞的神情，酸涩感顿时涌上心头。

怎么回事？明明是想让她最好别去管别人的闲事，怎么话说出了口却成了这个样子？

他用力抿唇，喉结反复滚动，没来得及解释一下，就听到她难过的声音："所以在你眼里，我做的这些事情都是没有意义的吗？"

喻时抬头望向他，眼圈发红："我们是同学，遇见困难为什么不能相互帮助？"

周聿也皱起眉头，尽量语气平稳地解释："喻时，我不是这个意思，我……"

"周聿也，你别说了，我不想再和你说话！"喻时忽然打断了他，同时拨开他伸过来的手，瞪了他一眼，转身飞快地跑上了楼。

周聿也的手停在半空中，过了半晌，才收回来。

夜风下，少年伫立在树底下，微微抬起头，看向二楼的窗户。那里已经亮起了灯。

街道一片静谧，偶尔有风声传过来，可周聿也的耳边却反复循环着女生离开前带着哭腔的声音。她这样说，是不是代表着……她开始讨厌他了。

功勋刚吃饱，从家里出来，刚想钻回自己的窝里，就看见自家主人失了魂一样站在树底下的身影。

周聿也迈着沉重的脚步慢慢朝这边走回来。

功勋歪了一下头，刚想叫一声，忽然被人捏住了嘴巴。

周聿也面无表情地看它："你的主人刚才说错了话，所以我希望，你现在也别说话。"

功勋："……"说错了话捏你自己的嘴巴，捏我的干吗？

喻时的心理并不脆弱，可是说她的人换成了周聿也，她就觉得十分委屈。

看着镜子里眼眶红红的自己，喻时戳着镜子中自己的脸，委屈地嘟囔："凭什么这么说我……凭什么……"

她就热心肠怎么了，又没有碍他的事，凭什么这样说她？

因为这件事，她决定一星期不搭理周聿也。

不管周聿也这几天故技重施，送多少糖，明里暗里说了多少软话，她这次倒是硬气了起来，一直不肯低头，甚至在二人的书桌中间放了几本厚厚的书，挡住周聿也的视线。

周聿也几乎被气笑了，下课后，抽走几本书，看着她的侧脸问："还要生几天气？"

喻时气鼓鼓地看向他："为什么要告诉你？"然后她毫不留情地让他把那几本书重新放回去。

周聿也没办法，只好把那几本书全都放了回去。这下好了，遮得严严实实，他连同桌的头发丝都看不到一根了。

更让周聿也感到不快的是，他和喻时冷战了，陈叙倒是时不时地过来刷存在感，经常找喻时讨论宋亚楠的事情，一聊就是好半天。周聿也每看见一次，心里就不爽一次。

上课铃响，看见陈叙还不走，周聿也懒懒地靠在椅背上，语气凉飕飕的："没听见打铃了，还不回你的座位？"

陈叙看了他一眼，温和地对喻时告别。喻时弯了弯眼睛，朝他挥手："好的，下节课我去找你，我这边有些吵。"

陈叙看到某人瞬间黑了脸，笑了笑："好。"

周聿也："……"

周广平发现孙子最近好像有些不太对劲，这几天从学校回来后总是板着一张脸，一句话也不说，吃饭的时候也脸色不好看，就好像谁惹了他一样。

难得见他生气这么久，周老爷子稍加关注，就发现这小子原来是和喻时吵架了。

之前见二人还一起骑自行车回来呢，这几天自行车的铃铛声在柳南巷一响，周老爷子走出去一看，喻时开开心心地骑车回来了。

没过几秒，周聿也蹬着脚踏板，慢悠悠地跟了上来，眼睛全程就没从喻时身上挪开过。要不是这个地方空旷，他这么骑车，能一头栽到中间那棵老树上去。

"和喻时那个小姑娘吵架了？"周广平喝了一口茶，打量正在盛饭的小子。

周聿也没否认，开口："是我先说错话了，惹她生气了。"

周广平看他一眼，忍不住笑了一下："你倒是知道自己错在哪里。"

周聿也低声说："可是我哄不好她。"她还开始讨厌他了。

轻而易举就能解出无数难题的数学天才，在这一刻，却解不了女孩儿的心思。

周老爷子看见周聿也这个样子，笑着开口："女生的心思难猜，却不难解。既然你知道自己错在哪里，就想办法解决就好了。"

周聿也看了周广平一眼，忍不住弯了弯嘴角。

门外这时候正好来了人，周爷爷让周聿也安心吃饭，自己出去看店。

来人是喻时的妈妈，唐慧。她闻到里屋传来的油烟味，笑着寒暄："您现在就吃饭啊？"

周老爷子低头瞥了一眼唐慧提着的两大袋菜，也跟着笑了出来："喻时那丫头还没回来？"

唐慧说："还早呢，这两天她和同学有事商量，回来得晚。"说完她低头看了一眼手中的菜，"这孩子数学得了奖，还进了省队，我这天天上班，顾不上奖励她，就想做点儿丰盛的菜，这孩子太瘦了……"

唐慧和周老爷子多聊了几句，要离开的时候，周广平看着那两个袋子，倏地拔高了声音："这袋子这么重，不好拿吧？"

里屋的周聿也听到周老爷子这句话，立刻走了出来。

唐慧刚想推辞，就看见从里屋走出来一个高瘦俊秀的少年，还挺有精气神。

少年朝她礼貌地喊了一声："唐阿姨好。"

唐慧愣了一下，然后转头对周广平笑着说："这是您孙子啊，长得可真俊。他和喻时也是一个班吧，听说还是个数学天才呢。"

周广平这会儿谦虚上了："嗐，他就是脑子比别人灵活一些。正好阿聿这会儿没事，让他把这些东西给你送上楼去。"

"这怎么好意思呢？"

"没事，没事，我这孙子长得人高马大的，全身上下都是劲儿……"

周聿也走上前去，弓着腰接过了唐慧手中的袋子，一改往常散漫的样子："阿姨，就一段路，我帮您提上去吧。"

唐慧拗不过，只好应了下来，上楼时还不住地夸周聿也一表人才，性格也不错。

上了楼，周聿也放下东西后，唐慧非要让他进门，最起码喝口水再走。周聿也只好半推半就地留了下来。

经过这几天的了解，喻时和陈叙终于搞清楚了宋亚楠的家庭情况。

她那个弟弟是高一的学生，成绩说不上好，可每次交上去的数学作业倒次次都是优。为此，老师还专门找了家长一趟，来人是宋亚楠她爸。

没想到她爸一来就说，这些作业都是宋亚楠辅导弟弟写的。知道宋亚楠的数学成绩优秀，老师也就信了。

可是听宋望龙的同学说，宋望龙从来都不写作业，他的那些作业都是姐姐替他写的。

宋望龙还当着他们的面说，反正他姐在数竞班，每天做那么多道数学题，不差他那一份。

他姐什么样他爸才不管呢，况且她长成那个样子，以后能嫁个什么好人家。他家最受期望的可是他。

他的穿着和宋亚楠的衣服一对比，可想而知，家里面的人有多偏心。

"这都什么年代了，居然还有家庭这么重男轻女！"

如果不是家里人的默许，弟弟怎么可能会用那样的态度对待自己的姐姐？还说那么难听的话！

喻时气得声音直发抖："真是岂有此理，我非得教会他什么是尊重！"

现在已经是中午，教室里的人已经走得差不多了。

知道这些事情后，喻时恨不得立刻撸起袖子跑去高一教学楼，把宋望龙提出来狠狠地揍一顿。可随后想到，就她这个小身板，人家随便一下就能把她撂倒，还谈什么教训不教训。

她无可奈何地叹了口气，对眼前的陈叙说："算了，等我再想一个好办法。"

陈叙抿了抿唇，看向对面的女生："有什么困难，我和你一起。"

喻时忽然想到什么，犹豫地问了一句："陈叙，你觉……我是在多管闲事吗？"

陈叙的神色十分从容，弯唇笑了笑："喻时，只要你认为自己是在做正确的事情，那就是一件非常有意义的事情。"

喻时深吸了一口气，点了点头："你说得对。"

宋亚楠需要被人保护。更何况，她们同为女生，应当更理解对方的处境。

因为装了满肚子的心事，喻时刚回到家里，就萎靡不振地倒在沙发上。厨房里的香味传出来，她顿时来了精神，从沙发上爬起来，冲厨房里的唐慧喊："妈，今天中午吃什么啊？"

她跑到厨房门口，手刚扒在门上，眼前就出现了一个人。幸好她及时停住了,要是她再快点儿,脑袋就要撞上去了。

周聿也端着菜出来,看着突然出现的人,手下意识地往回收,盘子里的汤还是撒了一些到他的黑色卫衣上。

"怎么是你?"喻时难以置信地看着眼前的男生。

周聿也刚想解释,唐慧听见动静从厨房里出来,看见周聿也身上湿了一小块,哎哟了一声,抽过纸在他的身上迅速擦了擦,问他有没有被烫到。

周聿也摆摆手,客气地说:"没事。"

唐慧看着他身上的那块油渍,瞪了喻时一眼:"你这孩子,都快成年的人了,还这么毛手毛脚的!要是把人家小周烫到可怎么办?"

喻时在心中哀号:究竟谁是你的孩子啊,唐女士?!

菜基本上桌,就剩下厨房需要收拾了,唐慧便没有再让周聿也帮忙。见他的衣服沾上了油渍,穿在身上也不舒服,她便让喻时陪着周聿也回家换身干净衣服,再把脏衣服拿回来。

喻时趴在门口,回头看了看站在客厅里拿纸擦衣服的男生,压低声音:"妈,他一个人去就可以了,为什么还要我跟着他啊?"

"那我不管。"唐慧看都不看她一眼,"反正是你把小周的衣服弄脏的。我告诉你,喻时,桌子上摆的菜可是小周帮我提回来的,他自家的饭都没吃两口,所以我才留人家在家里吃饭。你惹的祸,自己搞定。"

可是我还在和他冷战啊!喻时在心底无声地呐喊着,试图推掉这个任务,但唐慧一概不理。

最后,喻时被迫妥协,转过身去,秀气的眉头紧皱。

"走吧。"她看他一眼,咬牙切齿地说。

周聿也轻轻挑了下眉,和她一起出了门。快到他家的时候,她忽然拉住他,目光扫过那块污渍,别扭地说:"那个……刚刚对不起啊……你……有没有被烫到?"

生气归生气,可妈妈说得也对,要不是她毛毛躁躁的,周聿也不

171

会被热汤淋到。

周聿也笑了下，反问她："你觉得呢？"

喻时郁闷地说："我怎么知道。"

"没烫到。"周聿也注意到她有些不耐烦，嘴角的笑意淡了一些。

他移开了视线，一边往前走，一边伸出一只手在刚才被烫到的地方轻轻按了按。

喻时："……"这是什么意思？！所以他到底有没有被烫到啊？！她简直要被周聿也的举动逼疯了。

喻时深吸一口气，跑到他身旁，拽着他的衣角问他为什么走得这么快。

结果周聿也偏头看着她说："不是你说不想看见我的脸吗？"说完，他扯开她拽着他衣角的手，大步流星地往前走去。

喻时：该生气的人不是我吗？怎么你还发上大少爷脾气了？

喻时有些烦躁地抓了把自己的头发，看着前方走得潇洒的高大身影，很想立刻掉头就走。可她忽然想到刚才他那不经意的举动，顿时叹了口气。

周聿也要是真的因为她被烫到了，那她怎么可能坐视不管呢？最起码得亲眼看看吧。

喻时皱着小脸，还是慢吞吞地跟了上去。

周爷爷看见这两个人一前一后进门，顿时笑容满面。他也没问喻时来是干什么的，只是叮嘱周聿也待会儿记得回来看店，他要回去睡午觉。

周聿也嗯了一声，朝自己的房间走去。

喻时小声问周广平家里有没有烫伤药，余光瞥见周聿也打算关门，她连忙止住话题，急急忙忙地和周老爷子告别，朝着门的方向猛冲几步，喊道："哎，哎，别关门。"

周聿也淡淡地瞥了她一眼："跟着我进来干什么？"虽这样说，但他攥着门把的手还是松开,让她挤了进来。

喻时仰起头,朝他干笑了几声:"那什么,我想看看你的腰。"

话一出口,她就捂住嘴。

周聿也:"……"

喻时又重新组织语言,一本正经地说:"我是说,我想看看你被烫到的那个地方严不严重。"

"没必要。"周聿也转身,双手抱胸倚靠在衣柜上,低头看她,"你不是讨厌我吗?还跑来关心我干什么?"

喻时:"这不一样。"

周聿也:"这些都是你亲口说的。"

喻时瞪大眼睛:"可当初明明是你先说那些话的。"

周聿也不吭声了,只用那双黑亮的眼睛一动不动地看着她。乍一看,眼神的可怜劲儿跟功勋还有点儿像,怪惹人心软的。

喻时虽然脸色平静,但胸腔里加速的心跳声还是暴露了她内心的波动。她轻哼一声,故意扭过头不去看他。

看这样子,周聿也是不会主动给她看伤的,可他究竟伤成什么样子,喻时觉得亲眼看了才安心。她干脆破罐子破摔,趁他拉开衣柜的间隙,一个箭步上前,准备揪住他的衣服往上掀。

结果刚攥住衣服,她就被人提住了后衣领。她一抬头,对上周聿也警告的眼神:"你还真敢上手。"

喻时有些心虚,只好双手合十:"非常时期,只好采用一些特殊手段。"

周聿也端详了几秒她可怜巴巴的模样,最后无奈地叹息一声,往下弓了弓腰,好让二人身高持平。

他低头,用头顶蹭了蹭她的手心。

喻时一怔,没搞清楚他这是在干什么:"你这是在……"

周聿也不复往日的懒散,双眼紧紧地盯着她,说了两个字:

"投降。"

喻时还未说些什么，就听到他字正腔圆地补充："现在，一点十二分，周聿也向你正式投降求和。"

这一刻，骄傲的骑士终于脱下身经百战的盔甲，向高贵的公主投降认输。

喻时茫然地看着面前的男生，方才他说的每一个字都化作圈圈涟漪，在她平静的心湖上层层荡开。

正当她不知所措时，周聿也喉结反复滚动了几下，黑沉沉的眸子紧盯着她，态度放得更低："当然，你有接受和拒绝的权利。可是喻时，我只有一个请求，我希望你能在我说完以后再做决定。"

片刻后，喻时慢慢眨了眨眼睛，把手收回来。

见她终于朝他看来，他低声说："我承认，我前几天说的那几句话有问题，而且我不应该用那样的语气对你说话。"

知道就好，这人倒也算不上无可救药嘛。她在心里傲娇地想，但还是硬邦邦地说："还有呢？"

周聿也顿了一下，继续说："我只是害怕，你会因此受到伤害。"

人言可畏，他从小时候就见识过流言的可怕，因此，他不能不提防。并且，他不想让喻时也有这样的遭遇。

喻时和他不同，就算喻爸爸不在她的身边，可唐慧阿姨依旧把喻时教得很好。所以她才能像个小太阳一样，温暖着身边的每一个人。

喻时听到这些话愣了愣，看向他："所以，你是在担心我吗？"

周聿也看了她一眼，随后嗯了一声。

喻时哦了一声，若有所思地绕着他走了一圈："周聿也，那你当初说的都是反话喽？"

周聿也咳了一声，不自然地挪开了视线，但还是应了一声。

喻时得到回复就停下了脚步，在他正前方站好，双手放在背后，轻轻叫了一声他的名字："周聿也。"

闻声，他低眸看她。

喻时莞尔一笑，目光坦然又明亮，大大方方地说："既然关心我，就说得直白一点儿，反正关心一个人又不可耻。"

"相反。"心里的怒气已经全然消散，这会儿她抿着嘴笑盈盈地说，"你关心我，我会很高兴。"

周聿也刚想开口说些什么，就见眼前的少女明媚地一笑："好了，现在，东欧剧变，苏联解体……"

她朝他眨了眨眼睛，语气轻快地说："我们，冷战结束。"

周聿也一怔，接着眉眼舒展开，忍不住低头笑起来。

十月的天较为凉爽，屋内也不复之前那般闷热，可周聿也却感觉胸腔里的那颗心此刻热得发烫。

"不过——"难得见周聿也这么低声下气的样子，喻时乘胜追击，"死罪可免，但活罪难逃……"

喻时眼里的笑意几乎止不住："你得先帮我一个忙，我才能彻底原谅你。"

喻时明显是在盘算着什么鬼主意，周聿也的内心有些挣扎，最后他叹了一口气，低声应了下来："行。"

第二天，上课前，喻时坐在宋亚楠前面的座位上，严肃地说："亚楠，你愿不愿意和我们做一件事情？"

宋亚楠一愣，抬头看向喻时。

喻时朝她弯唇一笑："这件事，一定如你所愿。"

阳光和煦，万里无云。运动会正式开幕。

此刻，萃仁中学的跑道上无比热闹。开幕式的气球刚刚放飞，穿着校服的学生奔跑在跑道上，青春的气息到处飞扬。

学校后面的小巷子里。

喻时拧开瓶盖喝了一大口水，随后眯着眼睛笑了一下，低喃了一声："今天可真是一个好天气啊……"

好天气，就适合干一些好事。

她的话音刚落下没多久，旁边就传来一个犹豫不决的声音："喻时，我们这样是不是不太好……"

陈叙低头看了看自己手中喻时刚去器材室拿出来的羽毛球拍，又看看正屈腿坐在旧箱子上的喻时，心中有些不安。

喻时闻言，挑眉一笑，坦荡地说："放心吧，绝对没问题。"然后她握着扫帚，不耐烦地催促着不远处的周聿也赶紧往这边走。

因为要参加篮球赛，周聿也换了一身红白色的球服，还戴了一条红色的发带。他抱着一个篮球，应该是刚打完比赛，额头上方的短发有些湿。

他随意抹去后颈的汗，慢悠悠地走过来，看了一眼喻时和陈叙，没忍住笑了一声，眯着眼睛不着调地说："怎么，你们在这儿演古惑仔呢？"

喻时："……"

陈叙："……"

喻时从纸箱上跳下来，瞪了周聿也一眼："别小瞧我的大计！"为了这天，她还专门扎了一个看上去显得比较凶的羊角辫呢。

周聿也抬起手戳了戳她的辫子尾巴，嗤笑道："你给谁卖萌呢？"

她气鼓鼓地打掉他作恶的手，朝他喊："你别说话，当好你的工具人！"

"我已经打听好了，宋望龙这几天都会从学校里偷偷溜出来，他的必经之路就是这条巷子。我们三个今天就守在这里，给他来个瓮中捉鳖！"喻时边说边用力握紧拳头，一副势在必得的样子。

"待会儿他来的时候，你们就站在我的后面。这次，我要好好教训一下那个臭小子。"

周聿也暗道：她还真是什么鬼点子都能想出来。

没过几分钟，宋望龙果真从巷子里面走了过来。他看上去心情很好，走在路上还哼着小曲。

这时，他身后传来一个精气神十足的声音："宋望龙！"

宋望龙一顿，疑惑地转过身来，看向身后。

一个清秀的女生慢悠悠地从一摞纸箱后面走出来，个子不算高，气势倒是挺强，腰间系了黑白相间的校服外套，袖子松垮垮地垂下来，手中拿着……一把扫帚？

宋望龙顿时有些不屑，不耐烦地挥手赶人："哪里来的初中生，一边玩去。"

喻时："……"很好，有种你再说一遍。别看姐比你矮，但比你有脑子多了。

喻时也不和他废话，攥着扫帚把不耐烦地敲了敲石板地："你就是高一（六）班的宋望龙吧，我有事找你。"

宋望龙显然没把喻时当回事，插着兜朝她走过来："你能有什么事找……"

就在离她只剩下五米的时候，宋望龙的脚步停了下来。他警惕地看着挡在喻时前面的男生。

戴着红色发带的男生站在喻时的前方，一下一下地拍着篮球，盯着宋望龙冷冷地说："有本事，再往前走一步。"

周聿也一边拍着球，一边往前走了几步。篮球与水泥地面撞击，发出沉闷的声响，速度不算快，但很有节奏。

宋望龙紧张地咽了下口水，刚想转身换个方向离开，身后又出现了一个男生。

陈叙利落地挥了一下手中的羽毛球拍，镜片后的那双眼睛平静地看着宋望龙。

177

宋望龙大气不敢出，战战兢兢地待在原地，问他们究竟想干什么。

看着宋望龙的屁样，喻时差点儿笑场。她板着脸走到宋望龙面前，对他说："你干了什么，自己不清楚吗？"

宋望龙脸色煞白，嘴唇哆嗦着，在脑子里搜寻了一遍："我……我上周不应该翘课……"

"还挺有能耐啊你！"喻时立刻大喝一声，看向宋望龙的眼神透出几分寒气。

明明都是一个妈生的，为什么宋亚楠那么优秀，可这个宋望龙倒是半点儿好都没沾上。

"说了这么多，你都没搞清楚自己究竟惹了谁？"她冷冷地开口。

宋望龙小心地看了她和那两个男生一眼："那你们是……"

喻时勾唇一笑，抬起手拍了一下他的脑袋："连我们你都不认识？那你听好了——"

她一只脚蹬在旁边的废纸箱上，微抬着下巴，用大拇指指向自己，声音洪亮，"你姑奶奶我，可是萃仁的扛把子沈逾青——的妹妹，沈更红！"

周聿也实在没忍住笑了出来，要不是现在场景不对，估计他能笑得肚子疼。

还沈更红呢，估计沈逾青都不知道自己什么时候多了个妹妹。

周聿也这下明白喻时的小心思了，让他也过来，一方面是要他撑场面，另一方面是怕沈逾青追究她借人家名头的责任。她觉得他和沈逾青认识，正好让他给她担着，算盘珠子打得可真响。

陈叙的脸上也飞快地闪过一丝笑意。

果然，宋望龙看了一眼面前的女生，疑惑地说："沈逾青我倒是听过，可他什么时候有个妹妹……"

喻时双手抱胸，底气十足地说："你不信？那你去问他啊，我这边随时恭候。"

178

宋望龙的脸色瞬间白了白。

见他这样，喻时就知道他大概是信了，开始追究他的恶行："行，接下来就算算你的账吧。宋亚楠你知道吧，她可是我罩的人，听说你一直让她帮你写作业？"

宋望龙颤抖着说："宋亚楠……她是我姐。我们家就我一个儿子，她当姐姐的，帮我写作业怎么了，花着那么贵的学费，这次连个省队也没进……"

喻时快被气笑了："所以，她是你姐就应该照顾你、迁就你，哪怕她不愿意？！那是不是说，以后你买车买房也要她负责啊？这究竟是谁的人生？！你还要不要脸啊，亏你还是个男人……"

喻时越越说越生气，差点儿上脚踢他了，还好陈叙上前拉住了她。

喻时强迫自己冷静下来，深吸一口气："不是想让人帮你写作业吗？行，那我们今天就换一下。"

她扯唇一笑，提起书包，把几本习题册全扔在他的身上："你今天就在这儿把这些作业全部写完。要是今天运动会的比赛项目结束前写不完的话，就别怪我们不客气了。"

宋望龙翻看了一下习题册里的那些数学题，欲哭无泪："这……这些我都不会……"

"管你呢，现在、立刻、马上给我写！"喻时拿着扫帚把捅了捅地，眉眼间的神色有些不耐烦，"空了几道题，你今天就要受几下苦。"

宋望龙被她的举动震惊了一下，也不管到底会不会，拔了笔盖就趴在墙上开始写。

喻时这才有些满意地点了点头，往后退了几步。她光顾着盯宋望龙，没注意脚下乱扔的饮料瓶，脚下一滑，整个身子不受控制地往后仰。

陈叙下意识地上前去拉喻时，结果周聿也比他更快，大步走上前抓住了喻时的手。

179

喻时一头撞上周聿也宽阔的胸膛，后面的两个羊角辫跟着也抖了抖。害怕自己再一次摔倒，她的另一只手也牢牢地抓住周聿也的胳膊。

喻时下意识地抬头去看周聿也，却正好对上了他的双眸。

两个人沉默片刻，喻时率先低下头，挪开了视线。

站在不远处的陈叙出声："喻时，你没事吧？"

他将目光移到二人紧攥的手上，走上前来，把喻时脚下的瓶子捡起来扔进旁边的垃圾桶，才故作平静地说："这条巷子的卫生不太好，经常有人乱扔垃圾。"

喻时注意到陈叙的目光，于是小声催促："你抓疼我了，赶紧松开。"

周聿也的目光漫不经心地掠过陈叙的背影，随后他扯了下唇，放松力气，但手却还没撒开。

喻时以为是他恶趣味上来了，又来捉弄自己，当下把手抽出来，哼了一声，走上前重重地踩了一下他的脚："叫你抓我！"

周聿也被她结结实实地踩了一下，疼得嗞了一声。他低下头看自己的新鞋，鞋头上面多了一个黑鞋印。

气性真不小，这是他刚买的新款联名球鞋。

过了一会儿，宋望龙终于把那些题全都写完了，急急忙忙地拿给喻时看："姐，你看我都写完了……我……我是不是能走……"

喻时拿过习题册看了一眼："这不也能……"话说到一半，她眉眼一横，语气冲了起来，"没一道对的！"

她把书卷成筒，敲了敲宋望龙的脑袋："我看你是半点儿知识都没进脑子……"

就在这个时候，后面忽然传来一个声音："喻时！"

喻时一怔，随后转身，看到宋亚楠慌张地跑过来。

她额头上厚重的刘海被风吹了起来，露出了脸上的雀斑。但她没有再像之前那样，慌忙地遮挡，只是气喘吁吁地拉住喻时的手，紧张地说:"不好了,教导主任朝着这边来了,他说要来抓跑出学校打游戏的学生……"

没等她说完,教导主任就背着手朝这边大步走过来,看到他们这几个人聚在一起,立刻大声呵斥:"你们这是在干什么?"

喻时果断地把手中的扫帚扔出去老远,然后指了指宋望龙,神情变得委屈至极,哭诉道:"主任,那个男同学,他欺负我!"

教导主任:"他欺负你什么了?"

喻时轻咳一声,挺直腰板,大声说:"他……他抢我的作业做!"

刚成功解出一道题的宋望龙欣喜若狂地抬头,听到喻时的诬告,露出一副不解的神情。

"哈哈哈……"陈望听着陈叙讲述这段奇葩又离谱的经历,一边笑,一边捶着桌子,还不忘对喻时说,"你是真有才,就是运气不太好……不知道的,还以为你们在那里拍电视剧呢。不,这比电视剧还魔幻,哈哈哈……"

喻时郁闷地朝他大喊:"陈望,不许再笑了!"

昨天,他们五个人被突击的教导主任抓了个现行,被一起带去了办公室。

教导主任自然不信喻时的那些鬼话,好好教育了他们一顿,还说等运动会结束,也就是下周一课间操的时候,喻时、周聿也和陈叙要在全校师生面前做检讨,确保他们是真的知道错了。

这时,喻时很讲义气地站了出来:"主意是我一个人出的,就让我一个人做检讨吧。"

周聿也淡淡地说:"是我先吓唬那小子的。"

陈叙推了下眼镜:"是我先向喻时提出来的。"

这三个人都是一班的精英苗子,做出这样的事,现在还在这儿一副同学情深、互相维护的样子,教导主任顿时气不打一处来:"你们三个全都逃不掉，统统给我上去做检讨！"

喻时托着脑袋趴在桌子上，长叹一口气。没想到，她第一次站在主席台上，居然是因为做检讨。

不过幸好，宋望龙让别人代写作业的事情还是被教导主任注意到了。他连夜把宋望龙的家长叫了过去，连学生带家长都好好教育了一番。

最后，宋望龙也需要写一份检讨，还受到了学校的处分。

趁着大课间，宋亚楠鼓足勇气，把喻时从教室里叫了出来。

她低垂着头，语气充满了愧疚："对不起，喻时，都是我连累了你们，还害得你们要去做检讨。"

她的声音越来越低："我真的很没用，只会拖累别人。喻时，对不起……"

"亚楠，别这样说。"喻时轻轻叹息了一声。

远处的操场上彩旗飘扬，哨声此起彼伏，夹杂着学生的呼喊声。

喻时收回视线，拉着宋亚楠的手，放软语气："你知道吗？昨天你知道教导主任要来，义无反顾地跑来通知我们，那时候朝我们跑来的宋亚楠，和之前我看到的那个逃避别人眼神的宋亚楠一点儿也不一样。我从没见过那么果断勇敢的你，所以这样的你，怎么会没有用呢？无论什么时候，我们都不应该去惧怕别人的声音，毕竟，没有哪个人是完美的。"

喻时笑了笑，诚恳地看着面前的女生："亚楠，我们的生活中没有那么多观众，如果非说有的话，那只会是自己。所以亚楠，不必有太多顾忌，放心大胆地去做那个最好的自己，你一定可以做到的。"

宋亚楠用力地咬了下嘴唇，轻轻问了一句："我……我真的可以做到吗？"

喻时毫不犹豫地点了下头。

宋亚楠终于忍不住落下泪来:"喻时,从来没有人和我说过这些,从来没有……

"有时候我也不想这么逃避,可我就是害怕他们用那种奇怪、鄙夷的目光看着我,所以我把自己封闭起来,变得越来越沉默。慢慢地,宋望龙觉得我的性格孤僻,开始不喜欢我……"

宋亚楠絮说着自己内心真正的想法,眼泪不停地流。喻时看着她,眼眶不自觉地湿润了,安静地倾听着那些积压了太久的话。

最后,宋亚楠吸了一下鼻子,露出真心实意的笑容:"现在看来,其实拒绝别人好像也不是一件特别难的事情。你说得对,每个人都得对自己的人生负责。"

"现在,我也该对自己的人生负责了。"宋亚楠眼中含泪,"谢谢你,喻时,还有,谢谢你的朋友们。"

宋亚楠离开后,喻时将双手搭在楼道的栏杆上,闭上眼睛,浅浅地吸了口气,风吹起她额前的碎发。

楼道里散落着被风吹进来的树叶,一片树叶乘风而起,在空中慢悠悠地打着旋往下落,落在了她的头上。

喻时刚准备抬起手去把头上的那片树叶摘下来,听到身边有脚步声响起。

接着,她感觉头上一轻,鼻子痒痒的,疑惑地睁开了眼睛,就看到周聿也漫不经心地捏着一片树叶轻轻扫着她的鼻尖。

直到成功收获喻时一个响亮的喷嚏,他才轻笑一声,赶在她生气之前收回树叶,将胳膊随意地搭在栏杆上:"解决完宋亚楠的事情了?"

喻时抬起头看了他一眼,应声道:"她说她很感谢我们做了这些。"

她又专门强调了一遍:"是我们,我、你,还有陈叙。"

周聿也垂眼看她。

喻时莞尔一笑,看向他的目光清澈无比:"我没有办法完全否定你

183

之前说的话。的确，帮助一个跟自己毫无关系的人，这件事很有风险。可是我们这个年龄的人，如果不顺从自己的心，做自己想做的事情，那跟被关进马厩里的小马驹有什么区别呢？我不愿意自己的青春被拘束，我相信别人也一样。

"而且，周聿也，你不觉得帮助人这件事，是会上瘾的吗？"

她望着远方，白皙的小脸上洋溢着真诚的笑容，没有注意到周聿也的目光渐渐暗了下来。

她的话迟迟没有得到回应，喻时顿了一下，松开了握着栏杆的手，疑惑地转过头："你怎么一句话也不说……"

话未说完，她忽然听到一句叹息："如果早点儿遇到你就好了。"

这样，他是不是也可以像其他人一样，接受她的帮助，让当初的自己过得好一些？

喻时没明白他话里的意思，沉默了几秒，随后有些犹豫地说："你……是不是有什么事需要我帮忙啊？我感觉你好像有什么心事，虽然我不知道究竟发生了什么事情，但我们是朋友，所以，如果你有什么想说的，你可以告诉我。无论如何，都要过得开心，这是最重要的。"

周聿也转头，对上她又黑又亮的眼睛。

四目相对，时间仿佛慢了下来。

周聿也又恢复成往日漫不经心的样子："喻时，自己的快乐，才是最重要的。"

喻时刚想说些什么，口袋里的手机就振动起来。她低头去看，才发现是陈望发来的消息：速来操场！昭昭接下来有比赛！！！

喻时立刻回复：好，马上去。

她再抬头看，周聿也已经离开了这里。

喻时走到操场时，看台上已是人声鼎沸。

陈望大老远地就看见了喻时，在看台上朝她挥了挥手："喻时，在这儿！"

他等不及，干脆从看台跳下来，朝她跑过去。走近了以后，他有些疑惑："你不是被罚做检讨了吗？怎么笑得这么开心？"

喻时奇怪地看向他："你哪里看出我高兴了？"

"还说呢，你摸摸自己的脸蛋，嘴角都快咧到耳后根了，刚刚又去干什么好事了？"

她连忙捂住了自己的脸，越过陈望往看台走去："我还能做什么，我的检讨还没写完呢……昭昭呢？"

陈望懒得拆穿她，走上前去："她应该在等检录吧。也不知道怎么回事，她明明报了跳远，后来却变成一千五百米长跑。也不知道她能不能坚持下来，我们一会儿陪着她一起跑吧。"

喻时想都没想就点头："可以啊。"她想到什么，往四周看了一眼，问，"那个谁……沈逾青来了没？"

"沈逾青？"陈望抓了一下头发，"这种大型活动就没见他来过，可能去哪里玩了吧。"

喻时撇了撇嘴，小声嘀咕："瞧着对昭昭挺上心的，结果连昭昭参加比赛都不来……"

检录处，参加比赛的学生们都在排队等待。

"江昭——"一个女生匆匆忙忙地跑过来。

江昭闲得无聊正在背书。听到声音，她将背诵纸收进了口袋里，顺势站了起来。但因为起身太快，她眼前一黑，身子摇晃了一下。要不是那个女生及时拉住她，她可能就摔倒了。

"江昭，你没事吧？"女生有些担忧地看着脸色苍白的江昭。

江昭朝她笑了下："没事，低血糖而已。"

女生看见她的脸色缓和不少，才将手上的号码牌塞给了她，又顺便给了她几颗巧克力，让她补充血糖："对不起啊！江昭，我也没想到例假提前了这么多天,上不了场,长跑比赛临时换成了你,真是对不起……"

江昭安慰她:"没事的,慢慢跑就可以了。"

萃仁中学有个不成文的规定,报名参加运动会项目的学生不允许临时弃跑,否则就要扣班级荣誉分。班级荣誉分关系到学期结束各班的评优,所以那个女同学才到处找同学帮忙,看有没有人愿意和她换,她愿意事后请那个人吃饭。

江昭原本报的项目是跳远,看到那个女同学一副快要哭出来的样子,又考虑到她的身体状况,这才答应和她交换比赛项目。

但因为江奶奶住院筹钱的事情,江昭的心神耗费得厉害,吃不下睡不好的,低血糖症状频频出现。

不过,她已经想过了,到时候她跑得慢一些,问题应该不大。

比赛马上开始,江昭经过检录区,走到阳光炙烤的跑道上,一抬头,就看到站在跑道外圈的陈望和喻时。

他们自然也看到了江昭,脸上立刻露出兴奋的笑容,朝她用力挥了挥手,大声喊道:"昭昭加油,大胆跑——我们会一直陪你的——"

陈望还做了个摆臂奔跑的动作,逗得江昭忍不住笑了。

她想到什么,下意识地往跑道边上的人群扫了一眼,但并未在其中发现熟悉的身影,嘴角的笑意便渐渐消失了。

感受着炙热的阳光,江昭的脑子有些昏沉,她强忍着不舒服,慢慢走到了起跑位置,等待起跑的枪声响起。

喻时和陈望挤到给长跑的队员加油的跑道外围。喻时个子不高,不时踮起脚尖去看江昭。

她总感觉江昭的脸色过于白了,忍不住皱了皱眉头,戳了戳旁边的陈望:"哎,你有没有觉得江昭好像有些不对劲啊?"

听到喻时的话,陈望疑惑地抬起头,去看跑道上的江昭,左看右看也没看出不对劲。

他挠了挠头:"还好吧,是不是因为比赛马上要开始了,昭昭有些紧张?"

喻时有些不安地抿唇,攥紧手心:"希望如此。"

宴会厅里,沈逾青不高兴地坐在沙发上。他穿了一件修身的西装,英挺的眉眼和高瘦的身材被衣服衬得有种超越年龄的疏离感。

然而,他一开口却是暴躁的少年音:"我究竟什么时候能走?!"

沈逾青不耐烦地扯着胸前的领带,看向旁边刚结束一轮谈笑风生的中年男人。

沈宗送走相谈甚欢的合作伙伴,轻轻抿了一口手中的酒:"着急什么?不是说你们学校这几天开运动会,不上课?再说了,就算上课了,你是那种会好好学习的人?"

沈逾青皮笑肉不笑地看着他:"你又不来学校,怎么知道我不学习?"

沈宗淡淡地瞥了他一眼:"一会儿刘总会带着他的女儿过来,你和他女儿认识认识,把关系处好。"

沈逾青靠在身后的真皮沙发上,讽刺地问:"处好之后呢?让我娶她?"

沈逾青的语气让沈宗恼怒不已,要不是场合不对,他早就一脚踢过去了:"臭小子,这次合作关系到公司未来的发展!你现在才多大,娶什么娶?只是让你去处好关系,好让两家的合作谈得顺利一些!"

沈逾青凉薄地看他一眼,语气嘲讽:"可是我不会啊,要不你教教我,该怎么做?"

沈逾青每说一句话,沈宗的脸色就青几分。

"沈逾青,别忘了我是你爸!我告诉你,这次你最好把事情办好,不然,你也别在我身边待着了,滚到国外去!"

沈逾青之前还爱搭不理的,听完沈宗的最后一句话,他握着手机站了起来,冷冷地看向面前的男人:"你什么意思?"

沈宗冷笑几声:"反正你整天无所事事的,在哪里待不一样?萃仁不想去就算了,可生意场上你要还是这副样子,就别怪我把你送出去,好好磨炼几年。"

他以为,沈逾青的反应是担心自己身处异国他乡,没有金钱支撑,一时有些害怕了。他打量儿子几眼,隐秘地感慨,到底还是个毛头小子。

沈逾青脸色阴沉地看着沈宗,有些厌恶地闭了闭眼睛。他拿上外套准备离开时,脑海中倏地浮现出了一个女生的侧颜。

在思考的时候,她总会习惯性地用笔戳几下自己的太阳穴。有时候她的头发松了,她扎头发的时候会露出一截修长白皙的脖颈,嘴上叼着黑色的发圈。她很少笑,即使遇到好玩的事情,也只是嘴角微微上勾。

那个时候,他总是不知不觉地盯着她看。

江昭总能察觉到他注视的目光,然后偏过头来,问他是不是哪里不会。

这么长时间以来,他见过她很多样子。她永远都是和和气气的,就算解题解得烦躁,她都没有露出过不耐烦的神情。

如果说这个城市里有一个他无法舍弃的东西,那对沈逾青来说就是江昭。他不想离开这里。

沈逾青再次睁开眼睛,冷静下来。他重新坐了下来,声音极冷:"你最好说到做到。"

没过多久,刘总果然带着自己的女儿走了过来。那个女生看上去和沈逾青差不多大,样貌出众,但性格挺讨人厌的。

有个服务员经过时不小心踩到了她的裙子,她硬是让那个服务员连喝好几杯酒赔罪。

看到服务员喝得反胃，捂着嘴巴冲进卫生间，她才趾高气扬地朝这边走了过来。

看到坐在沙发上的沈逾青，她的眼睛顿时一亮，摆出一副矜持内敛的模样。

平心而论，沈逾青相貌清俊，修长得体的纯黑色西装裤下，两条长腿慵懒地搭在一起，一副拒人于千里之外的模样，很是惹眼。

他正低头翻着手机，不知道在看些什么。

目睹了刚才的事，他对这个女生全无好感，又找人打听了一下这个女生。

当那个女生把头靠过来跟他说话的时候，沈逾青无法抑制地沉了脸，捏着杯子的手背青筋凸显。

这时，手机忽然振动一下，是陈望给他发来了消息。

他低头看去，先看到的是自己几分钟前发给陈望的消息：江昭比赛结束了吗？

陈望回复：没有，江昭临时换成长跑了，一千五百米长跑，比赛马上就要开始了。

一千五百米长跑？她能跑得动吗？！沈逾青的脸色一下子冷了下来。

沈逾青真想打开江昭的脑袋，看看她究竟在想些什么。

沈逾青越想越觉得不安。最后，他干脆站了起来，面无表情地对那个女生说："屋内有些闷，不如我们出去透透气吧。"

那个女生立刻高兴地答应了，跟着沈逾青就去了外面。结果刚出门，沈逾青就转过身，冷淡地跟她说："我有事，先走了。"

女生的脸色立刻变了，她看向他，质问道："沈逾青，你耍我？就这么丢下我，你是觉得我们两家的合作稳了吗？"

沈逾青扯了下唇，打开手机，给她看了一眼刚收到的资料："合作稳没稳我不知道，但是我手机的网速挺快的。要是你不怕欺负同学的

189

事全网皆知，你就放心地去跟你爸告我的状，到时候再比比看，我和你谁会更惨。"

"你……你是怎么知道的……"女生难以置信地看着他。

沈逾青不想和她多废话，解开衬衫的腕扣，随手把搭在椅背上的西装外套带上，大步流星地离开了宴会现场。

他随手拦了一辆出租车，一上车，他就沉下脸色，对司机说："去萃仁中学，快。"

骄阳似火，操场上的加油声此起彼伏，好不热闹。

尽管喻时和陈望想陪江昭跑，可维持秩序的体育老师拦住他们，禁止观众跟跑，所以他们被迫回到了看台。喻时怕江昭听不见呐喊，专门拿来一个大喇叭，大声喊着"加油"。

江昭跑了两圈，脸色发白，额头上渗出了汗，越来越听不清周围加油鼓劲的声音。她的两只脚就像灌了铅一样，越来越难抬起来。她浑身没力气，想着还有一圈多，便咬了咬牙坚持下去。

"哎，哎，喻时，你在这边看着点儿，昭昭马上就跑完了，我去给她买几瓶水！"陈望从看台上下来，见喻时比了个"OK"的手势就往超市跑。

喻时突然从看台上站了起来，她看到江昭的身子不受控制地晃了一下，脸色非常差劲。

喻时不顾一切地从看台上跳了下来，迅速朝江昭跑过去。

江昭知道自己的状态不对，已经放慢了跑步速度。可每跑一步，她的头就沉一分，直到眩晕感越来越强，她终于失去了重心，眼前一黑，不受控制地朝地上栽了下去。

看到这一幕，周围的学生发出了不小的惊呼声。

喻时及时赶到，抱住了江昭，焦灼地对着志愿者大声喊："担架呢？担架！"

有人晕倒，可比赛还没结束，场面一下子变得混乱起来。

迟迟等不来担架，喻时急躁不已，干脆弓下身子，准备背着江昭去医务室。

可喻时的力气不大，没走几步，江昭就差点儿掉下来，她着急得都要哭了。就在这时，她身边忽然伸过来一条劲瘦修长的胳膊，把她背上的江昭接了过去。

同时一个熟悉的男声响起："把她给我。"

喻时背上一轻，扭头看见江昭被穿着白衬衫的少年牢牢地接住。

喻时忍不住鼻头一酸，闷声喊："昭昭……"

直到抱起江昭，沈逾青才发现她实在轻得厉害，浑身上下好像只有骨头的重量。他护住江昭，给喻时丢下一句"我现在带她去医务室"，便往医务室跑去。少年高大挺拔的身影显得坚实又可靠。

江昭脑海中嗡嗡作响，只隐约听到周围的嘈杂声，还有一个熟悉的声音——是喻时在喊她。

没过多久，她的耳边不时响起一个男生的声音："昭昭，昭昭，江昭！"

江昭轻轻张开嘴，沈逾青凑过去听，就听到她细微的声音："沈逾青……我……我没事。"

沈逾青几乎快急疯了，听到这句话，他高悬的心才踏实地落在地上："江昭，幸好你还记得我是谁。"

江昭脸色苍白，笑了一下，用力睁开眼睛："我就是……低血糖而已。"

"那也得去医务室，乖乖待着。"

江昭被人抱着，重心不稳，下意识地抬起手攥住了他的衣领，这才发现他穿得很正式。

江昭扯住沈逾青的衣领，轻轻呼出一口气。她微微倾身，闻到衣服上有些甜腻的女式香水味。

这么浓的气味，两个人应该是挨得特别近。

江昭恍惚片刻，立刻撒开了手。胸口处好似压着巨石，令她喘不过气来。

几秒后，她闭了闭眼，脸上重新恢复了疏离的表情，沙哑着嗓子说："沈逾青，你放我下来。"

不管沈逾青怎么劝说，江昭难得态度强硬了一回，宁愿拖着发软的身子慢慢走去医务室，都没有再让他帮忙。

到了医务室，医生做完检查后，叹了口气："你小小年纪，就这么不珍惜自己的身体，发烧了都不知道吗？待会儿在我这儿打了点滴再走。"

啊，原来不止是低血糖，还有低烧。怪不得这几天她时不时地出冷汗，还会头晕。

可是，如果输液的话，又会花不少钱吧……她手头上的钱已经全拿去给江奶奶买药了，甚至还有欠债，不能再乱花钱了。

江昭看着温度计上的刻度，心里越来越苦涩。她垂下眼睛："谢谢医生，但是……不用打点滴了，我出去买一些药吃就好。"

医生忍不住皱眉："你现在虚弱得很，还到处乱跑什么，搞不好又会晕倒……"

江昭抿了下嘴，很明显，她并没有被说服。

僵持间，一只手不由分说地夺过她的检查单。

那人看了一眼检查单："她会打针的，至于费用，我来给她付。"

"不用——"江昭转过头看沈逾青，语气坚决，"我说了，我不需要你帮我！"

丢下这句话后，江昭就转身飞快地走出了医务室。

沈逾青盯着江昭的背影，慢慢蹙起了眉。

江昭一路低头往前走，再抬头时，发现自己在教学楼前方的一条小道上。

或许是因为刚才走得太快,又或许是因为烧还没退,她感觉自己的头又晕了起来,额头上冒着冷汗,脚下一软,差点儿摔到地上。

下一秒,头顶上传来男生咬牙切齿的声音:"江昭,你就不能让人省心一点儿吗?你看看你的身体这么虚弱,还往外跑!"

江昭的情绪突然失控了。她眼圈红红地看着沈逾青,吼了一句:"我还能怎么办?我已经很努力地不给别人添麻烦了!沈逾青,你告诉我,我接下来还能怎么做?!"

沈逾青注意到江昭的情绪有些不对劲,语气平缓了下来:"昭昭,你冷静些,你是不是遇到了什么比较困难的事情?你说出来,我可以帮你。"

江昭往后退了一步,苦涩地摇了摇头,捂着脸哽咽道:"帮不了的,沈逾青。我才十六岁,我有时候在想,我为什么不是二十六岁、三十六岁,这样我就可以做更多的事,有更多的钱……"

沈逾青感觉心脏一阵阵地疼,他嘴角紧抿,上前一步紧紧地盯着满脸泪痕的江昭:"无论是什么,我都可以帮你。江昭,你相信我!"

江昭苦涩地看着他:"什么都可以帮吗?"

没等沈逾青回答,她就朝学校外面走去。

"去哪里?"他跟在她身后问道。

"不是要帮我吗?"她回头勾了下唇,但露出来的笑容却比哭还难看,"最起码得知道,该帮什么吧?"

喻时和陈望找到医务室后,才发现江昭和沈逾青已经离开了这里,问医生他们去了哪里,医生也不清楚,给他们发消息,也是石沉大海。

二人找了一圈,无奈地绕回原地,撑着脑袋坐在台阶上。

喻时郁闷地扭头看向陈望:"你说,你那个坏同桌要把江昭带到哪里去?!"

陈望小声反驳:"沈逾青也不算坏吧?"

"我问的是这个吗？"喻时抬起脚，毫不客气地踢了他一下。

"我也不知道啊！那个医生说，昭昭好像还生气了。"陈望看了一眼手中的水，不由得叹了口气。谁能想到，他不过是去买瓶水的工夫，就出了这档子事。

"肯定是沈逾青把昭昭惹生气的。"喻时泄愤似的揪了揪脚边的几根草。

过了一会儿，她似乎是想起什么，看向旁边的陈望："最近江昭有没有什么地方不对劲？"

陈望啊了一声，下意识地就要说出"没什么"，却在喻时阴森的目光下把话咽了下去。认真思索了十几秒后，他慢慢地说："她好像，比之前更忙了。"

有时候他路过她们班，经常看见江昭不在座位上。

平时上早自习的时候，江昭总是来得最早，晚上也留到最晚一个才走。这段时间却正好相反，她天天卡着点到教室，晚上一下课就走，整个人都瘦了不少。

陈望想起这点，不由得挠了下头，开玩笑说："不知道的，还以为她也进了一班准备联赛呢，哈哈，哎哟——"

喻时一记锁喉，勾住他的脖子使劲往下压，恶狠狠地数落他："你这个笨蛋！这都什么时候了，你还有心情开玩笑！"

陈望连声求饶，喻时才冷哼一声放开了他。

陈望揉了揉自己的脖颈，叹了口气："其实我觉得，昭昭和沈逾青待在一起应该是安全的，沈逾青会照顾好她的。"

喻时刚想反驳，话未出口，她就想到刚才操场上发生的事情，还有那一声不容拒绝的"把她给我"。

喻时忽然噤了声，捏着草叶轻轻拍打地面，最终叹了口气——昭昭，你最近到底是怎么了啊？

江昭拉着沈逾青走进了医院的住院部，沈逾青的眉头越皱越紧。

直到走到一间病房门前，她才看了他一眼，丢下一句"在这里等着"，然后调整好情绪，推开门走了进去。

病房里面的一张床上，躺着的是江昭的奶奶。

老人家头发花白，因为受病痛折磨，脸色变得很差，身上插了不少管子，正躺在病床上昏睡着。江昭进去连着叫了两声，她才慢慢醒来。

江昭给她擦脸，又喂了一些流食。江昭的年纪很小，可是做这些事情很是熟练。

同病房的人看见江昭，忍不住出声打了句招呼："小姑娘又来了啊……"

江昭弯了弯嘴角，对着病友笑了一下，转头和江奶奶低声细语地交谈着。

沈逾青透过玻璃窗看到这种景象，感觉胸口闷闷的，连呼吸也变得重了起来。

这么多天，她都是这样过来的吗？

江奶奶再次睡着后，江昭才长出一口气，轻轻走出病房，而门外不见沈逾青的身影。

江昭怔怔地立在原地，不知道在想什么。很快，她低下头自嘲地笑了笑，转过身却看见了提着水果和燕窝的沈逾青。

她看着他，眸中隐隐透出泪光。

沈逾青弯唇笑了一下，玩世不恭地说："怎么，以为我走了？来医院看人，我总不能两手空空吧。"

他无奈地笑了笑："江昭，我的心没有这么硬。"

江昭好不容易平复好的心绪再生波澜。她仰起头，苦笑了一下："所以呢？你要帮我是吗？"

说完这句话，她就摇了摇头。怎么可能呢？几十万的手术费，她真是疯了，向一个同样是十六岁的人寻求帮助。他又能怎么帮她？

"是。"耳畔忽然传来一道笃定的声音。江昭睫毛一颤,抬起头去看向他。

沈逾青重复了一遍:"江昭,我帮你。"

江昭动了动嘴唇,很想说些什么,可喉咙干涩,怎么也说不出话来。

反而眼泪不受控制地一滴一滴落下来,她连连吸气,手足无措地擦着自己的眼泪,却越擦越多。

看到这一幕,沈逾青往前走了一步:"江昭,这不是施舍,这是交换。这么长时间以来,是你在帮我,这次,就换我来帮你。"

江昭忍不住抽泣一声,压抑了太久的情绪终于宣泄而出。

沈逾青心里清楚,她这么长时间以来都在坚持什么。她有傲骨,可再坚硬的傲骨,都会被生活打磨。

江昭不想拖累别人,可在这一刻,她能抓住的救命稻草只有他。

沈逾青只让江昭好好照顾江奶奶,剩下的事情他来负责。

看着江昭欲言又止的样子,沈逾青用力揉了一下她的脑袋:"放心吧,我的小老师,绝不做犯法的事,行不?"

江昭咬着唇,避开他的视线,小声说:"那些钱,我会一点点还给你的。"

沈逾青散漫地笑了笑,屈起手指敲了敲她白皙的额头:"江老师,既然如此,那现在就开始还吧。"

江昭顿时有些脸红,略显为难地说:"我……我现在没有那么多钱……"

"不。"男生打断了她的话,微微俯下身子,幽深的眸子对上她的眼睛,"从现在开始,你给我补习的每一堂课,都算还债。"

江昭呼吸一窒,怔怔地看向他。

沈逾青弯唇笑了笑,语气中透出几分笃定:"至于每次的补课费,我来定。"

江昭挪开视线，握成拳头的手轻轻松开："好。"

现在的她，没有任何理由拒绝这份好意。

见她答应，沈逾青紧绷的神经终于放松。他把手里的东西送进病房后，偏过头对江昭说："走吧。"

江昭应了一声，下意识地就要往医院外面走。下一秒，她的胳膊被拉住，她也因此停下脚步，疑惑地回头看去。

沈逾青叹了口气，语气有些无奈："所以，这下能不能好好地去打点滴了？"

江昭蹙眉，刚想说她现在还挺好的，就看见面前的男生勾了勾唇，露出肆无忌惮的笑容："我现在是你的债主，所以，你得听我的。"

江昭终究还是没有再拒绝。

回家后，喻时收到了江昭的消息。

江昭说自己有些低烧，现在正在医院打点滴，让喻时和陈望不要太过担心她。

喻时当下就拨了一个视频电话过去，看到江昭明显好转的气色后，她才放下心来。

喻时盯着江昭哀怨地说了一句："昭昭，你吓死我了。"

江昭笑了一下，表情中夹杂着几分歉意。

喻时感慨道："不过看到你现在安全，比什么都好。"

江昭的眼圈红了，明显受到了触动："喻时……对不起，让你和陈望担心了。"

对不起，瞒了你那么多事。

剩下的这些话她并没有和喻时说，她知道，就算把这些事都告诉喻时和陈望，也只会连累他们和她一起干着急，没办法解决问题。

喻时还以为江昭是在说下午的事，当下摆了摆手："没事，你的身体才是最重要的。"

说完这句话，她突然看见江昭的身边伸过来一只骨节分明的手，手上拿着一瓶牛奶。

随后响起一个熟悉的声音："喝点儿热牛奶。"

他看到江昭举着手机，低下身子朝屏幕瞥了一眼，然后就看到了一脸茫然的喻时。

沈逾青？喻时眨了眨眼睛，看到那一张放大的俊脸，下意识地往后退了退，无端地有些心虚。

沈逾青扯着唇，不冷不热地对她笑了一下："哟，这不是我传说中的妹妹，沈更红吗？"

不愧是有很多朋友的人，消息传播得就是快。

喻时干笑几声，飞快地跟江昭告别："昭昭，你先好好休息，我去写作业，先挂了。"

江昭听陈望说过，喻时好像借着沈逾青的名号干了一些事情，忍不住说："你……别怪喻时，她也是为了帮助别人……"

沈逾青看她紧张的样子，说："你把这瓶牛奶乖乖地喝完，我就不计较喻时的那件事情了。"

江昭连忙拧开瓶盖，一边喝，一边看向沈逾青。

沈逾青看她这副样子，很是服气地说："江昭，你迟早得败在你这个老好人的性子上。"说完，他又想到什么，"况且那丫头有人护着呢，我可不敢动她一根手指头。"

喻时挂断电话后，一边咬着笔，一边盯着桌子上摊开的纸，上面只有寥寥几句话。

喻时的脸皱成一团，最后她烦躁地把纸揉成一个纸团，扔进了旁边的垃圾桶。

这份检讨她实在不会写啊！

喻时抓着头发，想要找人求助。

周聿也应该知道怎么写吧？喻时眼前一亮，连忙打字。

摘月亮的兔子：**写完检讨了吗？**

周聿也回：**没有。**

过了几秒，他又发过来一条消息：**你觉得你错了吗？**

盯着那几个字，喻时沉思了几分钟，最后慎重地打出了几个字：**说实话，我觉得我没错。**

周聿也回：**既然没错，那写什么检讨？**

简单明了的一句话，虽然只有几个字，却内含深意。

喻时摩挲着下巴思考了几秒，终于有所领悟，潇洒地把稿纸往旁边一推。

对啊，只有犯了错的人才需要写检讨，可是她又没有做错什么。她那是正义的行为，可以说是路见不平、拔刀相助。

有这个纠结的时间，还不如多刷几道题呢。

周一，升旗仪式即将结束，后面的三个人站在一起，面面相觑。

陈叙看着手上空空如也的两个人，目光中透出几分疑惑，问："你们没有写检讨书吗？"

回答他的是一片沉默。

周聿也倚靠在墙上打了个哈欠，一副没睡醒的倦怠模样："没有。"

陈叙又偏头看向喻时。喻时摊开空空的两手，无辜地看向他。

陈叙长叹一声，把自己的检讨书拿了出来，准备给喻时应急："喻时，待会儿上去，你就拿着我写好的念吧。"

喻时没有接过去，反而朝陈叙露出一抹笑容："放心吧，我已经有腹稿了，绝对没问题。"

腹稿？陈叙疑惑地看向正跃跃欲试的喻时，突然有种不好的预感。

喻时转过头，对周聿也严肃地说："我觉得，你前几天说得很有道理。"

前几天？前几天自己说什么了？周聿也皱了下眉，努力地回想着，这才想起他好像问过她，觉得自己有没有错。他微微挑了下眉，还没问喻时打算干什么，就听见升旗台上的老师叫喻时上去。

喻时清了清嗓子，丢下一句"等我好消息"就上了主席台。

陈叙越发狐疑。怎么做检讨还……还高兴上了呢？

教导主任正痛惜地阐述着喻时的"罪行"，惋惜地说萃仁的优秀学子居然还能做出这种事情，实在是有损萃仁一直以来优良的学风……

陈望是个大嘴巴，逢人就说喻时的壮举，因此台下不少学生，尤其是高二年级的学生，早已听说了喻时的辉煌事迹。此刻看到喻时上来，台下顿时躁动起来。

教导主任把话筒递给喻时，喻时试了一下音，场下的声音这才低了一些。

说实话，在上场之前，喻时还有点儿紧张。但她站在这里后，看着下方那些黑压压的人群，想到自己要说的话，底气忽然足了，说话也有力了很多。

她目视前方，开始说道："想必大家都知道，前天我做了一些不好的事情。因为心中不服，我把一位高一的同学堵在巷子里……"她充分吊起大家的胃口，然后痛定思痛地说，"然后强迫他写数学作业。这是我的不对，我在此做出深刻的检讨。"

台下的同学没忍住，笑了出来。

第一次见到这种情况，把人堵在巷子里，却是让人家认真写作业的。这种奇葩的事情，也只有喻时能干得出来。

接下来喻时又说了一些客套话，态度诚恳，没出什么岔子。

陈叙在后台听着，慢慢松了口气。周聿也则双手抱胸，玩味地看着她。

喻时说完最后一句话，长出一口气。正当众人以为她要放下话筒的时候，她突然话锋一转："刚才那些，是老师和领导想听到的，可接下来的这些话，才是我想告诉你们的。

"说实话，我觉得自己没做错。我认为，在我们这个做什么都有使不完的劲儿的年龄，大家不如活得更自在一些，想干什么就干什么，想说什么就说什么，没有谁可以定义任何一个人。"

这些话说完，威力不亚于炸弹，直接将全场低迷的气氛调动起来。大家不约而同地开始鼓掌。

"说得对！！！"

"太厉害了！"

…………

听见喻时一句句金句往外冒，陈叙完全沉默了。他是真没想到，喻时憋了那么久，直接整了个最大的。

周聿也乐不可支，嘴角使劲上扬着。

陈叙有些头疼地揉了揉眉心，有些无奈地问："是你教坏她的？"

这样随心所欲、不管不顾的作风，很像周聿也。

没承想，周聿也还真捏着下巴沉思了一会儿，然后微微挑眉："或许是在我身边坐久了，她耳濡目染？况且你不觉得，她讲得挺好吗？"

真是疯了，应该是近墨者黑吧。

陈叙闭了闭眼睛，叹了一口气，思考着待会儿怎么跟任秀华还有教导主任求情。

同学们的笑声和起哄声混成一片，气得教导主任回到台上，夺过喻时手里的话筒，着急地把学生疏散回教室。他恶狠狠地瞪了一眼喻时，丢下一句："跟我来！"

喻时跟着主任往办公室走，路上看到了正往外走的周聿也，当下露出可怜巴巴的模样，委屈地说："我又被教导主任提到办公室了。"

周聿也嘴角带笑地瞥她一眼，语气散漫："是吗？那正好让主任长长记性，看下次还敢不敢让你站在那里讲话。"

喻时："……"

等到了办公室,教导主任气愤不已:"你说说你,不好好反省就算了,还在大庭广众下说那些话,真是胆大妄为……"

任秀华听说这件事,连忙赶过来给喻时求情。

又过了一会儿,门口处传来轻轻的叩门声。

喻时偏头看去,不由得微微一愣,是周聿也。他站在门口:"报告,我有事要说。"

教导主任皱了一下眉,让喻时在门口等一下。

喻时哦了一声,耷拉着脑袋无精打采地朝门口走,中间正好和周聿也擦肩而过,忽然听到他说:"没事的。"

她一愣,下意识地转过头去,却只能看到少年的背影。

喻时安静地站在门口,因为门被关上,她不清楚里面几个人说了些什么。

门开后,教导主任脸上的表情肉眼可见地平和了很多:"只此一次,下不为例。"

教导主任之前那么生气,喻时总觉得自己要被叫家长,然后送回家反省。但不知道发生了什么,教导主任竟然只说了句"下不为例"。

这时,喻时忽然想到自己听到的那句话。难道,是因为周聿也为她求情了?

喻时疑惑地看向不远处站着的周聿也,下一刻就见到对方挑了挑眉。

她立刻鼓了鼓腮帮,故作自然地收回目光,下意识地摸了摸鼻头,心想,他还挺好的。

第五章
勇敢的"功勋"

转眼间,时间来到了十月底。

随着季节的变换,天气转凉。街道两旁翠绿的树叶逐渐变得橙红,风一吹,树叶哗啦哗啦全掉在地上。

喻时无精打采地坐在座位上,托着下巴看着窗外的萧瑟秋景,长叹一口气:"风萧萧兮易水寒……"

一道不耐烦的男声插进来:"喻时,你吃药了没?"

话音刚落,喻时就打了一个响亮的喷嚏。她按着呼吸不畅的鼻子,将纸巾扔进了不远处的垃圾桶。里面半桶卫生纸,都是她的战斗成果。

周聿也蹙着眉头,从外面帮她打完热水回来之后,顺势碰了碰她的额头,还是有些烫。

喻时仰起脑袋,可怜巴巴地看向周聿也,难受地说:"周聿也,我好冷。"

周聿也想都没想,准备把自己身上的衣服脱下来给她。

后桌的同学实在是看不下去,提醒:"哎,不需要再披衣服了吧,你看你,都快把她裹成粽子了……"

周聿也低头一看,这才注意到喻时身上不仅有她自己的衣服,还有他拿来的厚外套,还有他借来的一张小毯子。

喻时裹得像个圆滚滚的球,只有脑袋露在外面,不停地吸着自己的鼻子,那双乌黑润泽的眼睛盯着他,乍一看还挺天真懵懂的。

周聿也克制住了想要揉她脑袋的冲动,无奈地问:"到底好好吃药了没?"

喻时臊眉耷眼地回了句:"吃了。"

周聿也扯唇一笑,瞥了一眼她握成拳往毯子里缩的手,冷冷地说:"把手摊开。"

喻时一怔,慢慢地把手伸出来,摊开手掌,两颗药片躺在她白白净净的手心里。

周聿也问:"这就是你口中的吃了?"

喻时有些心虚:"这个药实在太苦了……"

他听着她狡辩,把手伸进自己的兜里。下一秒,一颗圆圆的糖出现在她的面前。

喻时眼睛一亮,下意识地伸手去拿,结果被他的手反握住。她抬头去看他,就见他微微抿着唇,抬了抬下巴:"你不是说苦吗,先把药吃了,再吃糖。"

喻时瞬间萎靡下去,她无精打采地应了一声,皱着小脸把药塞进嘴里,连口气都不敢换,拿起水杯喝了一大口水。

随后,她紧皱眉头,拽住了周聿也的胳膊,虚弱地说:"糖,我的糖……"

"张嘴。"少年冷淡的声音传来。

喻时乖乖地张开嘴巴,下一刻,发凉的指尖掠过她的唇瓣,糖块被他不算温柔地塞进了她的嘴里。

喻时含糊地说了一声:"谢谢!"

片刻后,周聿也敛下清俊的眉眼,收回手,摩挲了两下指尖。

十一月下旬,NMO 的冬令营即将开始,任秀华想听听周聿也接下来的学习安排,放学后把周聿也叫去了办公室。

不知道他们什么时候结束谈话,喻时决定这天不等他了,自己先回去。

因为感冒,喻时没有选择骑自行车,而是坐公交回了柳南巷。

一路上,喻时头脑昏昏沉沉的,不停地点头打瞌睡,差点儿坐过了站。她着急地从车上下来,长舒一口气,朝着小区门口走去。

刚进小区,她就碰到了经常和周爷爷下棋的那位徐大爷,也是住在她家楼上的邻居。

看见喻时,徐大爷走过来,笑眯眯地打了声招呼:"喻时,放学回来了?"

喻时闷声应了一下。

听见喻时的鼻音,徐大爷立刻问她是不是感冒了。

喻时不好意思地笑了笑,说是风寒导致的。在大爷的叮嘱下,她礼貌地告别,拉着书包带准备上楼。

就在这时,她的裤脚忽然被什么东西拽了一下。

她扭头看去,才发现是正朝着她不停地摇尾巴的功勋。它的脖子上套了根绳,绳尾在地上甩来甩去。

喻时顿时弯了眼睛,戴上口罩,蹲下身子摸了摸它的头:"功勋,你怎么跑出来啦?周爷爷呢?"

功勋用温热的舌头舔了几下喻时的手背,朝着小卖部的方向叫了几声。

应该是周爷爷遛狗遛到一半,途中有人去小卖部买东西,周爷爷回去给人结账,没顾得上功勋,功勋看见她便跑了过来。

"好啦,功勋,我要回家了,你回去吧,不然周爷爷一会儿看不见你该着急了。"喻时拍了拍功勋的脑袋，起身准备进楼。结果她刚迈出一步，功勋又叼住她的裤脚往外扯着，好像要带她去什么地方。

喻时皱了下眉，感觉功勋有点儿反常，便弯下腰拉起狗绳。

功勋顿时亢奋起来，蹬起前腿在空中扑腾了几下，转头带着她朝一个方向跑去。

精力充沛的功勋走得飞快，喻时拖着沉重的身体，喘着气小步追赶它。

到了一个比较偏僻的墙角，功勋总算停了下来，喻时也得到了片刻机会喘息。

功勋前腿一屈，在地上坐了下来，仰着头对着她叫了两声。

喻时这才打起精神察看周围的环境。这里是一片老房子，长时间没有人住，早已破败不堪，部分墙面坍塌，墙砖散乱地掉落在地上，缝隙间长出几根发黄的杂草。

喻时皱起眉头，刚想问功勋带她来这个地方干什么，突然听到了什么声音，愣住了。

墙砖的缝隙里，似乎有微弱的叫声，若不仔细听，很容易被忽略。

喻时屏住呼吸，打开了手电筒，循着声音的源头找过去。

绕过墙砖角落，她看到一个瘦小的身影蜷缩在阴影里。居然是上次那只小橘猫。

喻时刚想轻轻地叫它一声，灯光突然一晃，照亮了橘猫的全身。

她猛地一僵。那只小橘猫的尾巴消失了，断尾处血肉模糊，毛发黏连，浑身的血污令人触目惊心。因为害怕和疼痛，它的身子还在不停地抖动。

喻时的胸口剧烈地起伏着，脸上是难以置信的神情。因为生病，她的头脑昏昏沉沉的，可见此情形，她还是毫不犹豫地脱下了自己的外套，低声呼唤着那只小猫。

那只小橘猫不像之前那么亲人，畏畏缩缩地蜷在角落里。喻时唤了它好久，最后终于把它唤了出来，动作轻柔地把它包裹在衣服里。

功勋呜咽了一声，两条长腿往前一搭，目不转睛地盯着那只小猫。

喻时猜测，功勋应该也很担心这只小橘猫，便忍不住抬手摸了摸它的头："放心吧，功勋，它会没事的。"

喻时让功勋回去找周爷爷，自己抱着受伤的小橘猫跑到巷口，拦了一辆出租车，准备去最近的宠物医院。

和任秀华谈完，周聿也走出学校，骑着车子回到了柳南巷，刚回来就碰到了独自跑回来的功勋。

他皱起眉头，走过去拽了一下它的狗绳，严肃地说："怎么没有人牵就到处乱跑？"

功勋低伏在地上，冲他叫了一声，看上去颇有些不服气。

周聿也冷淡地说："怎么，觉得自己是警犬出身，就可以随便乱跑了？要是被人当成无主犬，你就要被抓走了，知道吗？"

听到这话，功勋呜咽一声，尾巴都耷拉了下来。

周爷爷从小卖部走出来，解释道："哎，你可别说它了，刚才我忙着结账，没有把功勋系牢。"

周聿也淡淡地看了一眼功勋，然后想起什么，抬起头去看二楼的窗户。

不知道喻时回去了没有？

他低下头，问功勋："见到她没有？"

这个她没有明说，但一人一狗都清楚，指的是喻时。

功勋立刻亢奋地叫了一声，脚在地上乱抓，不知道在激动什么。

周聿也没把希望寄托在功勋身上，估算了一下时间，猜她应该是回来了。

喻时还发着烧，估计回来这一路都不好受，也不知道她有没有事，万一因为头晕踩到空井盖，一头栽进下水道里……越想越离谱，周聿

207

也觉得焦躁不已，干脆掏出手机给那个小没良心的发了条消息。

此刻的喻时正在宠物医院匆忙地将小猫交给医生，根本没有注意到手机在振动。

周聿也耐心地等了十几分钟，发现手机毫无动静，不淡定地往二楼的窗户看了一眼。他弯下腰捡了几个小石子，瞄准窗户旁边的白泥墙，往上扔了几颗石头。小石子碰在墙上，反弹到窗棱上，发出不小的声音。

如果喻时在家，她一定能听见，然后像之前那样骂骂咧咧地打开窗户，冲他喊上几声。

可现在那扇窗户是暗的，屋里没人。

周聿也收回了目光，一边面无表情地往巷子外走，一边给喻时打电话。打不通她的电话，他就给别人打。

喻时看着医生把小猫送进手术室，头越发昏沉，额头上也渗出了一层虚汗。

她长出一口气，撑着墙慢慢坐在休息椅上，准备拿出手机看一眼时间，这才发现上面显示着十几个未接来电。

有陈望的，还有江昭，但打来次数最多的人，是周聿也。

喻时还没弄清楚发生了什么，手机再次振动了起来，来电人是周聿也。

电话刚一接通，少年暴躁的声音就透过话筒传到她的耳朵里："喻时，你去哪里了？！你知不知道我就差去下水道找你了？！"

喻时吓了一跳，有些蒙地眨了眨眼睛。她忽然想到之前的那些未接来电，惊讶地说："你还给陈望、江昭他们打电话了？"

周聿也的语气充满了威胁："你说呢？"

喻时："……"

好吧，是她的错。她只顾着把受了伤的小橘猫赶紧送到医院，那么久都没回去，应该知会一下朋友的。

喻时刚打算解释，医生就从手术室里出来和她说："那只猫伤得很严重。"

喻时皱起眉头，刚想说些什么，周聿也似乎是听见了什么，咬牙切齿地问："伤得很重？"他的声音像绷紧了的发条，透过话筒触碰她的耳郭。

下一秒，他压抑的声音再次响起："你究竟在哪里？"

完了完了，这下误会大了！喻时握紧手机，连忙回："不是，我没受伤，我在医院。"

电话那头一片寂静，只有越发沉重的呼吸声。

喻时顿了一下，后知后觉地发现自己说的话有歧义："我真的没受伤，我在离柳南巷最近的宠物医院。"

她刚说完，电话就被挂断了。

喻时顾不上回拨电话，抬起头紧张地询问："医生，那只小猫的情况怎么样？"

宠物医生严肃地把大致情况讲给她听："你送过来的那只猫被断了尾，伤口没有及时处理，周围的组织感染了。考虑到它现在的身体状况很不好，需要留在这里再观察一段时间。"

"怎么会……"喻时有些难以置信。

虽然是流浪猫，但她之前每次看到它，它都是活蹦乱跳的。徐大爷搬过来之后，还会时不时地投喂这些流浪猫，按理说，小猫根本不会受到这么严重的伤。是出了意外吗？还是……

喻时想到什么，眸子猛地睁大。

可是，这附近都是老小区，里面住的不是老人就是陪读家庭，她从来没有见过这样的事发生。

喻时脸色煞白，手脚冰凉，直到一个熟悉的声音倏地在她身后响起："喻时。"

喻时回神，连忙转过身。

209

门口,少年气喘吁吁地扶着门,身上还穿着校服,显然还没有来得及换下。他的领口被汗浸湿,短发的发梢也变得湿漉漉的。

周聿也扫了她全身一眼,确认她安然无恙后,终于长舒一口气。

喻时半天没反应过来,看着他走过来,吃惊得舌头都要捋不直了:"我……我好像没告诉你我在哪家医院……"

周聿也调整好呼吸,淡淡地瞥她一眼:"不是离柳南巷最近的一家?我之前带功勋来过这里。"

喻时闷闷地哦了一声。因为生病,她现在完全提不起精神来。

周聿也磨了磨牙,有些服气地看着一脸病色的喻时。他正准备开口好好问问她生病了还瞎跑什么,结果还没来得及开口,她忽然低垂着脑袋往前走了一步。

下一秒,喻时温软的声音响起,带着难以言喻的疲惫:"周聿也,我好累啊……"

看到他之后,喻时仿佛一下找到了主心骨,整个人都放松了下来。

喻时晃悠悠地摇了下脑袋:"我的头好晕……"

周聿也见她的脸上带着不自然的红晕,伸手摸了摸她的额头,似乎确实比白天在学校里更烫些。

他被她磨得没脾气了,抬起手轻拍了下她的脑袋,自己转过去,微微俯下身子,把宽阔的脊背对着她:"上来。"

喻时意外地眨了下眼睛,指了指自己,试探性地问:"你……要背我?"

周聿也拧着眉不耐烦地应了一声,不断催促喻时赶紧上来。

还在犯迷糊的喻时乐了,整个人都精神了不少,丢下一句:"再稍等一下。"

她跑回去和医生说话,安排好小猫的后续治疗,预付了治疗费用,这才跑回来,张开手臂往少年宽阔的脊背上一跳,顺其自然地勾住他的脖颈。

因为惯性，周聿也差点儿被喻时锁了喉，跟跄几步才站稳，还不忘勾住喻时的腿弯。

喻时看他这样，有些心虚地小声说："好像跳得太猛了……"

周聿也淡淡地睨她一眼："我迟早被你折腾死。"

喻时趴在他的肩膀处，立刻开始卖惨，闭着眼睛哼唧："周聿也，我好难受啊……"

周聿也冷哼一声，但却把她的腿往上提了提："抱牢点儿，不然掉下去屁股摔成四瓣别怨我。"

下一秒，女生纤长的胳膊配合地揽紧他的脖颈。

周聿也一顿，嘴角控制不住地勾了勾。

夜幕降临，凉风把地上的落叶卷走，昏黄的路灯下拉出了长长的背影。

有一说一，周聿也的背还挺温暖的，喻时靠在上面，感觉安全感十足。而且她的外套拿去裹小猫了，所以在回家的路上，她一直穿着周聿也的校服外套。

到了单元楼门口，他才放她下来，让她赶紧回去休息。

喻时重重点头，在上楼前似乎想到了什么，又折返回去跑到他跟前，问："周聿也，你是不是第一次背女生啊？"

周聿也一顿，不着痕迹地挪开视线，语气生硬："说这些干什么？"

喻时看他这副样子就知道自己没猜错，忍不住咧嘴笑了起来。

"所以，你背的第一个女生就是我喽？"她仰着脸，亮闪闪的眼睛盯着他看。

周聿也看到她脸上的笑容，不由得一怔，随后放松了紧绷的身体，玩味地看着她："知道只有你一个，你好像很高兴？"

喻时的笑容顿时收了收，她挠了挠鬓角，别扭地小声嘟囔："也……也没有很高兴吧……"

她撂下一句"反正又不关我的事"，就跑回家了。

211

周聿也盯着她的背影，轻笑出声："笨死了。"

看着二楼的窗户里亮起灯光，他才朝着小卖部门口走去。途中，似乎是想到什么，他眸中的笑意慢慢敛去，眼神变得冰冷。

回来的路上，喻时把宠物医生说的事情转述了一遍。

周聿也走到门口，功勋正朝他疯狂地摇尾巴。它被狗绳系在了门口，所以不能飞奔过来。

周聿也盯着它看，想到这件事，身边的气压立刻降低了不少。

屋内，穿着睡衣的喻时额头上盖着一个白毛巾，正小脸红红的躺在床上。

经过昨天那一番折腾，她不幸地发起了高烧，所以唐慧给她请了两天假。这会儿唐慧出去上班了，家里就她一个人。

此刻，陈望的声音从枕头旁边的电话里传出来："所以，你昨天没有回家，是去见义勇为了？"

喻时应了一声，咬牙切齿地怒骂："要是让我知道那个人是谁，我非得好好教训他一顿！"

"得了，你先照顾好自己吧。我是溜到厕所给你打电话的，先挂了。等放了学，我和江昭去你家看你。"

二人匆匆聊了两句，就把电话挂断了。

喻时从床上爬起来，准备再测一遍自己的体温。

一阵翻箱倒柜的寻找后，喻时终于想起，体温计好像放在靠窗的书桌柜子里，便走过去拉开了第二层抽屉，果然在里面看到了温度计。

她拿出来，习惯性地甩一下，一抬眼就看到窗外的情景。

这天天气很好，不少流浪猫和流浪狗就躺在小区附近的草坪上翻着肚皮，舒服地晒着太阳。

喻时看到了一个熟人，是徐大爷。他步履蹒跚地从单元楼走了出去，手里提着一个黑色的袋子。他一出去，一些被他喂过的流浪猫、流浪狗就欢快地跑了过来，围在他周围。

徐大爷蹲下来，笑着跟它们打招呼，从袋子里拿出吃的，一会儿摸摸这只小猫的头，一会儿又给另一只猫喂鱼罐头。

看到这里，喻时心里一软，弯唇笑了笑。

徐大爷可真好，自从他来了，小区里的流浪猫、流浪狗都被他喂得肥了一圈。

喻时转过身准备回床上继续躺着。刚往回迈了一步，她的脑海中突然闪过什么，身体一僵。

她突然想到，救治小橘猫的医生说那些虐待流浪猫、流浪狗的人，会用吃食或玩具让它们放松警惕。徐大爷一直喂这些小动物们，它们对他早已没有了防备心。如果徐大爷想要对它们做些什么的话，是轻而易举的。并且，这个小区之前没有发生过这样的恶性事件，医生救治那些受到虐待的动物的时间就是这一年的下半年，而徐大爷就是下半年搬到柳南巷的！

这一片都是老旧小区，很少有新住户搬进来，下半年搬过来的就那几户，稍微一打听，就能打听到是谁。徐大爷就是其中一位。他还是独居老人，在家中干些什么根本没有人知道。

而且，她发现小橘猫那天，刚遇见过他。

喻时越想越觉得巧合，有些不知所措地用手撑住了桌子。她不敢想，平日里瞧着和善的徐大爷如果真的是……

她又理性地分析了一下，觉得不能就这样直接确定虐猫的人是徐大爷，万一是巧合呢？

况且，凭喻时这段时间对徐大爷的了解，她觉得，徐大爷应该不会做出这种事。

可是怀疑的种子一旦种下，不会那么轻易被拔除。

想到这里，喻时快步走到床边，拿起手机，准备把这些猜测告诉其他人。等她反应过来后，就看到自己第一个拨出去的，赫然是周聿也的电话号码。

喻时一怔,忘记挂掉电话,直到电话那头传来一个散漫的声音:"喂。"

喻时脱口而出:"你不是在上课吗?"

电话那头安静了几秒,随后周聿也的声音传了过来:"下课了,怎么了?"

喻时抿了下嘴唇,稳了稳心神,沉声说:"关于昨天宠物医院的那件事,我有一些话想对你说。"

周聿也诧异道:"现在?"

喻时看了一眼时间,思索片刻,说:"不用,等晚上吧。"

晚上八点。

周聿也靠在墙上,无语地看着喻时:"不是有话对我说吗?那这三个人来干什么?"

关键是,为什么都来到他的房间?

喻时正戴着鸭舌帽和口罩坐在小板凳上。闻言,她可怜巴巴地朝他露出一抹笑容:"我的房间太小了,装不下这么多人。而且,这么多人进入我家,实在是太显眼了。"

徐大爷就住在她家楼上,万一被他注意到,会打草惊蛇的。

但周聿也家就不一样了,周爷爷开着小卖部,平日里人来人往,不会有人怀疑的。

周聿也看着双手合十朝他拜了又拜的喻时,终究还是妥协地闭了闭眼睛,丢下一句:"别把我的房间弄乱。"

喻时的嘴角上扬,又朝他俏皮地敬了个礼。

旁边的江昭忍不住笑了,悄悄地给喻时比了个大拇指。

陈望是第一次来周聿也家,好奇地扫视了一圈他的房间,忍不住发出赞叹声:"真不愧是周聿也的房间,每个物件都摆放得这么整齐,就是颜色有些单调，全是灰色的。"

说完，他还要拿胳膊肘推推旁边的陈叙，寻求认可："你说是不，哥？"

陈叙推了推眼镜，瞥了一眼正臭着脸倚靠在墙边的周聿也，没搭理陈望的话，而是转过头来，温和地对喻时说："喻时，你的烧退了没？"

喻时对陈叙笑了一下："放心吧，班长，已经退烧了。我就是小感冒，没那么严重的……"

她的耳边忽然传来一个不屑的声音："也不知道是谁昨天趴在我的肩上哼哼唧唧地说头晕眼花……"

喻时瞪了他一眼："你别胡说。"

周聿也懒洋洋地瞥她一眼。

陈望将他们的互动尽收眼底，忍不住摸了摸下巴，露出几分思索的神情。他总感觉哪里好像有些不太对劲……

江昭拉过喻时的手，问："喻时，你把我们叫到这里，是有什么重要的事情要说吗？"

听到这句话，喻时忍不住站起来，正色道："我觉得，我好像找到那个虐待流浪猫、流浪狗的罪魁祸首了。"

"什么？！"几人齐齐地开口。

陈望想都没想，直接说："那还等什么，直接把他送派出所去！"

这天陈望给喻时打电话的时候，喻时就把昨天宠物医院发生的事情对他讲了一遍。

喻时皱了下眉："不行，我还只是猜测，没有确凿的证据。"说到这里，她托着下巴，发愁地叹了一口气，"可是我又觉得，他应该不会做出这种事……不过，这些都是我的猜测。"

"是住在你楼上的那个徐大爷吗？"这时候，角落里的周聿也倏地出声，然后提着椅子走到她跟前坐下，两条修长的腿大刺刺地伸着。

喻时奇怪地看他一眼："你怎么知道？"

周聿也:"巧合。"

喻时叹了一口气:"是啊,巧合太多了。"

可是,世上最不缺的就是巧合。

如果只凭猜测就认定是徐大爷做出这种事情,直接跑过去和他对质,可能会对双方都造成无法挽回的伤害。但她又不能放任这种恶劣的事情继续发生。既然知道了,她就不能再袖手旁观。

可贸然过去问,很容易打草惊蛇,更何况他们还没有什么证据。

众人陷入了沉思,显然都不知道具体该怎么处理。

过了一会儿,陈望眼睛一亮,拍了一下手掌:"既然不确定,那我们就去找线索呗!"

旁边的三个人不约而同地朝他看过来。

陈望:"人多力量大!那个徐大爷只有一个人,可我们足足有五个人。要是真有鬼,我就不信我们每天跟着他,他还能不露出马脚?到时候抓他个现行,让他有嘴难辩!"

江昭与喻时对视一眼,有些担心地说:"这样会不会有风险啊?"

陈望率先挺起胸脯,一脸正气地看向江昭和喻时:"没事的,别怕,我会保护你们的!"

话音刚落下,陈叙和周聿也不约而同地看向他。

陈望一顿,随后咧开嘴巴,及时补充:"当然了,哥,还有周聿也,我也会保护你们的!"

他想起什么,掏出手机,一边给沈逾青发消息,一边说:"还有我同桌,他这么大的武力值可不能浪费了。"

江昭自然知道陈望说的是谁,不由得轻轻抿了抿唇,搭在腿上的手往回缩了缩。

喻时摸着下巴,认真地考虑了一下陈望的建议。

想到这里,她也不再拖延,直接说:"行,那就这么办。一个人的精力有限,我们每天换着班来,想尽一切办法,在确保不会被徐大爷发现的前提下跟紧他,搞清楚他到底是不是虐待动物的罪魁祸首,然后我们……"

喻时下意识地想把集合的地点定在那个秘密地点,可现在毕竟天冷了,那里也不太合适,需要一个温馨舒适的地方。

她一抬眼,看到头顶上明亮的灯光,顿了顿,随后脸上露出笑意:"然后我们在这里会合,说一下每天的进度。"

说完,她怕周聿也不同意,转过头冲周聿也悄悄地使眼色,拉长语调:"你觉得可不可以啊,同桌……"

周聿也瞥她一眼,没吭声。这就相当于默认了。

喻时眼里的笑意顿时越来越浓,她在心中感慨,周聿也果然是个面冷心热的人。

这时,陈望举起手机,提高音调:"沈逾青也同意了,说听我们的安排。"

就这样,他们在这个平凡的夜晚,敲定了接下来的行动。陈望还专门为这次行动取了个特别的名字——六人无敌战队。

结果这个名字遭到了其他几个人的一致鄙夷。

"幼稚——"

"好中二啊……"

"陈望,你有这个心就好了……"

…………

喻时比较清楚徐大爷的行程表,他大概早上七点钟出门,去附近的集市上买菜;中午回来的路上,他会给一些流浪猫、流浪狗们喂食;下午,要是闲着没事,他会去和周爷爷下会儿棋;到了晚上,他就回到家里待着。

喻时他们除了负责盯着徐大爷的行踪,也要了解那些他喂完食的小动物们的去向。

几个人分工明确,而且正逢周末,大家可以把充足的时间花在调查上。

徐大爷隐约感觉这几天喻时和他打招呼打得很勤快。好比这天刚出来，他就碰上了笑盈盈的喻时。

徐大爷笑眯眯地说："喻时，你的感冒好点儿没啊？"

喻时："好多了，再过两天，估计就好了。"

说完，她看向徐大爷手上提着的黑色塑料袋，疑惑地问："徐大爷，你手里拿的是什么啊？"

徐大爷嗐了一声："就是一些垃圾，我准备拿去扔了来着。"

喻时长长地哦了一声，状似无心地问："徐大爷，你这几天有没有看见那只小橘猫啊？这几天好像都不见它出来活动。"

说完，她暗暗观察起徐大爷的神情。

徐大爷完全没有听出来喻时口中的试探之意，也跟着叹了口气："是啊，这两天都没看见它。这只猫很听话，希望它不要出什么事才好。"

两个人又闲聊了几句才分开，直到徐大爷的身影消失在视线里，喻时才走进了周爷爷的小卖部里。

屋里面几个人都在，看见喻时进来，陈望率先激动地问："怎么样？"

喻时摊了一下手："没有什么反常的地方。"

几个人一时有些摸不着头脑。

"会不会我们猜错了？还是说徐大爷是故意伪装的？"江昭若有所思地说出几种可能性，随后抬起头看向周围的几个人，"要不我们扩大搜索范围？把那些流浪猫、流浪狗经常接触的人都列出来，逐一排查？"

喻时想了一下，觉得有道理："我觉得这样可以。现在看来，虐猫的人是不是徐大爷还有待商榷，也不能排除其他可能。"

"这个徐大爷没有子女吗？这么长时间没有人来看他吗？"陈叙想

到什么，忍不住出声问道。

听到这句话，喻时不由得一愣，仔细一想，好像还真是。自从他搬来之后，自己好像还真没见过徐大爷有什么亲戚。

他一直独来独往。按理说，他这个年纪，应该不会是孤家寡人吧？

喻时有些怀疑地皱了皱眉。

回到家，她在餐桌边问唐慧："妈，我们楼上的徐大爷一直都是一个人吗？"

唐慧抬起头看了她一眼："怎么突然说这个？"

喻时啊了一声，随口找了个理由："我这几天经常见到徐大爷，感觉他人挺好的，就想起来，这么长时间也没有人来看过他……"

唐慧沉默了两三秒，叮嘱她："以后碰见徐大爷，你别随口提这些，尤其是他的家人。"

喻时反而更加好奇了，问："为什么？是发生了什么事吗？"

唐慧放下筷子，想了一下，慢慢说："徐大爷没搬来之前和外孙女住在一起。他的女儿早年和女婿离婚，孩子判给了女婿。但是这些年，女婿一直在外地打工，所以外孙女就交给徐大爷抚养了。"

唐慧看着喻时，惋惜道："算算年龄，那个女孩儿现在应该和你一样大了。"

喻时疑惑地眨了眨眼睛。既然是从小养到身边的，那现在怎么不见她的身影……

知道她在疑惑什么，唐慧深深地叹了口气："那个女孩儿，去世了。"

怎么会……喻时的瞳孔猛地睁大，刚刚夹起的菜也掉进了碗里。

还没等她缓过劲儿来，唐慧又继续说："徐大爷的外孙女因为车祸去世了。听说，前几年他带外孙女去买菜，菜市场里人多，他便让外孙女在路口等着。路中央突然跑出来一只小猫，他的外孙女趁着没车跑到了马路中央，想把那只猫抱回来。这时候，突然有车开过来，司机没有及时踩住刹车，所以……"悲剧就这样发生了。

为了一只猫，搭上了一条人命。喻时一时没想通，这样到底值不值得。

唐慧说，大概就是因为这事，徐大爷的女儿认为他没有照顾好外孙女，父女俩因此生了嫌隙，所以这几年才对他这个老人家不管不顾。

其实就连徐大爷也觉得发生车祸是自己的责任，亲人离心，他越发孤僻起来，甚至搬离了原来住的地方，来到人生地不熟的柳南巷。

柳南巷的老住户大多在这里住了大半辈子，邻里之间都认识，忽然搬来一个不认识的人，他们总要打听打听。徐大爷没有特意遮掩这件事，邻居们相互打听到以后，也从来不和他说这件事，生怕惹他伤心。

喻时这天突然一问，唐慧觉得应该和她说一声，不然，她说错话就难以补救了。

这两年，徐大爷应该是心宽了不少，搬来之后和周围的邻居相处得挺好。

屋内，几个人围坐在一起。听喻时说完徐大爷外孙女的事情后，大家都沉默了。

连一贯跳脱的陈望此刻也安分地坐在椅子上，神情沉重。

"我不知道，原来徐大爷还有这么伤心难过的往事。"喻时撑着脑袋，声音里充满了郁闷和自责。

徐大爷经历了这么难过的事情，她居然还去怀疑他，她真的是……

陈望安慰她："喻时，没关系的，毕竟谁都想不到事情会是这样的……"可他说到后面，音调也越来越低，明显情绪也变得低沉了。

此刻，一个声音响起："就算这样，也不能减少他的嫌疑，不是吗？"

坐在电脑桌前的少年忽然把椅子转了过来，神情中有几分冷漠。

周聿也这天穿了一件黑色休闲卫衣，下面是一条宽松的灰色长裤。

他应该是受不了这个氛围，不耐烦地把耳朵上挂着的头戴式耳机拉到脖子上，懒洋洋地靠在椅背上："相反，他的故事越悲惨，越会加重他的嫌疑，不是吗？"

喻时有些惊讶："你不是戴耳机了，怎么还能听见啊？"

周聿也幽幽地瞥她一眼："我没开声音，不行吗？"

喻时郁闷地把话憋了回去。

"他说得没错，徐大爷的嫌疑的确越来越重。"陈叙抬头看了看朋友们，"因为，徐大爷的外孙女就是因为救这些流浪动物而遭遇车祸的。"

旁边的人一静。

喻时抿了抿唇，声音有些哑："如果徐大爷对那场意外有怨言，很有可能把这份怨气发泄到那些流浪动物上……"她说得越来越艰难，显然也是越来越怀疑。

周聿也单手拿起一罐放在桌沿处的汽水，用另一只手拉开拉环。仰头喝了一口后，他直接站了起来："不过凡事也不能只看表面。既然找不到相关的证据，那么也证明，他清白的可能性更大。"

听到这里，几个人的脸色沉了下来。他们何尝不知道证据的重要性，可难就难在这里。

他们几乎摸清了徐大爷所有的活动轨迹，除了他回家后干了什么不清楚，就连他什么时候上厕所都快记住了，可是没有找到反常的地方。

喻时忽然意识到什么，眼睛一亮。

对啊，还有徐大爷的家！他晚上回去得早，在家里干了些什么，旁人是不清楚的。万一是在……

更何况，徐大爷经常把太脏的流浪猫、流浪狗带回家里清洗，或者自己没带吃的出门，遇到很饿的流浪猫、流浪狗，还会直接带它们回家去吃东西。比如，上次她在家门口遇到的那只小橘猫。

喻时越想越不淡定了，觉得他们应该到徐大爷家中一探究竟。可最大的问题就在这里，他们又能有什么正当的理由去徐大爷家里呢？

221

喻时又萎靡了下去，托着脑袋发愁。

周聿也看到她这样，刚想开口说些什么，手机突然开始振动起来。他低头一看，居然是许久没和他联系的张励打来了电话。

周聿也微微皱眉，拿着手机出了门。走到小卖部门口，他才接起电话："喂，大力，怎么了？"

张励顿了一下，应该是在斟酌，但最后还是有些犹豫地说："刚刚棠阿姨给我打电话，问我你去哪里了，还说打不通你的电话。"

周聿也的眼神一下子变得锐利起来。

电话那头好长时间都没有声音，张励还以为是信号不好，连着喂了两声，话筒里才缓缓响起男生低哑的声音，略带着几分讽刺："三个月，比上次还早一些想起我，我是不是该夸夸她？"

张励有些不是滋味地叹了口气："那个……你知道，棠阿姨一向说一不二的，我拗不过她，也经不住她一直拷问，所以我觉得她过会儿会给你打电话，还是得先提醒你一下。"

周聿也盯着前方，麻木地应了一声："所以你全都告诉她了？我来萃仁的事，还有我换手机号的事。"

电话那头沉默了几秒，随后对面的人心虚地说："是……不过就算我不说，你以前班上的同学和老师也会说，所以……"

周聿也脸上并没有什么情绪，只淡淡地应了声。

其实他早就料想到会有这么一天，无非或早或晚一些，对他而言都没有什么区别。

张励听着电话那头的沉默，忍不住紧张地咽了咽口水，小心地问："你生我气了？"

周聿也撇了撇嘴角，漫不经心地说："生什么气，你不是也知道她是什么性格嘛，你拦不住她的。"

听到他这样说，张励这才明显松了一口气，忍不住多絮叨了几句："唉，我觉得，你和棠姨毕竟是母子，俗话说母子连心，你们可以借这个机会坐下来好好谈一谈……"

这时,手机突然振动了一下。周聿也面无表情地看了一眼手机上方显示的新来电人,神情顿时变得更冷了。

他冷冰冰地丢下一句:"谈不了,挂了。"说完就挂断了和张励的通话。

而方才那个来电已经在刚才的通话过程中被自动挂掉了。

不过一分钟,那个电话又打了过来。手机在他的手里疯狂地振动着。

周聿也垂下眸子盯着来电,在它即将挂断前,他手指一滑,接起了电话。

"喂。"十几秒后,他率先出声。

电话那头响起了一个沉着冷静的声音:"这么长时间没见,连声妈都不肯叫吗?"

周聿也握紧手机,撇了撇嘴角,嘲讽道:"忘了,太久没喊过这个称呼了。您再晚点儿打过来,我可能连您这个人长什么样都忘了。"

电话那头的人似乎是早习惯了周聿也的冷嘲热讽,沉默了两三秒后,说:"我知道你去怀城干什么,你查不到什么的,还是赶紧回北市吧。"她的语气里透着几分疲惫,"我正好明天回北市,等你回来,我们坐下来一起吃个饭吧。"

周聿也扯起嘴角,讽刺地笑了笑:"你凭什么觉得我会听你的话?"

他看向夜色中的巷口:"我在怀城过得很好,以后也会过得很好,没有必要回去。"

棠冉忍不住提高了音调:"怀城那种小地方,你在那里待着能有什么作为?周聿也,就算你不认我这个妈,可在法律上,我还是你的监护人!"

听完这些话,周聿也手背上的青筋凸显。他握着手机,声音里透着一股寒意:"那你在放弃找他的时候,有想过我吗?!"

"周聿也！"对面的女人气急地喊了一遍他的名字。

电话那头，似乎有人听到她的声音不对，忍不住过来关心地问："棠姐，怎么了？"

棠冉深吸一口气，把有些失控的情绪调整了回来，随后对旁边的工作人员微笑着说："没事，我在和助理安排接下来的行程。"

听着棠冉粉饰太平的话语，周聿也刚想挂断电话，就听到电话那头的人说："你要是还想知道你爸的事，明天就乖乖地回来北市和我吃顿饭，不然，你知道的，有我介入，你别想在萃仁查到任何东西。"

周聿也站在原地，身体迟迟没有反应。随着时间流逝，他似乎快要融入这浓郁的夜色之中，但他手背上的青筋似乎暴露出此时他内心的不平静。

万籁俱寂之中，身后忽然传来一声轻轻的呼唤："周聿也？"

周聿也转身，看到了站在门口的女生。

见他看过来，她的嘴角上扬，一双明亮的黑眸看着他，随后她指了指里面："周爷爷让你回家吃晚饭。"

就好像即将陷入泥潭的人被猛地拉回安全地带，周聿也紧紧地盯着眼前的女生。片刻后，他收敛了全身压抑的气息，走进屋内。

进去后，他发觉有哪里不对劲，慢慢转过头，问身后的人："他们呢？"

喻时立刻回答："现在很晚了，陈望他们已经回去了。"

周聿也转身往前走了几步，这次终于察觉到是哪里不对劲了。他看向身后继续跟着走进来的喻时："你怎么也跟过来了？"

喻时有些不好意思地捻了捻手指，低头小声咕哝着："周爷爷说，你好不容易交到我这么个知心朋友，再加上我妈还没有回来，就让我留在这里吃个便饭，我实在是盛情难却……"

知心……朋友？

周聿也抿了抿唇，淡淡地瞥了她一眼，也没说什么，抬腿继续往

224

前面走。

喻时看着他高瘦的背影，反倒变得踟蹰了起来。她想起刚才在门口看到的那一幕，忍不住皱了皱眉。

她没看错的话，刚刚周聿也站在门边的时候，看上去不光很生气，好像还很……难过？

明明他也没有具体地表现出他的难过，可喻时就是能感受到。

喻时皱着小脸，抬手轻轻地按了一下自己的心口，那里酸酸胀胀的。

怎么看到他难受，她也这么不好受啊？

因为心里一直怀揣着心事，她走得很慢。她没注意到，周聿也已经停下了脚步，回过头朝她看过来。

见她低垂着脑袋如蜗牛般缓慢地走着，周聿也舔了下有些干的嘴角，干脆往回走了几步，拉住她的胳膊一块儿走。

他的眼睛看向前方，嘴里的话却是对她说："耷拉着脑袋干什么，爷爷看到了，还以为我又欺负你了。"

吃完饭后，周聿也亲自送喻时出来。

看着她摸着肚子心满意足的样子，周聿也无声地笑了笑。随后他想到什么，眼里的笑意慢慢随风散去。

他平静地出声："喻时。"

喻时下意识地抬头，却正好对上他干净的双眸，微微一怔。

"你……"

"我接下来会离开怀城几天。"

二人齐齐开口。只不过，男生的声音逐渐盖过了女生犹豫的低喃。

喻时心头一跳："去哪里？"

周聿也看着她的眼睛："去北市。"

喻时迟钝地眨了眨眼睛，十几秒后，磕磕绊绊地问："那……

那……你还回来吗?"

周聿也微微抿了下嘴唇,将目光落在不远处老槐树枝头上挂着的几片叶子上。树上全都光秃秃的,就剩那几片叶子摇摇欲坠。

可无论叶子飘向何方,它的根总在这里。

周聿也回头,看到喻时情绪低落的脸庞,微微一怔,笑道:"当然要回来了,不然我还能去哪里?"

喻时后知后觉地发现自己问得唐突,于是轻哼一声,开始嘴硬:"我是觉得,万一你突然跑了,那我们莘仁在接下来的冬令营中就少了一员大将,我在为学校惋惜!"

她想到什么,有些不自然地轻咳了一声,目光变得飘忽起来:"那个……你走了之后,你那个房间……"

周聿也毫不犹豫地回:"你的。"

喻时一喜,但很快她就发现自己过于高兴了,赶紧收敛了几分,严肃地拍了拍周聿也的肩膀:"那既然如此,就祝你——"她冲他明媚地笑了笑,"一路顺风,早点儿回来!"

周聿也轻轻挑眉,目送喻时走进单元门后才转身回了小卖部。

他回到屋里,帮着周广平收拾好桌上的残局:"明天我得去趟北市。"

周广平抬起头看了他一眼,了然地说:"棠冉让你去的吧?"

周聿也沉默了两秒,随后说:"解决完事情,我会很快回来的。"

周广平明白周聿也在坚持什么,叹了一口气。等收拾好后,他坐在椅子上,慢慢开口:"回去也挺好,你和她一年也见不了几次面,有些事情解释清楚比较好。"

随后,周广平想到什么,抬头看向周聿也:"你要离开几天的消息,告诉喻时了吗?"

周聿也眉眼微动,淡淡地说:"告诉了。"

周广平忍不住笑了笑:"那就好。"

周聿也应了一声后,便准备回房间收拾行李,刚转过身,就听到周广平略显欣慰地说:"阿聿,说实话,爷爷看到你现在拥有这么多朋友,真的很高兴。"

周广平笑了一下,感慨地说:"我们阿聿这么好的人,身边就应该这样热热闹闹的。"

周聿也抿了下唇,没有吭声。他回到房间,一按开关,灯就亮了。之前几个人坐在一起商量事情,现在椅子已经搬回原位,房间一下子变得空荡荡的。

他盯着几个人围坐在一起的地方看了一会儿,想到他们这几天在做的事情,最终还是掏出手机,翻出了陈叙的电话号码,拨通了电话。

喻时觉得,周聿也离开几天其实也不碍事,无非自己就是上学放学少了个伴儿。不过,反正她还有陈望他们陪嘛……

这段时间天气逐渐转冷,一夜之间,树上的叶子几乎全部掉光了。萃仁中学的学生不再选择继续骑自行车上学,而是换成走路或者父母接送。

喻时上完晚自习,走出校门,已经是八点多了。风吹在脸上有些刺痛,她连忙把脖子上的围巾往回拢,准备快步走过巷口。路边高高的路灯投下昏黄的光线,把她的身影拉得很长。

这时,空气中忽然传来一股浓郁的香味。喻时鼻翼翕动,眼睛一亮——是烤红薯的味道!

她欣喜地往前小跑了几步,看到了卖红薯的小摊。烤红薯的香味越发浓重,她重重地吸了一口气,兴奋地指着摊位,下意识地朝后面喊:"周聿也,你看这里有……"

身后空旷无人,喻时一怔,后知后觉地想:啊,忘了周聿也这段时间不在。

她抿了抿嘴唇,把手揣在兜里,不自觉地蜷起手指。

原来不知不觉中，周聿也推着自行车跟在她的后面，走过灰墙青砖，走过绿荫槐巷，一眨眼，已经走完了夏、秋两个季节。喻时忽然意识到，自己早就习惯了一回头就可以看到他的脸，一开口就可以得到他的回应。

她的生活中，早就融入了另一个人。

喻时伫立在原地，突然感觉自己的胸口闷闷的，鼻子有点儿发酸。

卖烤红薯的摊主大叔送走前头几个买完红薯的学生，转头看到呆呆地站着的喻时，笑呵呵地说："姑娘，这大冷天的，来个烤红薯不？"

喻时把那点儿酸涩感压下去后，朝大叔温和地笑了笑，软软地说："今天不了。这个红薯太大了，我一个人吃不完。"

喻时没有继续停留，转身沿着巷口走了进去。

经过周爷爷的小卖部，她下意识地朝周聿也房间的窗户看了一眼，看见那里仍是一片漆黑后，她微微一顿，随后不着痕迹地挪开了视线。

周大爷正好出门，看到门口的喻时，忍不住笑了下："丫头，外面多冷啊，怎么不进来啊？"

喻时抿了抿唇，朝周广平摇了摇头："不用了，我妈已经回来了，我就直接回家去了。"

话是这么说，但她在门口迟迟没有离开。

过了一会儿，她放弃挣扎，有些沮丧地开口："那个……周爷爷，你知道周聿也什么时候回来吗？"

周广平也不瞒她："其实，他什么时候回来我也不清楚，不过你可以亲自问问他。"

喻时插在兜里的手蜷缩起来，轻轻碰到了手机。明明手机的金属外壳是冰冷的，可她却感觉到有些烫手。

给他发消息吗？这样……周聿也会不会觉得，她很想让他回来啊？！

晚上，喻时趴在床上，想到周爷爷说的话，忍不住翻出了和周聿也的聊天界面。他们上一次聊天还是一个星期前。

她的指尖在屏幕上停顿了好几分钟，迟迟点不下去。最后，她干脆自暴自弃地把旁边的被子揪过来，用力捶了捶，一头钻进了被子里面。

啊啊啊，纠结死了，该怎么办才好啊……

最后，喻时心里那点儿矜持和羞耻心阻拦住了她摸向屏幕的爪子。

为了避免自己有事没事就开始想起那个消失了几天的同桌，喻时把精力都放在学习上。同时，她也没有对徐大爷放松警惕。

直到那天，几个人还在屋里讨论着怎么合理地进入徐大爷的房间一探究竟时，负责望风的陈望突然气喘吁吁地跑回来："不……不好了，那个徐大爷把猫抓进他的房间里了！"

"什么？"喻时的瞳孔猛地睁大。

江昭还算冷静，向陈望确认："你确定亲眼看见徐大爷把那只流浪猫抓走了吗？"

陈望走过来推着他们往外面走，语气很是慌张："是真的！我刚才亲眼看见徐大爷把猫装进袋子里带回了他家，那只猫还一直在反抗！"

"不能再等了——"喻时快速呼吸了几下，握紧拳头对江昭和陈叙说，"现在只有一个办法，我上楼去敲徐大爷家的门，你们藏在门后，趁他开门没有防备的时候，你们冲进去把那只小猫救出来。"

"不行。"陈叙想都没想就拒绝，"万一你有危险怎么办？我不同意。"

喻时立刻说："徐大爷和我最熟了，放心吧，我会没事的。"

说完，她朝他们弯唇一笑："况且，不是还有你们吗？"

陈叙用力地握了一下拳头，面色凝重。

"我刚刚和沈逾青说了，他在来的路上了。我们会没事的。"陈望这时候插进几句话来。

四个人互相碰了碰拳。

两分钟后，喻时站在徐大爷家门口，深吸一口气，和伙伴们对视一眼，敲了敲徐大爷的房门："徐大爷，你在吗？我是喻时。"

大约过了一分钟，门被推开。喻时看到徐大爷单手拿着一把剪刀，上面好像还沾着血迹。她很快反应过来，上前一步紧紧地握住了徐大爷的手腕，转头对着背后早已蓄势待发的几个人迅速喊道："快进去！"

陈望他们立刻气势汹汹地挤开门跑了进去。陈望还特别中二地大喊了一声："猫猫，我们来救你了！"

徐大爷被眼前的情景震惊得说不出话来，过了一会儿，才说了一句："你们在干什么？"

北市，高档宴会厅。上方挂着的灯徐徐转动，窗外则是一栋栋灯火通明的高楼大厦。

周聿也看着桌上精心摆过盘的饭菜，神色冷淡。

服务员走过来："棠女士过来还需要点儿时间，需要再把饭菜热一遍吗？"

周聿也倚靠在椅背上："不用了，就这样放着吧。"

服务员明显还想说些什么，可是看到他一副拒绝交流的样子，还是不再多事，回到了柜台处。

半个小时后，一个穿着精致的女人急匆匆地从门口走了进来。

她走到周聿也面前，拉开椅子坐下后才摘下脸上的墨镜和口罩，露出一张与对面男生相似的脸。

"确定没有人跟过来吧？"棠冉低头问助理，看到助理点头后，她才放心地转过头来，弯了弯唇，歉疚地说："等妈妈很久了吧？临时安排了一个记者采访会，实在推脱不掉。"

说完，她碰了碰餐桌上盘子的边沿，发觉一片冰凉后，收敛了笑容，准备叫服务员。

"是我不让她们热的。"周聿也将胳膊随意地搭在旁边的桌沿上，

"反正这次来也是只打算谈事情的。"

棠冉平静地看向周聿也："我们连坐下好好吃一顿饭的时间都没有吗？"

"没有。"周聿也转了下手机，似笑非笑道，"是你没有，而不是我。"

他似乎没有继续交谈下去的打算："既然我来了，那你当初答应我的事，是不是也该履行了？"

看到他这副敷衍的模样，棠冉没有生气，反而笑着说："急什么？我好不容易腾出时间回北市见你，你这几天好好陪着我，说不定我就告诉你他在哪里了呢？"

"现在终于想起来培养母子感情了？"他嘲讽道，"您现在觉得，家庭比事业重要了，是吗？"

棠冉一愣，板着脸看向他："阿聿，我从来都没有这么说过。我们这么长时间没见了，一见面非得这么剑拔弩张的吗？"

周聿也看着她的神情，慢慢闭了闭眼睛，紧握着的拳头逐渐松开："你虽然嘴上没说，可你一直都是这样做的。"无论是他爸失踪之前，还是以后。

棠冉挪开了视线，换了话题："你今天坐车应该累了，北市的那套房子阿姨一直在打扫，今晚你就回那里睡吧。"

棠冉看向他的身后，行李并不多。看来，他是真的没打算在这里留多长时间。

这会儿，助理急匆匆地从门外走进来，对棠冉说了几句话。

她忍不住皱眉，看了一眼对面的儿子，斟酌了一下，还是提起旁边的外套站了起来："我还有点儿事，晚饭我已经吩咐他们重做一份了，待会儿让司机送你回去。"

旁边的助理还在催促，棠冉只来得及和周聿也说了这么几句，就离开了。看得出来，她是真的很忙。

周聿也毫无表情地看着，默默地计算着，从她进门到离去，还不到半个小时。他轻轻地叹了一口气，对旁边的服务员说："不用上菜了，备车吧，我想回去了。"

路上，棠冉疲惫地靠在椅背上，忍不住揉了下眉心。助理给她倒了一杯水，委婉地说："棠姐，您儿子……看来对您有些误会。"

棠冉叹了口气，看向车窗外的夜景："由着他去吧，只要他过得好就行。"

"难道您就让他留在怀城那个小地方吗？"

棠冉一顿，偏头对助理说："明天帮我联系一下北市一中的老师。我不能让他任性地拿自己的前途开玩笑。萃仁是什么学校，跟一中根本就没法比，去了只会浪费他的天赋。"

棠冉握着水杯的手缓缓收紧："对了，还有那个人那边……让他不要再往下查了，钱什么的都好说。"

"好。"

周聿也推开门，摁开灯的开关，刹那间，灯光亮起，他忍不住眯了眯眼睛。

等眼睛适应后，周聿也扫视了一圈家里的摆设，然后走向沙发坐下。他倚靠在沙发背上，凸出的喉结滚动几下，合上了眼睛。

没有家人的呼唤，没有食物的馨香，房间内如死一般寂静。直到，兜里的手机开始振动。

周聿也依旧闭着眼睛，只把手机摸起来放在耳边，懒懒地说："喂。"

张励的声音从电话里传出来："你是不是来北市了？来了怎么不知会我们几个啊……"

周聿也无精打采地说："今天太晚了。"

张励也没勉强他，掂量着说："明天你有事没？你这一走，都快三个月了，一直没有音信，不如趁着这个机会一起出来聚聚？"

周聿也立刻回道："没兴趣，不聚。"

张励有些犹豫地说："实不相瞒，当初你不是走得着急嘛，之前一中班上那几个，你知道的，和张崇关系好的那几个人，一直对你离开这件事颇有微词，认为你临阵脱逃……"

周聿也不耐烦地拧紧眉头，睁开眼睛："他们怎么想的，关我什么事？"

"可是，哥，我应付不了他们啊。他们听说你今天回来，非说想再见见你，我实在没办法了才……"张励感到既憋屈又无助，只能向周聿也求助，"哥们儿，你就当发善心吧，明天就来一会儿，十分钟也行？"

"待会儿把明天见面的地点和时间发给我。"说完，周聿也挂断了电话，下意识地就要把手机丢在前面的茶几上。看到手机屏幕上一个熟悉的头像后，他的动作停顿了一下。

他把手机拿回来，点开那个兔子头像。

也不知道他们把那件事处理得怎么样了……

周聿也抿了下嘴唇，想要打字问问喻时，犹豫了好一会儿，他还是把手机丢在一旁，站起来有些烦躁地抓了抓头发。

说不定，这会儿她正和她的那帮朋友玩得来劲呢，哪里还能记得他。

况且，他出发前给陈叙打过电话。陈叙比陈望看上去沉稳些，有他护着，喻时应该没事。

北市的温度比怀城稍微高一些。周聿也看着前方酒店的名字，和手机上的信息一致，便把手机收进兜里，抬起修长的腿走了进去。

到了包间门口，周聿也刚想推开门，里面就传出了一个男生不耐烦的声音："不是我说，周聿也到底来不来啊？这都几点了，不会放我们鸽子吧……"

有人接话:"周聿也是什么人,放我们鸽子多正常啊,更何况他什么时候把我们这些人放在眼里过。"

周聿也冷冷地勾起嘴角。

一个不满的女声响起:"宋迟非,你好好说话行不行,这么阴阳怪气干什么,周聿也难道不是你的同学吗?"

"我什么时候说过他不是同学了,何霏,你现在跳出来帮周聿也说话他也看不见啊。更何况,之前在一中,你天天追在他屁股后面,他又什么时候正眼看过你?"

"你——"

包间里的声音陆陆续续传到门外。这群人,不去当戏班的台柱子,还是委屈他们了。

周聿也没兴趣继续听他们"唱戏",直接推开了门。里面说话的人皆是一愣,不约而同地看向门口。

周聿也这天穿着简约的灰色卫衣,身形高挑瘦削,面容清俊。他懒洋洋地单手插兜立在门口,见圆桌旁的人都在看他,用目光扫了他们一眼:"我坐哪里?"

张励及时反应过来,笑呵呵地起身带周聿也走到座位上,还不忘小声说:"哥,幸好你来了,我都不知道怎么接他们的话……"

张励回到自己的座位上,开始打圆场:"谁说周聿也不来的,这不是来了吗,大家都是老同学……"

之前表示不满的那几个男生脸色有些不好看。有人装作什么都没发生的样子,对周聿也说:"听说你转去怀城的萃仁中学了?"

周聿也淡淡地应了一声。

那人忍不住问:"萃仁中学怎么样?"

这次没等周聿也回应,旁边就有人冷笑一声:"小地方的高中,能有多好?"

霎那间，包间里安静下来。

周聿也这才抬起头，看向对面，语气懒洋洋的，说出的话倒是一点儿也没给那人面子："张崇，我走了这么久，你的嘴怎么还是这么欠啊？"他手里端着一杯茶，看向对方，笑意不达眼底。

张崇脸色一沉："我又没说错。周聿也，你自己堕落，可别把我们学校的名声都败坏了！"

这时，坐在张崇身边的男生宋迟非再次开口："是啊，周聿也，当初又不是我们让你走的，明明是你非要转去萃仁中学的。我告诉你，张崇已经破了你之前留下的纪录了，你以为你现在还很强吗？"他不屑地笑了，拉长了声音讽刺道，"去了萃仁这种学校能有什么进步，可别到时候去了 NMO，你连个集训队的名额都拿不到。"

周聿也掏了掏耳朵："今天怎么总感觉有东西在耳边乱叫，还叫得贼难听。"

大力连忙捂住嘴憋笑，对身边的人说："不好意思，失态了，失态了。"

他在桌子下面踢了踢周聿也的脚，用眼神疯狂地示意：哥们儿，多少给点儿面子。

张崇脸色一变，阴沉沉地盯着周聿也好一会儿。宋迟非气极，还要说些什么，却被张崇制止了。

这会儿正好菜上来了，也不适合再说话，张崇低声说："先吃饭吧。"

周聿也看上去胃口不错。昨天他几乎一天都没吃东西，今天这顿饭他不蹭白不蹭。

怀城。

陈望他们冲进徐大爷的屋里，还以为要上演一副惩恶扬善的大戏，结果定睛一看，那只他们以为被抓走虐待的小猫正卧在沙发上，一脸享受地吃着火腿肠。它的后腿上绑着绷带,绷带上渗出点点血迹,沙发旁边散落着碘伏、棉签和剪到一半的纱布。

突然看见有陌生人闯入,它受了惊吓,尾巴一竖,从沙发上跳了下来,迅速钻进了沙发底下。它躲在阴影里,用那双剔透的猫眼警惕地打量着这几个年轻人。

陈望和江昭面面相觑,陈叙推了下眼镜,叹了口气。

徐大爷终于摆脱了喻时,走进客厅。看见他们这副样子,他有些无奈地笑道:"你们这群孩子在干什么?"

喻时从门口跑进来,着急地看向陈望:"猫呢?"

陈望指了指沙发底下:"在沙发下面。"

他抬起头看向徐大爷,震惊地说:"所以说,大爷你刚才是把那只受伤的猫带回来包扎的?"

徐大爷奇怪地看向他:"不然呢?"

陈望麻木地闭了闭眼睛。完了,这回乌龙闹大了。

喻时也终于反应过来究竟发生了什么,刚想开口解释,这时候门口忽然传来异响。

四个人突然有种不好的预感,还没来得及出声制止,就看见沈逾青大步流星地走了进来。

他顺手提起放在门口的扫帚,一把将江昭扯在后面,以一种绝对安全的姿势护住她,然后将扫帚把指向有点儿蒙的徐大爷:"就是你在虐待小动物们?!"

虽然是误会,但沈逾青只把江昭护在身后是什么意思?当其余的人是摆设吗?!

喻时服气了,对沈逾青翻了一个大大的白眼。她上前一步,把他手里的扫帚抢了过来,解释道:"是我们搞错了,徐大爷是好人。"

三分钟后,等喻时把前因后果给徐大爷讲清楚后,五个人老老实实地背着手站成一排,低垂着脑袋,朝徐大爷齐声说:"对不起,徐大爷，是我们误会你了……"

听了他们的解释，徐大爷又好气又想笑，最后只能无奈地说："你们啊……行了，其实也没什么事，你们也是为了小区里这些动物们好。"

喻时心里觉得过不去，再次闷闷地出声："对不起，徐大爷。"

毕竟当初是她先怀疑徐大爷的，这件事她的责任最大。

徐大爷叹了口气，抬起手摸了摸她的脑袋："好孩子，这不关你的事。"

他扫了一圈眼前这几个年轻的孩子，慈爱地笑了一下："这只猫应该是被树枝划伤了腿，它对人很警惕，我没办法，只好拿袋子把它装起来，带回家给它简单地包扎一下。"

"要是你们真想补偿的话，那只猫受了惊吓，你们就负责把它哄出来，给它的伤口包扎好吧。"说完，他撑在沙发上慢慢坐了下来，叹了口气，"人老了，有时候还真力不从心，还是你们年轻人有精气神。"

面前站着的几个人一时无言。

徐大爷看着他们的脸，想到什么，苍老的脸上浮现出几分笑意。他将目光投向亮堂的窗边，语气有些沧桑："其实，我知道你们为什么怀疑我。我的外孙女因为这些流浪猫、流浪狗没了，你们会想，我是不是对这些小动物有怨气，所以才拿它们泄愤……"

听到这些话，喻时心中越发不是滋味。她从来没有看过徐大爷如此消沉的样子，顿时后悔地闭上眼睛："徐大爷……"

"喻丫头，真没事。"徐大爷没等她再次道歉，就先安慰地拍了拍她的肩，"我知道你是出于好意。其实我的外孙女刚去世那会儿，我心中的确对它们有怨气，看不得那些猫啊狗啊在我跟前晃荡。我总会忍不住想，我家囡囡死得太不值当了。可时间久了，我也渐渐想明白了，我家囡囡拼命护住的东西，我又怎么能对它们不好呢？"

陈望拿吃的把那只猫从沙发底下引出来后，它正乖巧地窝在地上吃东西，时不时叫两声。

徐大爷看着那只小猫，浑浊的眼里渐渐浮现出笑意："我现在每天看到它们，就觉得我的囡囡一直没有离开，说不定和它们一样找不到回家的路，正需要别人的帮助呢。这些小动物们真的很单纯，你对它们好，它们就亲近你，你对它们差，它们就畏惧你。"

"对我来说，它们就是我的囡囡，我看不得它们挨饿受冻。我没多少年可活了，力所能及地照顾它们，这就够了……"

徐大爷缓过神来，慢慢摆手："扯远了，扯远了，瞧我，说这些干什么。年纪上来了，人就容易多愁善感，你们也别嫌我这个老头子爱絮叨，你们啊，都是一群好孩子……"

听着徐大爷掏心窝子的那些话，喻时忽觉鼻子酸得厉害，眼眶也红了，似乎下一秒就要哭出来。

她连忙低下头吸了吸鼻子。她憋住了，可有人没憋住。

陈望突然抽泣了一声，众人才发现他已经哭成了大花脸。

他一边抹着眼泪，一边哽咽着说："徐爷爷，您人这么好，囡囡看到您这样一定也很感动，她有你这样的外公很幸福……"

徐大爷有些不知所措，抽了几张纸巾递给他，拍了拍他的肩膀，说："谢谢你啊……"

喻时别开脸，求助似的看向旁边的陈叙：他是你弟，哄哄呗？

陈叙也束手无策：他从小就很爱哭。

喻时彻底没话了，转过头不经意看到桌子上的资料表。徐大爷应该是刚交完社保，身份证还放在上面。

喻时视力很好，目光掠过身份证上的出生日期。忽然想到什么，她猛地怔住了。

十一月六日，那不就是明天吗？所以说，明天就是……徐大爷的生日？想到这里，她忍不住出声问："徐爷爷，明天是您的生日啊？"

徐大爷一愣，一副刚想起来的样子。他没当回事，笑呵呵地说："你不说我都忘了，都这把年纪了，还过什么生日啊？"

喻时若有所思地抿了下嘴唇。

从徐大爷家里出来，她一直在出神。陈望叫了她三遍，她才后知后觉地啊了一声，茫然地问："你刚刚说了什么？"

陈望："你刚刚在想什么啊，那么专注？"

喻时眨了眨眼睛，想了一下，还是决定把自己的想法全盘托出："我刚刚看到徐大爷的生日是明天。我想给徐大爷过一次生日。

"徐大爷一直一个人住，肯定没人给他过生日。我们人多，可以给他热热闹闹地过一次生日，还可以弥补我们的过错，怎么样？"

"可以啊，喻时。"陈望想都没想就应了下来。

他想到刚才徐大爷说的那些话，眼眶又红了起来，声音还有些哽咽："徐大爷已经很可怜了，我们该多照顾照顾他……"

其他人也没什么意见，于是大家约定好，第二天他们一起去给徐大爷过生日。

陈望想到什么，问喻时："周聿也什么时候回来啊？"

喻时一怔，随后垂下眼皮，闷闷地说："我也不知道。"

陈望顿时失望地哦了一声，挠了挠头发，惋惜地说："周聿也不在，我们萃仁F6聚不齐，总感觉缺了什么……"

天色已经不早，几人相继告别，离开了柳南巷。

喻时不着急回去，坐在槐树下方的长椅上，盯着沈逾青和江昭结伴而行离开的背影，有些狐疑地皱眉。他们的家，是一个方向吗？

等看不见熟悉的身影了，她才靠在长椅上，长出一口气，抬头出神地盯着夜空。

夜空寂寥，不见星光，黑蒙蒙的一片，空气中还飘着潮湿的泥土气味。

喻时眨了眨眼睛，心想，看来明天怀城会下雨，那北市呢？

北市。

天色不早，周聿也丢下一句"走了"，就站起来朝门口走去。

他刚走出去，门还没完全合上，就被一只白净的手用力推开。女生着急地冲着男生高瘦的背影喊："周聿也——"

周聿也一顿，回过身来，看着站在他身后穿着粉色毛衣的女生，挑了一下眉："有事？"

何霏刚才看见周聿也出去，不管不顾地追了出来，可当他近距离地和她说话时，她还是忍不住局促起来。

她揪着衣袖，目光闪烁，犹豫地问："你……以后是都不回来一中了吗？"

周聿也看了她一眼，嗯了一声，把手顺势插进兜里，朝她抬了抬下巴："你想说什么？"

"我……"何霏咽了咽口水，鼓足了勇气说，"周聿也，我之前一直都很关注你，我……"她憋红了脸，"你很优秀，所以我希望你能够回来一中，我们可以继续共同学习，共同参加竞赛，我们还可以——"

"何霏。"没等她说完，周聿也就打断了她的话。

何霏一愣，抬头看向周聿也。他眼中没什么情绪："之前听到你在吃饭前维护我说的那些话，我是应该感谢你。"

何霏微微抿了抿唇，直觉接下来的话不会是她想听的。

"可我觉得，我没有必须向你道谢的责任。在我看来，之前在一中，我们只是普通的同学关系，在十几天后的 NMO 上，我们更是对手，所以我觉得，你和我现在的距离就刚刚好。"说完，他用眼神示意二人之间的两米距离。

何霏怔怔地看着他出众的面容，忍不住说："那你不回来了吗？萃仁比不上一中的，往年他们都没人可以闯进决赛的……"

周聿也："那很抱歉，今年有了。"

说完，他弯了弯唇，似笑非笑地瞥了一眼从包间出来的那几个男生。

张崇看到周聿也，脸色顿时变了。

周聿也则淡定地朝他们摆了下手："决赛见，各位。"说完，他转身从容地离开了。

看到周聿也离开这么久，那股傲慢桀骜的劲儿竟然比以前更甚，宋迟非气愤地说："进了决赛又怎么样？去了萃仁那种学校，天天和那些学生坐在一起，能有什么进步？"

张崇盯着周聿也离开的方向，缓缓握紧了拳头。

等回到家里，周聿也才发现那个消失了一天一夜的人终于有时间回家了。

棠冉悠闲地坐在沙发上，正给自己涂指甲油。

周聿也进门后，走到桌子旁给自己倒了一杯水，竟连一个眼神都没有分给她。

棠冉忍不住笑了一下："怎么，这么大的人了还闹脾气？"

周聿也喝了一口水，语气很平和："我不想和出尔反尔的人说话。"

棠冉优雅地整理了一下自己的衣服，抬起头看了他一眼："我可以补偿你。"

"补偿？"周聿也笑了一下，"行啊，你知道我想听什么。"

棠冉想都没想就拒绝了："除了这件事。"

周聿也敛去笑意，把水杯搁在桌子上，双手抱胸："棠女士，你觉得他的事你还能瞒我多久？"

棠冉猛地站了起来："周聿也，你才十七岁！你为什么要追着一个快十年没有消息的人死死不放呢？！妈妈知道，你爸对你的影响很深，可是，你不应该搭上自己的前途！"

周聿也眼神发冷，冷冷地质问她："我很清楚我在干什么，你呢？这十年，你为什么没有找过他？！为什么你要那么早放弃他？！还是说，你根本就不爱他，所以，这么多年来，你都不敢公开他，公开我！你是不是早就觉得，当初你们结婚是你一时冲动……"

他句句紧逼，用那双和他爸相似的黑眸牢牢地锁定她。

十年，整整十年，在他爸失踪后，她没有表现出任何悲伤或者难过的情绪，只知道工作，经常一走就是大半年，把他丢给保姆照顾。

"周聿也！"棠冉显然没有想到，周聿也会说出这些话来。

她走过来狠狠地打了他一巴掌，吼道："你可以怀疑我任何事情，可唯独不能怀疑我对你爸的爱！"

清脆的一声，仿佛将母子之间最后的平衡打破。

周聿也的头微微偏过去，脸上逐渐浮现出红色的指痕，但他的神情依然无比冷漠。他眼睛低垂，只微微扯动嘴角，有些自嘲地笑了一下。

棠冉这才反应过来自己做了什么，有些不知所措地看了一眼周聿也脸上的红痕，脸上闪过一丝慌乱。

她深吸一口气，背过身，把手撑在了沙发背上，语气不容拒绝："既然话说到了这个份上，那我就明确告诉你，我不同意你去怀城。我已经联系了一中的老师，你可以继续回数竞班上课……"

没等她说完，周聿也冷漠地打断："我不去。"

棠冉攥紧拳头，努力克制火气，转过身对他说："你为什么不去？！一中有很好的教学资源，萃仁比得上吗？！"

"还是说，你想你爷爷了？"棠冉放缓了语气，"如果你想他了，完全可以趁着假期去看他。还有你爸的事情，等竞赛结束了再去查不好吗？"

"不单单是我爸的事情。"周聿也毫无波澜地看向她，字字笃定，"萃仁从来没有你说得那么差，在我看来，纵然一中的资源再好，也比不上萃仁。而且，萃仁以后还会变得更好。"

他微微闭了闭眼睛，将眼底那一闪而过的失望压了下去："还有，你觉得，我现在还会相信你说的话吗？这两天，你以告诉我有关我爸的事为理由，把我留在北市，不就是为了拖延时间，想让我见到之前的同学后一时心软留下来吗？"

周聿也扯了扯唇，眼底一片淡漠，冷冷地打破了她的幻想："不会的。"

因为从一开始，北市的一切对他来说就是可有可无的。

周聿也说完，站了起来，慢慢走到门口，微微躬身，把放在门口的行李拿了起来，扣上黑色鸭舌帽。他停在门口，稍稍偏过头看了她一眼："从现在开始，我不会相信你说的任何话，也请你不要再来打扰我和爷爷的生活。"他顿了顿，随后又说，"我们在怀城会过得很好。"

没来到莘仁之前，他总是一个人待着，什么事都不放在心上，得过且过地浪费每一天。周树南离开后，他更是对感情淡漠到了极点。甚至去了莘仁后，最开始他也是这样做的。

他依旧像在一中一样，每天除了数学，对一切都无所谓。

可不知道从何时起，一切都不一样了。他的身边也聚集了一些朋友，他们吵吵闹闹的，明明总是在他的底线上疯狂地蹦跶，可到了最后，他却纵容了他们。

渐渐地，他开始享受这种纵容。奇怪的是，他的生活并没有因为这些变化变得更糟糕，反而变得更有温度了。

现在回过头一看，原来，不知不觉中，他早已不是孤身一人。

而这一切，都是从那个明媚的盛夏，他转过身对上少女清澈的眼眸开始。

他清醒、克制，而她热烈、可爱。从她走进他的生活的那一刻起，他就已经开始沉沦了。

门把手被周聿也拧开。棠冉难以置信地盯着他，下意识地开口："你要去哪儿？"

男生往下压了压自己的帽檐，清楚地说了两个字："回家。"

棠冉看着少年的背影，一时说不出话来，只能看着他推开门走了出去。

直到这一刻，棠冉终于意识到，在周聿也心里，这里不是他的家，他的家，在怀城。

门被关上，一切回归平静。

棠冉倏地失去了所有力气，虚脱似的坐在椅子上。她眼眶微红，看着电视柜上摆着的相片出神。上面是曾经的他们，一家三口，其乐融融。

棠冉看了那张相片许久，最后再也忍不住，哭了出来。

怀城，晚上七点。天已经完全黑了，楼梯口的灯一闪一闪的。

喻时从门缝里探出半边身子，小心翼翼地观察着楼梯上方的情况。等徐大爷提着菜走进家里，她才朝着门口疯狂挥手："快进来！"

陈望哎了一声，提着一个大蛋糕和伙伴们连忙进门。

"我和你说，外面阴沉沉的，估计马上就要下雨了，还好我们来得够快，不然这些就要被淋湿了。"陈望小心翼翼地问，"怎么样，徐大爷没察觉吧？"

他探头想看看楼上的情况，下一秒就被喻时毫不留情地扯了回去。

"放心吧，我亲眼看着，徐大爷刚刚进门了。"她熟练地给自己戴上了生日帽，还不忘给其他人也戴上。

沈逾青盯着面前的生日帽有些不屑地哼了一声："幼稚，我才不戴那个破帽子。"

喻时白了他一眼，果断地收回手，但帽子被另一只白净柔软的手接了过去。

江昭抬头，对身后的沈逾青弯了下嘴角，有些无奈地说："今天来给徐爷爷过生日，这些是喻时他们专门给徐爷爷买的，你还是戴上吧……"

沈逾青盯着江昭的脸看了两三秒，突然吊儿郎当地笑了一下："行啊，你给我戴。"

"沈逾青，你自己没手啊……"喻时没好气地呛了他一句。

沈逾青没接话，只是得意地朝她挑了挑眉，同时低下头，顺从地让江昭把帽子给他戴上。

喻时的眼睛都快瞪出火来了。沈逾青这厮，简直太猖狂了！她势单力薄，实在有些力不从心。要是周聿也在就好了，他那张嘴，比她厉害多了。

一想到他去了北市就毫无音讯，也不知道什么时候回来，喻时顿时没了那股劲头，软绵绵地捏着手里的气球，顾不上再去管沈逾青。

最后陈望看不下去了，一脸心疼地把那个生日气球从喻时手里解救出来："这气球花了我不少生活费呢。你看看，好好的'happy'都被你捏成'nappy'了。"

喻时撇了撇嘴，什么都没说。毕竟是徐大爷的生日，她还是强行提起精神来。

半个小时后，喻时深吸了一口气，站在徐大爷家门口前，轻轻叩响门。

几秒后，徐大爷打开门，刚想说些什么，就看到喻时忽然仰起头，对他露出灿烂的笑容："徐大爷，生日快乐！"

喻时的那些朋友们猛地从旁边跳出来，每个人的脸上都洋溢着笑容，眼睛亮亮的。他们手里有的举着蛋糕，有的举着花，还有的举着气球。

徐大爷很快反应过来，这群孩子是来给自己过生日的，当下就笑了："你们啊！"

喻时不好意思地笑了两声，表明了自己的来意："徐大爷，昨天那件事情，我们是真不好意思，今天正好是您的生日，我就想来给您过一次热热闹闹的生日。就是不知道您欢不欢迎我们……"

"哈哈哈，当然欢迎了，你们这群孩子啊，还真是有心了……"

几个人就这么浩浩荡荡地走进了徐大爷的房子。

喻时刚给徐大爷戴好生日帽，身后忽然传来陈望的声音："徐爷爷，快，快，过来吹蜡烛……"

徐大爷满含笑意地应了一声，朝沙发那边走了过去。

看着他们和徐大爷打闹成一团的画面，陈望明显玩得最嗨，喻时终于忍不住笑了出来，脸上满是动容。但渐渐地，她想到什么，眼里的光芒黯淡了下来，扭头朝着门口走去。

陈叙刚和陈望说完话，注意喻时推开门的背影，很快跟了上去。

不知什么时候下起了雨，豆大的雨滴落在青石地砖上，砸出一片片水花。喻时屈着腿呆呆地坐在楼门口的台阶处，微微仰着头看着外面的雨幕。

直到她身旁多了一个人。

陈叙也坐了下来，但没有挨得很近。他偏头看了一眼喻时，忍不住出声："怎么出来了？"

"没事，就是有点儿闷，出来散散心，正好看看雨景。"说到这里，喻时忍不住伸手去接屋檐外落下来的雨滴，凉意浸透了她的手心，"看不了几场雨了吧，说不准下次就该下怀城的第一场雪了。"

喻时扭头瞥了一眼旁边的男生，忍不住弯唇笑了一声。

陈叙见她盯着自己的脸，不由得微微一愣："怎……怎么了？"

喻时伸手指了指自己的脸颊，又指了指他的脸："你这里还有蛋糕。"

她从兜里掏出纸巾，递给他："一定是陈望给你抹的。"

陈叙脸颊微热，慌张地接过纸巾，小声地说了声"谢谢"。

"哎，不是那里。"喻时难得见陈叙这么手忙脚乱的样子，主动朝他那边靠近了些，亲自上手，"还是我来吧，你没擦干净。"

二人的距离拉近，陈叙一僵，将手搭在膝上，把脸绷得很紧。他能清楚地感觉到喻时正专注地盯着他看。

陈叙握紧拳头，沉默了好久，像是终于下定决心："喻时，其实我初中那会儿——"刺耳的电话铃声突然从他的兜里传出。

喻时微微一愣："你先接电话吧。"

陈叙拿出手机，接通后放在自己耳边，还没开口问是谁，就听到母亲沙哑的哭声透过话筒传来："陈叙……你爸爸又喝酒了，怎么办啊，妈走不了，陈叙……"

电话那边传来男人的斥骂声，还有重物坠地的声音。

刹那间，陈叙感觉耳边嗡鸣一声，全身血液几乎倒流，立刻站了起来。

"陈叙，怎么了？"喻时吓了一跳，担忧地问。

陈叙听见她的声音后才从那种骇人的状态里脱离出来，低声说了句"没事"。

陈叙重重地呼吸了几下，沉默了几秒钟，还是压不住内心的焦灼："喻时，我现在有事要先走了，你帮我和陈望他们说一声，可以吗？"

"好。"她看到外面雨下得正大，对陈叙说，"我回家给你取把雨伞吧。"

"不用。"陈叙看了一眼外面，"你别出来了，小心被雨淋着了。"说完，他急忙冲进了雨里，都没来得及和喻时告别。

喻时下意识地跟着他朝前走了几步，有些担忧地皱了皱眉。她还没想清楚陈叙到底怎么了，耳边忽然传来一声狗叫。

她闻声看去，才发现周爷爷的小卖部门口，功勋的狗绳不知道被什么缠住了，让它只能在原地淋雨。

功勋挣脱不开那根狗绳，就开始叫了起来。但周爷爷的房门紧闭，半天都没有人出来。

喻时猜测，周爷爷应该是出门了，现在雨下得这么大，他一时半会儿也回不来。

功勋的叫声越来越大，喻时心疼不已，干脆冲进了雨里，朝着功

247

勋跑过去:"功勋,你别着急,我来帮你解。"

雨水劈头盖脸地朝喻时砸来,喻时顾不得,低头忙着给功勋解绳子。

功勋看见喻时跑过来,顿时变得兴奋了起来,蹭着她的身子疯狂地摇尾巴。

没过两分钟,喻时就解开了绳子。她准备带功勋去躲雨,结果功勋不知道看到了什么,朝着雨幕中某个方向凶狠地叫了一声。喻时没有抓牢狗绳,功勋一下子跑了出去。

喻时大声喊道:"功勋,回来!你要去哪儿?功勋!功勋!"

她下意识地追了上去。直到一个拐弯处,她感觉很是熟悉,这才慢慢停下了脚步。这里是发现那只小橘猫受伤的地方。

此刻,喻时全身被雨水浸透,但她顾不上去抹掉脸上的雨水,警惕地看向前方。

功勋也进入了戒备状态,前腿微微低伏着,发出一声声低吼。

前方,一个身穿墨绿色雨衣的男人正背对着她和功勋。他缓缓转过身来,看向面前的女生和一只狗。

喻时害怕地咽了咽口水,握紧了功勋的狗绳,死死地看着那个男人,因为紧张,她的心脏跳动得很快。

喻时认识他。这个男人也是柳南巷不久前新搬来的住户,是个上班族,每天都穿着西装上下班,瞧着很面善。之前同路回家的时候,他还面带笑容地问过喻时在哪个学校念书。

现在想起来,喻时后背一凉,开始后怕。

她咬牙切齿地说:"是你!一直虐待流浪猫的是你!"

"你和这些小动物无冤无仇,为什么要这样对待它们?!"她拔高了音调,气到浑身发抖,豆大的雨珠甚至砸进了她的嘴里。

那个男人嘴角勾起一抹阴森森的笑容,瞥了一眼躺在自己脚边的猫:"没仇。那又如何?我最近丢了工作,正烦着呢。"

"你浑蛋!"听着男人冷血的发言,喻时的眼眶一下子就红了。

这样的渣滓,怎么配活在这个世上!

她气得想要报警,可手伸进兜里,才发现里面空空如也。

喻时一惊,后背顿时冷汗密布。她突然想起来,她好像把手机落在了徐大爷家里。

对面的男人眯了下眼睛,冷冷地看着喻时按在口袋上的手,朝她走了一步。

喻时的身子止不住地发抖,但她还是壮着胆子朝他大喊:"你别过来,你再过来,我就要报警了!"

她把手放在口袋处,作势要掏出手机。但不知是因为她太过紧张,还是不够老练,那个男人看出了她在虚张声势,冷笑了一声:"你报啊,你的手机呢?!"

喻时直觉自己应该立刻走,不然就会有危险。

她咽了咽口水,小心翼翼地往后退了几步,同时握紧手中的狗绳,准备找机会带功勋逃跑。

可就在她准备撒腿跑的刹那,功勋突然叫了一声,迅速往前跑去。因为惯性,她狠狠地往前扑倒,手重重地撑在地上,立刻擦破了皮。可她顾不上这些,慌忙地朝前方喊:"功勋,不要——"

功勋死死地咬住那个男人的裤脚,不停地跳起来,试图扑倒他。

男人原本想趁着下雨天没多少人出门,把那只猫丢掉,没想到正好被功勋察觉,并一路追过来。

功勋毕竟是警犬出身,勉强能制衡住那个男人。

那个男人被功勋缠得紧了,开始破口大骂,然后从兜里掏出一把刀朝功勋刺去。

喻时感觉自己全身上下每一处的寒毛都立了起来,下一秒,失声叫了起来:"功勋,你快走开!"

功勋的速度很快,可一个成年男人的体力更强,更别说他还在毫无章法地乱刺。很快，功勋的身上还是出现了血痕。它很英勇，不断大声吼叫着，纠缠着那个男人。

男人也不好受，被功勋咬伤了好几处，疼得龇牙咧嘴，下手越发狠戾："你这条死狗，给我去死，去死！！！"

柳南巷口，周聿也提着行李，蹚过积水，从外面走进来。

雨下得很大，他把卫衣的帽子提起来，盖在了自己的鸭舌帽上。他沿着巷子一路往里走，听到女生断断续续的哭声，还有狂躁的狗吠声，就在不远处。

他猛然停下了脚步。那个哭声，他很熟悉。

周聿也想到什么，拔腿朝那边跑去，脚下的水坑溅起一个又一个泥点，落在他黑色的运动裤上。

喻时怎么会眼睁睁地看着那个男人伤害功勋！她余光一扫，看到不远处有一块地砖，跑过去拿起来，对着男人砸了过去。

男人躲闪不及，被她砸到脚，顿时怒火中烧，竟甩开功勋，朝着喻时大步走过来，凶狠地吼道："我看你是在找死——"

喻时的眼睛猛地睁大，就在她以为自己要死定了的时候，男人忽然停下了脚步。她低头看去，才发现他的脚腕被功勋咬住，它正拼命地往后拽着他。

男人发出一声嘶哑的吼叫声，弯下腰就用刀子朝功勋扎下去。

看到这一幕，喻时豆大的泪珠不受控制地流出来。她的身子前倾，试图去阻挡男人的手，绝望地尖叫："不要！"

千钧一发之际，不知从哪里飞来一个黑色的书包，稳稳地击中了男人的腹部。

男人踉跄着连连后退几步，手中的刀也掉入水坑里，溅起一片水花。

还没等他反应过来,一个全身穿着黑色衣服的少年朝他跑过来,扬起拳头朝他的脸狠狠地挥了过去!一拳,又一拳!

男人被他钳制住,动弹不得,只能被迫接受少年接连不断的拳头。

喻时用力抹掉脸上的雨水和泪水,从地上爬起来,跌跌撞撞地去找功勋。功勋朝她叫了两声,还没走两步,就倒在了路上,叫声也变得痛苦起来。

喻时的心一下子凉透了,她扑过去,轻轻碰了碰功勋的身体,低头才发现功勋的右前腿早已血肉模糊。

功勋是为了保护她它才会受伤的,都怪她……

喻时一下子崩溃了,泣不成声:"功勋别怕……我……我现在就带你去医院……"

她把功勋抱起来,可功勋毕竟是一只成年大狗,她怎么也没有办法把功勋从地上完全抱起来。她哭得岔气,完全没注意到自己的手搔痒无比,还泛起一块又一块的红点。

"功勋……对不起……"喻时第一次有了绝望的感觉。她从未想过,自己竟然这么没用,什么都做不了,甚至连一条狗都保护不了。

周聿也确定那个人没有任何攻击力后,才松开了那个人。一转身,他看到喻时半跪在功勋旁边,全身上下早已湿透,手心里满是擦伤,哭到不能自已。

那是周聿也第二次看到喻时这么狼狈的样子,可这次从心底里传出来的感觉更为强烈。

那一刻,他感觉仿佛有人在拿刀,一下一下用力地割着他的心脏。他每呼吸一次,疼痛感就越来越密。

他再也忍不住,大步迈过去,半跪在地上,牢牢地托住她的后脑勺,擦去她的泪水,声音有些沙哑:"喻时。"

喻时睫毛一颤,然后抬起头来,呆呆地看着他。

周聿也手上用力,让二人的距离近一些,克制地说:"别怕。"

这时，刺耳的警笛声从不远处传过来，车灯掠过二人湿润的眼眸。

喻时缓过神来，发出一声抽泣。她几乎崩溃了，往前一扑，死死地攥住他的衣服号啕大哭，把眼泪鼻涕一起往他的身上糊："周聿也，你死到哪里去了啊……你知不知道我害怕死了……"

周聿也后悔地闭上眼睛，歉意和悔意一起涌上心头，反复低喃着："对不起，对不起……"

半个小时后。

喻时坐在宠物医院的休息椅上，手术室里面，医生正在给功勋清理伤口，而那只受到虐待的小猫也被救了回来。

那个男人已经被警察抓走了，是周聿也报的警，所以他也要去协助调查，喻时便在医院等待结果。

"一定会没事的……没事的……"当时她应该拉住功勋的，应该拉住的……

不远处，传来一阵匆忙的脚步声。

喻时猛地抬头，看到周聿也朝她走过来，快步走到他面前："事情怎么样了？"

周聿也："今天太晚了，警方简单地询问了一下情况，便让我先离开，明天再过去补做笔录。现在，那个人已经被拘留了。"

喻时这才狠狠地松了一口气。

手术结束，医生走了出来，说功勋的情况还好，伤口并不深，只要好好休息一段时间，就可以恢复了。

这混乱的一晚，总算是有惊无险地过去了。

喻时一直紧绷着的神经放松下来了，她低头时才发现自己的手上泛起了红点，应该是刚才接触功勋导致的。

周聿也打完电话就看见喻时一直在挠手背。他皱了下眉，抓住她的手，问："过敏了？"

喻时嗯了一声，声音有些哑："没事，过了今天晚上，它自己会慢慢消退的。"

周聿发现她的手心全是擦伤，有的地方甚至结了血痂，顿时沉下脸来，二话不说便拉着她朝最近的医院走去。

喻时下意识地想说自己没事，可注意到周聿也阴沉的脸色，还是闭上了嘴巴。

到了医院，周聿也给喻时的身上披了件衣服，让她乖乖地坐在椅子上等，自己跑去给她挂号。

包扎的时候，喻时已经累得睁不开眼睛。要不是旁边还有个周聿也，她可能会直接倒地上睡着了。

周聿也用手托住她一点一点的脑袋，一一记下医嘱，比喻时这个当事人听得还认真。

包扎完，喻时被周聿也叫醒，边打哈欠，边迷迷糊糊地往病房外走。

或许是因为医院里暖气充足，她原本白净的小脸变得红扑扑的，之前被雨淋湿的头发也已经干了大半，凌乱地搭在额间，看起来黏糊糊的。

周聿也取完医生开的药，过来找坐在休息椅上的喻时，注意到她的脸，抬起手背在她温热的额头上贴了贴："发烧了？"

喻时被他手的温度冰了一下，忍不住打了个冷战。

周聿也见状，把手放进了自己的口袋里。

喻时被这一下子弄得清明了些，仰起脑袋缓慢地眨了眨眼睛，怔怔地看着周聿也好一会儿，才迟钝地说："没……没有。"

她举起几乎被纱布包成粽子的手，碰了一下自己的脸，试图按住脸上那两团粉雾，动作笨拙得有点儿可爱。

喻时看不到自己的样子，低下头小声说："我……我就是有些热。"

见她想解开外套的扣子，周聿也看到她额头上渗出的汗，直接将

253

鸭舌帽扣在她的头顶上:"再忍忍,回家再脱。"

喻时茫然地抬头:"周聿也,我看不到路了……"

周聿也神色不变,淡定地说了一句:"看不见,我带着你走。"

"哦。"

等出了医院,喻时才看到陈望他们几个急急忙忙地从出租车上下来。

这时候雨已经小了,路上的人也渐渐多了起来。

喻时出来时没拿手机,为了避免陈望他们找不到喻时,所以刚才周聿也主动给他们打了电话说明情况。说完之后,他们死活不愿意在家干等着,非要跑来医院看看喻时。

看见喻时,陈望眼睛一亮,快速跑过来想要给喻时一个大大的拥抱。周聿也漫不经心地瞥了他一眼,手上一使劲,将还在犯迷糊的喻时拉到自己身后。

要不是陈望刹车及时,他们俩就得来个温暖又亲密的拥抱了。

周聿也挑了下眉毛,看着悻悻地收回手的陈望:"喻时没事。"

喻时在后面探出脑袋,附和地点了点头。

江昭看到喻时的手上包扎得圆滚滚的纱布团,走上前来担忧地说:"手还疼吗?"

喻时冲她笑了笑:"没事的,已经上过药了。"

为了让她安心,喻时还试图张开自己的五个手指:"我这双手,未来可是要做大事的,我怎么可能让它们有事啊?"

沈逾青则朝周聿也偏头看去:"这次怎么这么早就回来了?我还以为你家那位大明星母亲会舍不得你,让你多待几天呢。"

周聿也将目光从喻时的身上收回来,无声地笑了一下。岂止是舍不得,棠冉是准备把他彻底留在北市。

他想起什么,问沈逾青:"陈叙呢?"

沈逾青回想了一下,不太确定地说:"他啊,刚才打电话说他有急事,中途走了,现在好像在家里。"

周聿也听后,目光有些冷。

回到家里,喻时进了自己的房间就往被窝里一钻,才终于有一种回到正常生活中的真实感。

这天傍晚发生的那一切,恍如隔世。她躺在床上,出神地盯着天花板。

她完全不敢想象,如果周聿也没有及时赶到,事情会糟糕成什么样子,或者功勋真的出了什么事情,她又该怎么向周聿也和周爷爷交代。

周聿也送喻时回到家后,又去宠物医院里看了一眼功勋。

这会儿功勋躺在小窝里休养,听到动静就醒了过来,挣扎着要站起来。周聿也蹲下身子,轻轻抬手摸了下它的脑袋,没让它起来。

功勋明白他的意思,侧躺下来,伸出了温热的舌头舔了舔周聿也的手背。

周聿也轻笑一声,没计较它把自己的手舔得湿漉漉的,毫不吝啬地夸赞:"你把她保护得很好。功勋,你真是好样的。"

功勋呜咽一声,看上去颇为自豪。

晚上,周聿也回到家先洗了个澡。他擦着湿润的头发往床边走,想到什么,看了一眼手机,走到书桌前,把书重新翻开,准备刷会儿题。

周爷爷睡了一觉,起夜时出来看见周聿也屋内的灯还亮着,有些狐疑地嘀咕:"这都几点了,这小子难不成还在刷题呢?"

屋内,周聿也撑着脑袋用笔在草稿本上一下一下地点着,脸上满是困倦。但他并没有去睡,而是把黑着屏的手机放在手边,保证自己可以随时拿到它。

他在等。

或许是因为今天受到的惊吓太多了，喻时睡得并不安稳。梦里，她总感觉自己还在雨幕中，那个雨衣男的身影逐步逼近。功勋还在义无反顾地保护着她，可这次，周聿也没有来。她亲眼看到了那个雨衣男把刀扎进了功勋的身体里。

她顿时浑身发抖，哭叫了起来："不要——"

她从梦中惊醒后，从床上坐了起来，房间里黑得伸手不见五指，枕边已经湿了一大片。她慌忙摁开了床边的台灯，胸腔里的心脏还在剧烈地跳动着，那种心悸感挥之不去。

梦的最后，周聿也回来后得知一切，从她身边经过时朝她投来冷淡的目光，就好像在看一个陌生人。

绝对不能这样……

喻时用力呼吸着，最终还是控制不住自己的情绪，将放在枕头边的手机摸了过来。

电话拨出去后，她才猛地反应过来，现在是五点多，他应该还在睡觉吧。

喻时刚想挂断电话，发现电话已经接通了。

沙哑倦怠的男声顺着电流缓缓传了过来："喻时。"

喻时忽然感觉喉咙一干，无端觉得有些紧张。她有很多话想对他说，刚才没有经过任何思考就给他打了电话。可现在，她却一句话也说不出来了。

电话里的呼吸变得平稳绵长，他还在耐心地等她开口。

喻时握紧手机，黑发披散在肩上，盖住她的半张脸，低声说："周聿也，我做噩梦了。"她屈起双腿，将纤瘦的胳膊环在膝盖上，"我梦见……我没有保护好功勋，然后你变得很讨厌我……很讨厌我……"她越说，声音就越低。

"不会。"周聿也打断了她的话。

喻时没有吭声。

周聿也应该是起了身，电话那头传来簌簌的声音。但他的声音还是很清楚，透出几分沉稳："不管功勋有没有受伤，我都不会讨厌你，因为我知道，这不是你的错。"

窗外漆黑一片，偶尔有风声传来。

喻时哑着嗓子说："你是在安慰我吗？"

没等周聿也说话，她先苦笑了一下："之前你对我说，我这么好心肠，总是看不得别人受委屈，却总是不考虑自己的处境，到了最后，反倒有可能会保护不了自己。我那时候不信，还总是反驳你。可这次，不光是我，我还连累了别人。"

她用手指扣着睡衣，几乎是自暴自弃地说："我是不是……真的……很差劲？"

"喻时。"

这一声，让喻时的睫毛一颤。

"我是说过那些话不假，但那不是让你以偏概全。"他笑了一下，继续说，"解题的时候尚且还有试错的机会。我们要做的，无非是回过头好好自省，看看是哪个步骤出错了，这样不光有机会改正，也能提醒自己往后更加谨慎。

"我们每个人都应该坦坦荡荡地朝前走，不必着急去否定自己、质疑自己。或许终其一生，我们都无法变成自己想要的样子，但其实，你远比你自己想象中的还要好。"

男生的声音透过话筒传来，喻时握着手机，轻轻问他："那你呢？"

她发觉自己问得唐突，刚想尴尬地转移话题，对面却开了口，语气透出几分笃定："我会站在你身后，跟着你一起往前走。不管你去哪儿，只要你一回头，就可以看见我。"

喻时笑道："周聿也，你今晚怎么这么会说啊？"

喻时用力揉了一下有些发酸的眼睛，心中重担烟消云散。

周聿也那边的声音忽然远了一些，背景还隐隐传来风声："心情好

257

些了？"

喻时嗯了一声。电话那头忽然传来一道沉稳有力的声音："那现在，过来窗户这边。"

她一愣，猛地掀开被子，光着脚丫子跑到了窗户边掀开了窗帘。

外面温度低，窗户上蒙着一层雾。她擦了擦玻璃，直到外面的景象全都变得清楚。

小区的路灯已经亮了起来，街道空旷，几片落叶在地上肆意翻滚。

窗户正下方，一个修长的身影伫立在那里。凌晨时分，光线晦暗，她看不清他脸上具体的神情。

手机上面有一条他刚发过来的消息：别开窗户，也别下来。

喻时迅速打字：外面很冷，你赶紧回去。

他没有再回复消息，几秒后，他打了个电话过来。她立刻接通，担心地说："周聿也，你傻啊，天这么冷，你冻感冒了怎么办？"

"哄人当然得哄到底啊。"他单手拿着手机，微微勾唇，对着窗户上的人影挥了挥手。

喻时看到周聿也弯下腰捡起什么，往前走了几步，在地上写写画画。

二人都没有说话，电话里是他们平稳的呼吸声，还有石子划过地面的声音。

喻时认真地看了很久，忽然眼睛一亮，惊喜地叫了他一声："周聿也。"

周聿也直起腰来，往旁边走了几步，问："看清楚了？"

喻时嗯了一声，忍不住笑道："周聿也，你的嘴巴画歪了。"

他在楼底下的水泥地上画了一个正对着她的大大的笑脸。应该是角度没找好，笑脸的嘴有些歪，看起来有点儿滑稽，不过倒也十分可爱。

电话那头却没了声音，喻时忽然想到，周聿也好不容易给自己画画，自己还挑剔上了，当下就想道歉："我……"

没等她说完，周聿也就发出一声叹息。他还真的走过去仔细看了一下，无奈地嗯了一声，语气诚恳："确实没画好，所以这位莴苣姑娘，给个补偿机会吧。"

喻时扑哧一声笑了出来。

还真别说，她现在还真像个困在阁楼里的莴苣姑娘。只可惜，她不会唱歌，楼下这位王子也不能顺着她的头发上来。不过，就算这样，她还是很满意。

似乎想到了什么，她软软地开口："那这位数学王子，给我画几个函数图像吧。"

周聿也一怔，随后无声一笑："行，你说。"

"首先是 $y=1/x$ 在第一象限的图像……最后一个图像……"她的声音清清楚楚地透过话筒传到他的耳边，"是 $x=-3\ |\sin y|$。"

四个图像全部画完，正好是四个字母。太阳此时正好升起，金黄色的晨光照射在地面上。

周聿也出来的时候穿了一件厚棉服，但也抵挡不住寒风凛冽，他的鼻尖早就发红，额前的头发也很凌乱。

他安静地看着那四个字母，终于忍不住低头无声地闷笑。

直到脚底发麻，周聿也才仰起头来，下意识地看向窗户，可是那里空无一人。他一怔，眉心微蹙，似是想到什么，朝楼梯口看去。

果然，没过一分钟，楼梯口就传来了脚步声——有人正在快速往楼下跑。

周聿也往楼梯口走了几步，然后就看到喻时踩着拖鞋气喘吁吁地跑了出来。

看到不远处伫立的少年，喻时眼睛一亮，声音清脆："周聿也！"

她朝他跑了过去，周聿也没有站在原地，而是抬起腿也朝她的方向走来。

喻时笑容明媚，看着朝自己大步走来的少年，眼里的笑意浓了

259

起来。

她仰着头，还没开口，下一秒，周聿也把她的卫衣帽子提起来，然后重重地扣在她的脑袋上，再拉住领口上面的两根抽绳往外一拉。她甚至能清楚地听见抽绳和布料的摩擦声。

喻时："……"

她的帽子把她的脑袋完美地全方位包住，连一丝风都漏不进去。周聿也还不放心，又将她衣服的拉链拉到最上面。

等拉完之后，周聿也才收回手，目光扫过她白皙的脸："不是不让你下来吗？风这么大，昨天还淋了雨，跑下来是想感冒吗？"

喻时往外哈了哈热气，有些不服气："你不也是吗？"

周聿也淡淡地瞥了她一眼。

她冲他一笑，露出白白的牙齿："更何况，我又不是真的莴苣姑娘。我就想立刻见到你。"

周聿也单手插兜，有些随意地嗯了一声："这不是看到了，所以能回去了吧？"说完，他提着她的后领就往楼梯处走。

喻时连忙出声："哎，哎，哎，周聿也，你就没有什么话想对我说吗？"

她抬起头，期待地看着他。

周聿也松开手，低下头，轻笑一声，眼睛里是毫不遮掩的笑意："说什么？"他双手抱胸，语气意味深长，"还是说，你想听我说些什么？"

"哎呀，周聿也，你烦不烦！"喻时轻轻瞪了他一眼，丢下一句"冷，我先回屋了"就跑上了楼。

周聿也盯着她来去匆匆的背影，笑得肩膀都在抖动。

傻瓜。